作者简介

牛月明 男,文艺学博士,中国海洋大学文学院教授。有《中国传统文论读解》、《圆融之执》、《中日文论互动研究——以"象"根词的考察为中心》等专著。

中国书籍·学术之星文库

中国文论话语体系试探

牛月明 著

中国书籍出版社
China Book Press

图书在版编目（CIP）数据

中国文论话语体系试探/牛月明著 . —北京：中国书籍出版社，2016.8
ISBN 978 - 7 - 5068 - 5748 - 2

Ⅰ. ①中… Ⅱ. ①牛… Ⅲ. ①中国文学—文学理论—研究 Ⅳ. ①I206

中国版本图书馆 CIP 数据核字（2016）第 196759 号

中国文论话语体系试探

牛月明 著

责任编辑	刘 娜
责任印制	孙马飞 马 芝
封面设计	中联华文
出版发行	中国书籍出版社
地 址	北京市丰台区三路居路 97 号（邮编：100073）
电 话	（010）52257143（总编室） （010）52257153（发行部）
电子邮箱	chinabp@ vip. sina. com
经 销	全国新华书店
印 刷	北京彩虹伟业印刷有限公司
开 本	710 毫米×1000 毫米 1/16
字 数	222 千字
印 张	16
版 次	2017 年 1 月第 1 版 2017 年 1 月第 1 次印刷
书 号	ISBN 978 - 7 - 5068 - 5748 - 2
定 价	68.00 元

版权所有 翻印必究

目 录 CONTENTS

第一章 何谓"中国文论" ········· 1
 第一节 双重传统下汉语文论话语体系创新的复杂性与契机 / 1
 第二节 歧义的"中国文论" / 11

第二章 圆融之执 ········· 25
 第一节 整体圆融思维偏向的历史渊源 / 25
 第二节 整体圆融思维方式的结构层次 / 48

第三章 因情立体、以象兴境 ········· 62
 第一节 因情立体论纲要 / 63
 第二节 以象兴境论纲要 / 79

第四章 "为何?"和"如何?" ········· 147
 第一节 为何存在？可进可退 / 147
 第二节 如何存在？不在文字,不离文字 / 154
 第三节 如何产生意义？对待立义 / 167

第五章 基于"新学语"及其根词的中国文论话语体系建构 … 212
  第一节 "文学"所指的纠缠 ／212
  第二节 从"文学"到"艺境" ／225
  第三节 "新学语"与中国文论话语体系之建构 ／240

后 记 …………………………………………………………… 249

第一章

何谓"中国文论"

第一节 双重传统下汉语文论话语体系创新的复杂性与契机

人文社会科学学术话语体系创新应面对双重传统,一个是本土的固有传统;一个是经洋化(西洋学从东洋来)的新传统;双重传统下学术话语体系创新极其复杂。固有传统因自身的含混和新传统的贬损已经边缘化;新传统因话语的迷宗、时代的变化和源发地的解构也危机重重。中国学术话语体系又出现了重建的契机。

一、学术话语体系创新应面对双重传统

学术是以术致学,是专门系统的学问。"学"之要在新知与系统(知识积累与生长),"术"之要在理性与专门(多与大学院所训练或专门环境相关)。学术之要在考察、琢磨、研究、探求的思维操作与系统性的知识、道理。

学术之表现要在发明与培养。发明是发而使其明,发现问题并把问

题弄明白。发明的关键在还原事实，去除常识的遮蔽，把问题研究清楚。培养是培育养成。培育新知——在新问题、新场景、新现实的基础上建构新观念、新术语、新理论。养成掌握新知话语体系的共同体——一个既真实又虚拟的共同体。但由于作为研究对象和学术资源的"问题""场景""现实"，往往是研究者人为地建构出来的，这就不可避免地产生了隐含着价值尺度、文化权力与时尚体系的"眼界"。因此，价值尺度、文化权力、时尚体系以及"眼界"又可以循环到发明与培养的学术体系里。我们关注学科知识和学术语言的透明度问题，就是要厘清学科知识和学术语言背后的价值尺度、文化权力、时尚体系以及"眼界"，为进一步的发明与培养服务。

当前，媒体与信息空前发达，但深入、深层的交往与对话却格外艰难。同是学界中人，都很真诚，也很努力，可经常没有"共同语言"。在许多学术会议中，看起来大家讨论得很热烈，听起来是用同一个词，其所指却大相径庭。这与西学东渐以来，东方人"刻苦好学"而又多"囫囵吞枣"的接受策略有关，也与学科知识和学术语言的透明度追求有关。

形而上言之，学科建构依人类活动——经验——认识——知识——知识体系——学科的顺序进行。当人类活动经验单一、思想认识单纯时，不存在学科知识和学术语言的透明度问题；当文化传承有序不紊、民族共同语内部自足时，学科知识和学术语言的透明度问题也不太大。但中国文艺学学科的建立，发生在人类活动经验丰富多彩、思想认识千变万化、文化传承混乱不堪、民族话语兼蓄并收的语境下，涉及中—西—日—苏—中的文化互动，涉及多种文化互动中学科知识和学术语言的生成、选择、传播与普及。因此，学科知识和学术语言的透明度目前已经大成问题，特别是对以学术为生命的学者而言，对那些在学术共同体内摸爬滚打的众生而言。

现代汉语语境中的"文论"隐含着两个不同的传统：一个是本土的以"文"为对象的"思理言议集"的固有传统；一个是经洋化的以

"文学"为对象的"科学"或"学科"的新传统；洋化形态的中国文论成功地把小说（novel）——文学（literature）——艺术（art）——审美（aesthetic）的种属关系变成了中国的新传统。不少现当代文论家特别是文学史家已把这种种属关系作为理所当然的前理解或普遍真理接受过来，用以剖析或肢解中国固有的小说（非 novel）、艺术（非 art）、文学（非 literature）、文论（非 literary theory）和文化。就文学现象（实体）而言，今天我们称之为"文学"的东西，在历史上有不同的能指，把这些不同的能指归类为文学，在西方不过二百年，在中国还要再晚一百多年。

二、双重传统下学术话语体系创新的复杂性

共同的学术话语——以语词（或关键词）为载体的术语、概念、范畴、观念——为学术共同体提供了可能性，学术史不应该只注重对学人+论著的褒贬抑扬，不应该只注重对学术知识的讲授，更应该注重所操持学术共同语的清晰、严谨、简明。文论新变是文化互动的结果，但体现文化互动的文论新变最终要落实到特定的词语、概念、术语、范畴上。故王国维说："言语者，思想之代表也，故新思想之输入，即新言语输入之意味也。"[①] 陈寅恪说："凡解释一字即是做一部文化史。"[②]

汉语文论的新变，不仅是拥有前理解的汉语使用者的翻译问题，更是文化互动问题。现在应该通过具体化、语境化、事件化、历史化重新唤起我们的文化记忆，将"自然而然的""不言自明的"还原为"人为的""建构的"文化互动过程，从而在译词的汉化与建构过程中有所发明，并进而生成对汉语文论有所培养的意识。但这种话语体系还原的艰难程度是超乎想象的，接力研究与共同研究十分必要。

[①] 王国维：《论新学语之输入》，《王国维学术经典集》（上），干春松，孟彦弘编，江西人民出版社1997年版，第101~102页。
[②] 《沈兼士学术论文集》，中华书局1986年版，第202页。

汉语的几千个常用汉字为汉语文论提供了可能，而每个汉字都富有其造字意义上的文化积淀。汉语文论新变在表现形态上是汉语言文化新变的一部分。汉语言文化新变是一种历时的比较，其比较的对象是传统汉语言文化（古代汉语言文化或近代汉语言文化）。如果从共时的角度，作为汉语言文化共同性的一部分它仍然具有不同于世界其他民族语言文化的一些特点，如：声调特点、音节结构特点、字形特点、词形特点、会意特点、语境特点等等。尽管汉字的能指和所指的关系同样既是任意的，又是约定的，但由于造字法的影响，其视觉的内在约定性远远高于西方文字。即使从历时的单纯的语言角度，汉语新变尽管在语音、词汇、语法等方面与传统汉语有所区别，但毕竟仍然是汉语发展过程的一部分。传统汉语是源、是本、是主干，汉语新变是流、是末、是分支。例如：入派四声但仍有四声，名词双音词增加但构词语素仍是传统汉语的单音节词，有学者提出字本位理论等等。这样，传统汉语为汉语新变提供了前理解。西学东渐在表现形态上也体现为翻译的汉语，翻译成汉语就要"格义"，就要"以意逆志"，就要有汉语的前理解。

同时，汉语文论是对具体汉语文本及相关现象的解释和评论。解释和评论的前提是理解，理解是用汉语进行的理解，理解又是历史的理解，因为使用汉语的理解者和由汉语构成的理解对象都有其自身的历史，都受汉语历史因素的制约，都是在汉语使用者的前见或前理解基础上的理解。

洋化的汉语文论学术话语除自身的发展原因外，更重要的是对西方文论冲击的回应。严格地说，西方是由地理实在与我们的想象共同建构起来的，西方文论也是由地理实在、文化习惯与我们的想象共同建构起来的。当我们总体性地谈论西方及西方文论时，无异于一次冒险的太空俯视。西方文论不是铁板一块，如果我们放低一点俯视的姿态，就可以看到欧陆文论、斯拉夫文论、美英文论等不同的文论；单就欧陆文论而言，如果我们再放低一点俯视的姿态，可以看到法国文论、德国文论、意大利文论、东欧文论等等的不同，这样的姿态可以一直放低放低，直至立足地面看到某书、某词。同时，西方文论也不是静态不变的，如果我们按照最一般的宏观历史眼光，也可以看到古典时期、神学时期、文艺复兴时期、浪漫主义时期、现代主义时期、后现代主义时期等不同的文论；如果我们按照研究态势的眼光，也可以看到注重文学学科规范的语言艺术研究、注重文学文化功能的意识形态研究、注重文学扩界的文化研究……这样的眼光也可以一直具体具体，直至立足当下看到某书、某词。当我们立足地面、立足当下面对某书、某词时，西方在哪里？西方文论在哪里？

当然，真实的客观世界本身是复杂的、多元的、无限的、开放的，但我们却不得不相对简单地理解它，道家讲"言不尽意"，佛家讲"言语道断"，都是对这种相对简单地理解的怀疑。要理解就必须有理解对象和理解者，而理解者必定受制于一定的表达欲望，一定的语境和一定的语言规则和语言结构。这就造成了理解的不准确，但舍此我们又无法理解，当然，这并不表明，我们主张故意去简单地理解一个能深入理解的事物，恰恰相反，我们相对简单地去认识、理解对象，正是为了相对深刻地把握它。对复杂事物的简化能力，以一驭多的符号化能力是人类智慧的表现，是人类语言与动物语言的一个重要区别，动物语言可能指涉一个个相关的具体的对象，而人类语言可以对语言自身说话，词汇之间可以相互说明，进入一条能指的链条。以一驭多的符号化能力是人类理解复杂世界的必然。为了理解的方便，我们有时必须面对复杂做简单化处理。这也是我们通过想象建构西方及西方文论的理由。

曾经有段时间，笔者对"中国文学批评史"的学科命名感到疑惑，并进而对英语世界把"文学理论（literary theory）"称之为"批评（criticism）"或"批评理论（critical theory）"，"文学研究（literary studies）"转型为"文化研究（cultural studies）"感到不解。而韦勒克《近代文学批评史》与彼得·威德森的《现代西方文学观念简史》给了笔者一些值得依赖的线索。在英语世界，一种主流的现代意义的"文学"观念是："文学"是被"批评"选拔、建构甚至创造出来的，它来源于马修·阿诺德（Matthew Arnold, 1822～1888）、约翰·罗斯金（John Ruskin, 1819～1900）、《纽伯特报告》（纽伯特，Henry John Newbolt, 1862～1938）、艾略特（Thomas Stearns Eliot, 1888～1965）、瑞恰兹（Ivor Armstrong Richards, 1893～1979）、利维斯（F. R. Leavis, 1895～1978）的传统①。"文学批评"不是先有"文学"然后再对其实施"批评"，而是通过"批评"选拔、建构甚至创造出来的一些有明确功能的文本称之为"文学"。"文学"的兴起，基本上是在大规模的话语夺权（包括语言改造与文化领导）与国民教育的背景下进行的，这种思路也被中日"文学"的兴起所继承。这种"文学"观念是在大学设立文学系的理由与基石，但在当今中国似乎越来越模糊，特别是在大学课堂上仍有待明晰。"批评"的文化权力导致批评的黄金时代，正是批评的黄金时代使共识成为困难，导致经典作品的出现几乎不可能，导致高尚性文学的众说纷纭，导致文学批评变成了"文化研究"，因为经过批评才有了高尚性文学。文学的高尚性失去了共识，原来被批评出来的"文学"就变成普通的文化文本了，文学批评就只能变成了"文化研究"了。

德俄学科系统和英美学科系统关于"文学研究"的认知似乎特别在"科学（sciences）"问题上出现分歧。

就目前能看到的资料，德俄学科系统的"文艺学"是文学之科学，要探究文学之规律，首先是作家创作之规律②，而英美学科系统的"文学理论""批评理论"或"文学理论与批评""文化研究"则更加注重 sciences 与 arts 的对立，认为包括文学研究在内的人文研究与科学研究在致知方法上不同，并从狄尔泰、文德尔班、李凯尔特、色诺波、克罗齐等欧陆学者那里找到了学术资源③。

因此，韦勒克采用英语中"文学理论"（literary theory）一词而不

---

① 彼得·威德森：《现代西方文学观念简史》，钱竞等译，北京大学出版社2006年版。
② 参见哈利泽夫《文学学导论》，周启超等译，北京大学出版社2006年版。
③ 韦勒克、沃伦：《文学理论》，刘象愚等译，江苏教育出版社2005年版，第4～8页。

愿用"文艺科学"（literatur wissenschaft），是"因为'科学'在英语中已经限于指自然科学并且暗示要仿效自然科学的方法和要求，看来在文学研究中采用它不但不明智而且使人误入歧途。"①"'文艺科学'（literatur wissenschaft）这个名词只在德国扎下了根"②，这种差别在夏志清与普实克的"文学史"辩论中也可以体现出来③。据说，汉化的"文艺学"是无法回译为英文的。

仅仅是学科的命名就有如此的纠葛，汉语文论学术话语新变（某概念、某词）所立足的西方资源是哪个西方？是哪个西方的传统及流变？至今，本学科的从业者中国人最多，但问题也最多，特别是在概念所指的认知方面仍然缺乏确定性甚至非常混乱④。

汉语文论学术话语新变是人为地改变，是众多精英与更广泛的大众有目的地认知、选择、传播与接受的结果，因此，就无可避免地涉及历史具体的眼界、价值尺度、文化权力与时尚体系。就传播者而言，他要根据自己的眼界、价值尺度来认知、选择传播内容与传播行为，这种选择又与不同的历史机缘、文化背景以及身份、立场密不可分；接受者同样根据自己的眼界、价值尺度来认知、选择接受内容与接受行为，这种认知、选择也与不同的历史机缘、文化背景以及身份、立场密切相关；汉语文论新变过程中的传播与接受涉及自我与他者的互动、不同文明及知识体系的互动。

因此，要清楚详细地梳理出文学观念的流变，凭一个人的力量在短时期是不可能的。但这并不妨碍我们在前人的基础上进一步地梳理。其大体路径应该是：

---

① 雷内·韦勒克：《批评的概念》，张金言译，中国美术学院出版社1999年版，第2页。
② 雷内·韦勒克：《批评的概念》，张金言译，中国美术学院出版社1999年版，第30页。
③ 陈国球：《"文学批评"与"文学科学"——夏志清与普实克的"文学史"辩论》，北京大学学报（哲学社会科学版）2011年第1期。
④ 关于文艺学主题词的使用有明显的随意性，参见赵宪章 苏新宁《基于CSSCI的中国文学研究主题词分析（2000—2004）》，《当代作家评论》2006年第6期。

（1）在汉语的知识谱系中，文论"新学语"与外语是如何嫁接的？是怎样被定义的？含义是怎么变化的？变化的动力是什么？其中日本因素是怎样发挥作用的？

（2）文论"新学语"与原生近似观念之关系（继承、冲突与互动），"新学语"是如何获得新的重要性的？

（3）提倡者是怎样使用文论"新学语"的？选择了哪一部分含义？有没有工具层面和目的层面的不同考虑？为什么重视"新学语"？

（4）少数人的文论"新学语"认知如何获得、变成广泛的社会知识认同？怎样取得合法性、主导性地位的？

（5）"新学语"作为概念能指是怎么进入中国文论核心的？特别是怎样进入学院文论的基本范畴中的？

（6）"新学语"进入中国文论核心过程中遇到了什么样的接受条件与抵抗？

（7）文论"新学语"的所指有没有发生新的变化？①

如此一来，我们该做的工作就变得困难重重，每个人能做的只会是其中极小的一部分。理想的文论"新学语"研究，由于涉及其在中—西—日—中的生成、选择、传播与普及等诸多方面，它需要多语种的词汇史、文化交流史、学科史、社会思潮传播史等诸多方面的知识积累，需要跨学科、跨国境的大量书证。因此，全球视野的文论"新学语"研究需要共同研究，需要持续不断地接力研究。特别是当记忆涉及历史真实与现实利益的关系时，往往会有出于现实利益而选择、回避、遮掩、发明历史真实的情况。所以，我们要对从"新学语"的出现与定型过程中力求还原或反思新文化形成过程的复杂性有充分的认识。

三、双重传统下学术话语体系创新的契机

现代汉语语境中的"文论"学术话语体系隐含着两个不同的传统：

---

① 参见冯天瑜等.《语义的文化变迁》，武汉大学出版社2007年版。

这一个是本土的以"文"为对象的"思理言议集"(即"论")的固有传统;一个是经洋化的以"文学"为对象的"科学"或"学科"的新传统;固有传统因自身的含混和新传统的贬损已经边缘化;新传统因话语的迷宗、时代的变化和源发地的解构也危机重重。中国文论学术话语体系又出现了重建的契机。

中国文论学术话语体系的重建如何面对两个不同的传统?并不是一个能够轻易回答的问题。也许应该根据实际需要进行选择。我们不妨以盖房子和建亭子为喻,将这一抽象问题形象化。当然,任何比喻都是跛足的,但跛足毕竟算有足。

我们把"文论"新传统比喻为盖房子,是因为它对学科封闭性的追求,它意在选拔剥离出一类对象,将其独立出来构成自己的研究地盘,在自己的研究地盘上构筑理论体系。经洋化的新传统是以"文学"为对象的"科学"或"学科",学科通常有六种封闭自己的建构手段:①本学科的定义——划定研究对象与范围;②本学科的体系架构;③本学科的概念范畴;④本学科的价值功用;⑤本学科的学习与研究方法;⑥本学科的发生发展。单就学科的定义而言,往往采取属加种差法划定研究对象与范围。如"文论"新传统要从社会生活中剥离出意识形态,从意识形态中剥离出艺术或审美意识形态,从艺术或审美意识形态中剥离出语言艺术或话语蕴藉的审美意识形态等等。盖房子的末流不仅仅包括一些把房子盖成全封闭棺材的蠢材,有时还包括一些擅长引进外来图纸而不解季节风水的"拿来"精英。即使是因地制宜的精英,所盖的房子也是有使用期限的,从这个意义上说,人为选拔剥离出的"文学"边缘化或"文学之死"是正常的。

我们把"文论"学术话语体系固有传统比喻为建亭子,是因为它沟通天地的开放性追求。首先是对象的开放性,固有传统的"文论"以"文"为对象,而"文"兼有形声采饰、自然外显、圣人述作、礼乐教化、沟通书写等语义;其次是方法的开放性,固有传统的"文论"以"思理言议集"为方法。它不在意对象的选拔剥离,不在意研究地盘的独立，不在意自己地盘上的理论构筑的严密。它在意的是提供一个沟通天地的场所，提供一个全方位观察解读的场所，提供一个遮阳避雨的落脚处。当然，这样的亭子要建在风景区，它并非某些人的专业地盘，它也有使用期限，使用期限可以限制它遮阳避雨的功能，却无法限制它全方位观察解读风景的功能。

因此，中国文论的重建，根据实际需要可分两部分：

盖房子，这是无家可归者和借住危房者的优先选择。现代分科治学的学术体制是划片管理的，致使每个学者都要进行各自的身份认证，学者们需要选拔剥离出一类对象，将其独立出来构成自己的研究地盘，在自己的研究地盘上精心构筑以确认身份。在中国文论界，有人以"文字著于竹帛者"为自己的研究地盘，有人以"白话"为自己的研究地盘，有人以"语言艺术"为自己的研究地盘，有人以"审美意识形态"为自己的研究地盘，……如果言之有理、持之有据、悦己娱人，则不必求全责备、强行一致。

建亭子，放弃地盘意识，面对沟通外显的广义之"文"和形声采饰的狭义之"文"，解读由此兴发的心理感受、主体差异与群体共鸣，观照幽玄莫测、广阔无极的精神、心灵现象。

盖房子还是建亭子，可以各行其是，也可以互相搭配，但不必互相攻击。

但理想形态中国文论学术话语体系的重建，宜合二为一，既照着讲，又接着讲。

按笔者的理解，一种知识透明的中国文论学术话语体系的建构，应该从中国的问题出发，从中国文论的传统出发，从中国已有的话语方式出发。它在知识领域、问题意识、核心话语等方面与西方文论"对待立义"、与中国传统文论"互文见义"[①]。

当词语凝聚了经验和意义，它就变成了概念，进入专业就可能变成"术语""范畴"。随着教育的普及化及知识的大众化，大量的"概念"

---

① 牛月明：《何谓"中国文论"》，《文学评论》2008年第4期。

"术语""范畴"也会逐渐变成一般性词汇。词（语言学角度）、概念（逻辑学角度）、术语和范畴（学科角度）在一定意义上是一致的。中国文论新变的突出表现是概念大换班，新知识的文字化，尤其是日语借词的进入，不仅是现代汉语词汇形成史上的重要现象，更是中国文论概念大换班不可或缺的一环。同样，日语借词之所以能够大规模地进入现代汉语，也是文化互动的结果，首先是汉字文化奠定了日本古代文化的基础，其次是近代化过程中日本人大量借用汉语典籍、汉译西书中的词汇，并利用汉字和汉语构词法制造了许多"新漢語"，最后是清末民初中日文化流向的逆转，"新学语"在汉语近现代词汇体系建构中发挥了不可或缺的作用。因此，我们研究文论概念大换班离不开"新学语"的研究。

目前，要对中国文论中的"新学语"做精确的定量研究，条件还不完全成熟。根本原因有二：其一，中国文论如历史上中国的版图一样是不断变化的；其二，对"新学语"的总体研究和分科研究都不充分。正是因为研究不充分，才需要为今后中国文论"新学语"的定量研究，做些基础的清理工作。

第二节　歧义的"中国文论"

文论是门既古老又年轻的存在，言其年轻，是因为它作为一门学科被赋予"文学理论""文艺理论""文艺学""诗学""文学概论""美学""文艺美学"等称号，在中国是20世纪出现的。言其古老，是因为它所涉及的相关问题在古代早有大量丰富的论述和精彩的见解，如中国古代的诗文评等。

在现代汉语语境中的"文论"就是文学理论。一般认为，文学理论是对文学规律的一种揭示和陈述，是对大量或众多的事实和现象具体有解释能力的陈述，它具有普遍性，不应该有中外之别。但我们认为，理论是对观念、概念的创造、发明（去蔽）和系统化。理论的要素是观念、概念。概念是表达人的思维过程及其结果的词语，观念也需要用词语和句子来表达。词语有中外之别，用词语来表达的"文论"也有中外之别，语言符号作为一个民族生存于世界的标志性符号，其对世界观、思想和思维方式的规定性有根本的影响。但文论又不只是语言表述问题，还牵扯到话语权力的角逐，权力之网无所不在，命名、概念术语、阐释代码体系等也是权力角逐的场所，现在大家都在强调东西对话，但在对话中完全采用西方话语、西方模式或西方规格来衡量、阐释和切割本土文化，则易使中国丰富的文化内涵单一化，加深变形和误读的程度，大量最具本土特色和独创性的活的文化也有可能因不符合这套标准而被剔除在外。概念术语的肯定亦即另一种形式的否定，理论家通过一套阐释代码描述对象，这种描述同时压抑了这一套代码之外的种种可能。如果说，物理、化学、数学、医学等自然科学的概念术语仅仅体现为实在的描述，这种描述无法修正实在的现状，那么人文学科的概念术语则包含了预参和设计，这一切必将或显或隐地呈现于未来。

一、作为一个普泛名词的"中国文论"

相对于申子的"名者，天地之纲，圣人之符"①，与管子的"有名则治，无名则乱，治者以其名"②，也许西哲的"语言是存在之家"③更为当代人所熟知，它们都与孔子的"名不正则言不顺"④，庄子的

---

① 《申子·大体》：《申子·商君书·韩非子》附录一，岳麓书社1996年版，第312页。
② 《管子·枢言第十二》：《诸子集成》第5册，上海书店1986年版，第64页。
③ 参见海德格尔在1947年发表的《关于人道主义的书信》，见《海德格尔选集》，孙周兴选编，上海三联，1996年。
④ 《论语·子路第十三》：《诸子集成》第1册，上海书店1986年版，第283页

"为善无近名,为恶无近刑"① 有相通之处。知识与理论的话语存在,并不停留于字词的组合、形状、音响上,更重要的是以此为基础的意义生成。意义的现实生成也未必遵从一整套理想的语言法则,它总是无法排除环境、个人、权力关系等方面因素的掺杂渗透。这种掺杂渗透给人们提供了表示差异、确立特性的权力。"中国文论"作为一个有意义的能指符号,其意义产生于与其他相关概念的关系、用法和差异中。

"中国文论"是一个与现在流行的"艺术学""文艺学""诗论""诗学""美学""文学理论""诗文评"等有密切同一性的词语,它既可以是一个普泛的名词,也可以是一个专用的范畴,还可以是一个有待建构的学科。本文把它作为一个专用的范畴、一个有待建构的学科,既有对这些概念在各自研究对象范围上的夹缠的思考,又注意到了"文""文章""文学""艺术""文艺"等概念在使用上的混乱和理解上的分歧,但更主要的是对能够表示差异、确立特性的汉语话语权的张扬。当然,对汉语话语权的张扬决不是哗众取宠,也并非单纯的标新立异,它是以深厚的文化积淀和迫切的现实需要为基础的。

作为一个普泛的名词,大家对"中国文论"有各种不同的理解。

在哈佛大学的宇文所安(Stephen Owen)看来,"中国文论"就是中国古代文论,上海社会科学院出版社的《中国文论:英译与评论》,是专为美国大学文科研究生讲授中国文论所用的一个读本,从《论语》到《原诗》共十一章,讲授的"中国文论"就是"中国古代文论";胡晓明在《中国文论的正名:近年来中国文论研究的"去西方中心主义"》② 中也认为,所谓"中国文论"就是"中国古代文论"。

而很多人把"中国文论"理解成中国现当代文论,例如:对于"文论失语症"的热烈讨论和"重建中国文论话语"的诉求,这方面的讨论已持续十多年,论文已有数百篇之多。"文论失语症"当然既不是指中国古代文论失语,也不是指西方文论失语。"重建中国文论话语"

---

① 《庄子·养生主第三》:《诸子集成》第 3 册,上海书店 1986 年版,第 18 页。
② 《西北大学学报》2005 年第 5 期。

也应该是重建中国现当代文论话语。

还有很多人把"中国文论"理解成"用汉语表达的文论",不仅包括中国古代文论,也包括中国现当代文论。例如,1998年2月,《文学评论》编辑部与暨南大学中文系联合发起"文学与文化问题'学术讨论会,其中,"20世纪中国文论"是会议的重要议题。有"20世纪中国文论",当然就意味着也有其他诸世纪的"中国文论";《文艺理论研究》2005年第六期的首要栏目就是"现代中国文论",他们也不把"中国文论"理解成中国古代文论,而是基本理解成"用汉语表达的文论"。

但问题在于,20世纪用汉语表达的文论汗牛充栋,其中不乏译作与食洋不化之作,这些"搬运""批发""传销"的货色,是不能冒充"中国"自主的知识产权的。况且,历史上存在着"汉语文化圈",日韩也有"用汉语表达的文论",他们也不会认为那是"中国文论"。换个角度讲,认为"中国文论"就是现代当代文论也是有道理的,因为"中国"(中华民国与中华人民共和国)作为一个规范的政治概念,只存在于现代当代。

二、作为一个专用范畴的"中国文论"

作为专用的范畴"中国文论",有几个必须考虑的因素:①文论的语种:表述语言是中文(主要指汉语)还是外文;②文论的问题意识:表述的是普泛性问题还是时代性或区域性的问题,是中国的问题还是外国的问题,有无全球视野和可沟通、可对话性;③知识领域和研究对象的划界、根本问题的提问的依据:是中国的历史与现实还是外国的理论;④普泛性问题提问与解答中,文论关键词、核心范畴的根源与背景,西方文论话语和中国文论话语的不同分量。从逻辑上讲,由于这几个因素的不同组合和组合时的不同偏重,就可能产生众多个性差异显著的"中国文论"。从历史上看,也有几种不可忽视的"中国文论"的现实存在：

第一种是中文（主要指汉语）表述的、研究普泛性问题的、与西方文论"互文见义"的、与中国古代文论"对待立义"的文论。近百年，这种"中国文论"在"文学概论"的编写界蔚为大观，他们既受"欧美模式"和"苏联模式"的整体影响，又在根本问题上的提问与关键词、核心范畴的使用上大量承接其问题与范畴。其中，有以Winchester于1899年提出来的情绪（emotion）、想象（imagination）、思想（thought）、形式（form）这"四要素"为主干的；有以"苏联"提出来的"意识形态""阶级性""内容与形式""写实主义"为主干的；有以M·H·艾布拉姆斯提出来的作品、作家、世界、读者四要素为主干的①。其末流常走向割中国之足去适西方之履。

第二种是研究中国古代或现当代特定问题的、与西方文论"互文见义"的、与中国古代文论"对待立义"的文论。近几十年，这种"中国文论"在中国古代文论界和现当代批评创作界也比较热闹，他们并不看重"苏联"和"欧美"的整体模式和普泛性问题，而是在文论关键词、核心范畴和根本问题上以"洋为中用""现代阐释"相标榜。其末流常走向以中国材料去印证西方观点。

第三种是外文表述的，具有中国问题意识的，在关键词、核心范畴的使用上与中国古代文论"互文见义"、与西方文论"对待立义"，在知识领域和研究对象的划界、根本问题的提问上以外国的理论为依据的文论。近几十年，这种"中国文论"在研究中国古代文学的国外汉学家与中国的比较诗学学者那里有所体现，但数量有限，零敲碎打，不成气候，仍然具有极大的开掘潜力。

第四种是中文（主要指汉语）表述的、研究普泛性问题的、在核心范畴的使用上承接中国古代文论话语的、在知识领域和研究对象的划界上受外国理论的影响但坚持以中国的历史为依据的文论。在20世纪

---

① 参见程正民、程凯《中国现代文学理论知识体系的建构》，北京大学出版社2005年版。

的前几十年，这种"中国文论"已有所萌动，从姚永朴的《文学研究法》到程千帆的《文论要诠》，尽管他们的理论框架各有差异，也不乏外国理论的影响，但他们都特别看重中国古代文论资源的利用，都特别借重中国古代文论的话语资源来表述普泛性问题。然而，在20世纪的后几十年，这种"中国文论"时运不济、备受冷落，即使抛去意识形态的历史原因，即使抛去全球视野和可沟通、可对话性的现实原因，它在问题意识、知识领域、核心话语上与西方文论和中国古代文论的关系也还都有许多值得反思之处。

作为有待进行学科建构的"中国文论"，应该是不同于以上四种"中国文论"的第五种：它是中文（主要指汉语）表述的，具有全球视野和可沟通、可对话性，仍然不排除在比较视野、某些具体问题上以西方智慧为借镜。但它在问题意识、知识领域、核心话语上是与西方文论"对待立义"、与中国传统文论"互文见义"的文论。

三、与西方文论"对待立义"的文论

与西方文论"对待立义"，并非反其道而行之，并非对西方文论关心的中国文论就视而不见，并非与西方文论二元对立，而是从中国的问题出发、从中国文论的传统出发、从中国文论现有的话语方式出发，来建构既具有主体性又具有可沟通、可对话性的文论，在当今文论话语的众声喧哗中发出自己的声音、确立自己存在的意义。

对待立义，语源《周易·系辞》"一阴一阳谓之道"。一个要素要使自己同其他要素联结起来，必须首先使自己同其他要素区别开来，相互对待，然后才谈得上进一步与其他要素联系起来。事物一旦离开了和它相对待条件的相互联系和相互作用，就成为不可理解的、毫无意义的东西。简单地说，就是意义产生于关系，意义产生于对待。我们把中国文论与西方文论相对待，并不是认为中西文论的关系是A与非A的关系，西方文论有非常出色的理性分析，并不意味着我们只能想象中国文论没有理性分析。中国文论重视整体性，也并不能暗示我们只能假设西方文论缺乏整体性认识。其实中西文论都理性地分析了不同的问题，也都力图整体地把握不同的问题。中西文论的二元对比可能预先暗示我们去寻找恰好的对立，恰好一样的东西，这两种情况事实上也可能有，但是并非只有这两种情况，而且真正重要的东西很可能并不是这两种情况。

在事物的对待中，对待方式各有不同，中国文论与西方文论的对待，应该是继发式对待，20世纪之前各自独立无对，20世纪西方文论凭借其经济、政治、军事及由此而来的文化强势，迅速将中国文论纳入西方文论既有的运作规则中，形成此唱彼随式的对待。在又一个新旧世纪之交，中国学界反思总结过去、瞻望设计未来的时候，发现中国文论在当今世界文论格局中所处的地位堪忧，特别是当今世界已处于全球化时代，面对西方话语的同化趋势，重建中国文论话语的命题，在学术界引起强烈反响。但笔者认为，确立中国文论在当今世界文论格局中应有的地位并不是我们目前唯一的诉求，从中国的问题出发进一步解决自己的问题，从中国文论的传统出发进一步继承与发展，从中国文论现有的话语方式出发进一步确立主体性，发出自己的声音，确立自己存在的意义，才是我们目前无法回避的诉求。

我们知道，在现代汉语语境中（特别是文学理论语境中）的"文论"就是文学理论，其知识领域是有关于"文学"的，而现代文学理论语境中的"文学"，其语源是西语"literature"，既非古代传统之"文学"，也非古代传统之"文"，是建立在摹仿论、审美论和特殊言述基础上的，它在体裁上突出小说地位、在理论上强调审美品质、在传播媒介上借重文字的文本。而这几点，在今天都不断地遭遇质疑，特别伴随着科技的进步和社会的发展，影视文化、大众消费文化对文字的文学文本的冲击。于是，有人重新提问：文学的边界在哪里？也有人开始了"文化诗学"和"日常生活的审美化"研究。但在笔者看来，当下重要的是重建"中国文论"的知识领域，其中最关键的是跳出西方文论给我们划定的等级秩序，作为有待进行学科建构的"中国文论"的知识领域，不应该是文学（literature）——艺术（art）——审美（aesthetic）等级论中的文学（literature）①，而应该是"人文——艺境——技艺"等级论中的"艺境"。

毫无疑问，以"文学"为学科能指的现代所指，经过几代人的努力，已有相当稳定的界域。现在，我们一般认为：文学的所指是情感的、想象的、形象的世界。在所指大致确定的情况下，对能指的选择就不仅是一个命名权问题，它还关涉到本学科的识记和发展，它应该尽量排除能指与所指之间的矛盾与混乱，尽量适应社会文化视野的发展变化，正是在这种意义上，"文学"作为学科能指，已到了需要重新思考的地步，产生了内在危机②。在这里，我们特别要注意的是，书写的同一性下所掩盖的语义差异，如古汉语语境下之"文"，比今之所谓"文学"既宽又窄。宽在其包括了大量议论性、应用性的散文。窄在其不包括小说、戏曲等形式。因此，用现在文学理论概念来衡量中国古代的诗文评，显然会有以今变古和以今绳古之弊。以传统意义的"诗文评"来言说古今客观存在的那种独特的精神活动，则或大而无当，或以偏概全。两难之中，本文选择"艺境"一词来应对这种困境。宗白华先生1948年曾以《艺境》之名结集论文，确为真知灼见。

艺境是"因情立体、以象兴境"的人类活动，是以方便低耗（感性具体）的方式作用于心灵、情感、精神，实现人文关怀的人类活动。"因情立体"，语出《文从雕龙·定势》，这是中国传统文论与西方表现主义文论和符号学文论的共识；"以象兴境"，虽无现成语源，但却凝结着唐宋之后中国传统文论的精华。作为建构中国文论话语的核心范畴，它们都具有独到深广的历史文化积淀、切近艺术基本问题的理论基

---

① 曹顺庆、吴兴明：《中国传统诗学的"异质性"概说》，三峡大学学报（人文社会科学版）2001年第2期。
② 牛月明：《对"文学"作为学科能指的反思》，青岛海洋大学学报2006年第2期（人大复印资料《文艺理论》2005年第11期）。

因、动态开放的理论张力、广泛深刻的现实影响力。①

与西方文论"对待立义"的中国文论，不仅在知识领域、核心话语上具有自己的主体性，在根本问题的提问方面也具有可沟通、可对话的主体性。无论是中国的"文论"或"艺境论"，还是西方的"文学理论"与"文化研究"，都要回答一些普泛性的问题。西方"文学理论"常常以本体论（本质是什么）主客体论为中心搭建其知识体系与理论框架，在提问"为什么？是什么？什么样？怎么办？整体中的要素与关系怎样？"等等问题时，侧重"真正的知识"；重术语、研究对象的清晰、确切，重深度的思辨与反思，重逻辑起点与逻辑推演。而中国古代文论常常以价值论（有什么用）和心物一体论为中心搭建其知识体系与言论框架，在提问："为什么？是什么？什么样？怎么办？整体中的要素与关系怎样？"等等问题时，侧重"源于什么"；文体与特点；风格与品格；文体与感受；考证逸事。同时，与西方话语表述方式的形而上追求（感性和理性分裂得比较彻底）相比，中国古代的话语表述方式侧重话语表述方式的诗性追求，重中和兼济，重生命化批评，重形象性概念（感悟式、印象式的词语；喻示性的概念），重模糊性、多义性和音乐性特征。这种差别对"中国文论"普泛性问题和核心范畴的重启非常重要。这里，只简略提启一些常常被文艺学忽视的普泛性问题："为何存在？"和"如何存在？""如何产生意义？"

"为何存在？"当代人在讨论"文学理论"时，喜欢先定义文学是什么，似乎只有这样才科学理性。其实，在追问文学是什么的时候，已经预设了文学存在的事实。如果我们真的按理性的原则去追问，首先应该回答的是，文学为什么存在，它的功用与价值是什么。而从"人从何处来""人是什么""人类活动的动力是什么"三个方面看"艺境"的存在，既具有"中国文论"的主体性又具有与西方"文学理论"与"文化研究"的可沟通、可对话性。

---

① 牛月明：《中国文论的元范畴臆探》，《文史哲》2001年第3期；《圆融之执》，中国社会科学出版社2003年版。

"如何产生意义？"当代文艺学在建构体系时，喜欢划分为本体论（本质是什么）、主体论、客体论、载体论（类型论）、过程论、受体论、发生发展论、风格论等等，这种划分往往会割裂意义产生的整体过程，"如何产生意义？"的提问可以有效防止这种割裂。"艺境"要产生意义，有三个阶段必不可少，即作者赋意、媒介传意、读者（受众）释义。作者赋意要"因情立体"，媒介传意与读者（受众）释义要"以象兴境"。"以象兴境"的过程有三个基本的方面：眼中所见、心中想见、脑中洞见。眼中所见，重视在场的刺激物、感知、物象；刺激物不在场（语言在场：能指在场，所指不在场）时，要通过语象（虚象、心象、映象、表象、意象、表征、记忆）产生幻象。心中想见是在眼中所见的基础上，经过解读、填空、异变、遇挫与顺应、艺术思维（情感、想象、理性），产生幻象，进而打开一个新世界。脑中洞见是在眼中所见的基础上，以"先见""认知结构""先前的意义""历史文化视野"为主，经过艺术思维（情感、想象、理性）对幻象进行开拓与延伸，深入一个新世界。

四、与中国传统文论"互文见义"的文论

中国传统文论并非只是中国古代文论，它是由中国古代文论和中国现代文艺学思想共同构成的①。"互文见义"作为古汉语里一种重要的修辞方式，它的主要特点是上下文义具有彼此隐含、彼此渗透、相互呼应、相互补充的关系。"互文见义"作为"中国文论"学科建构的一种重要方式，它要求与"用汉语表达的文论"、中国古代文论和中国现代文艺学思想构成既不等同又彼此隐含、彼此渗透、相互呼应、相互补充的关系。

首先，作为有待进行学科建构的"中国文论"，不能等同于"用汉

---

① 童庆炳：《文艺学创新：以20世纪中国现代传统为起点》，北京师范大学学报（社会科学版）2003年第3期。

语表达的文论"。"中国文论"当然主要用汉语表达，但并不排除今后会有用其他语种对中国文论根本精神的表述。当前重要的是，很多"用汉语表达的文论"并非严格意义上的"中国文论"，而是用汉语表达的西方文论，很多学者称之为"失语"。在20世纪，人们用了相当大的精力，自觉地向西方和苏俄学习，这个过程即使现在也没有完全失去意义。但在21世纪，我们更应该用同样大的精力来确立自己的话语和风格。中国是一个产生了唐诗宋词和《红楼梦》的国度，很难想象在这样一个国度里不存在一套有生命力的文论话语。如果存在，我们有什么理由忽视它甚至压抑它呢？我们又凭什么说它失去了"生命力"呢？以一个世纪的既得利益者的实践去否定十多个世纪的众人的实践，要么狂妄自大，要么愚昧无知，要么别有用心。从根本上说，新世纪对中国原创性文论的张扬，是对旧世纪文化思潮的反思，而不是开历史倒车，是一种"反必复"的过程，是促进中国文化建设的一种途径。也许探索中会出现种种歧路，但探索的勇气不应该失去，探索的正当性不应该被扼杀。作为现当代的文论工作者，我们有时不得不是洋泾浜语汇的使用者，但决不是其信仰者，我们仍然有权力也有信心去开掘、拓展中国的原创性文论语汇。

其次，作为有待进行学科建构的"中国文论"，不能等同于中国古代文论。中国古代文论博大精深，有独特的思维方式与话语体系，这些都是探求中国文论根本精神之所在，是必须借重的宝贵遗产和丰富资源。但是，中国古代有具体的诗文论、书画论、乐论、戏曲论、建筑论等，却没有统一的所谓"艺术论"，没有一个确定的领域来建立"中国文论"，没有一部像丹纳的"艺术哲学"和黑格尔《美学》那样的文艺学专著。因此，统一的、综合的"中国文论"以现代人对艺术的理解为前提，作为独立学科的古代文论、中国文学批评史，是现代中国人引入国外教育制度的产物。完全回归古代文论是根本不可能的，原因不言而喻，时光不会倒流，现代人怎么也写不出古代文论，即使像钱钟书那样可以用精美文言来写作的人。另外，具体的中国古代文论的一些观点毕竟是当时历史的产物,有特定时代、特定社会、特定环境、特定文体的限制,并不能具有中国现当代的问题意识。"中国文论"必然是建立在中国现代文艺学思想基础上,对中国古代文论话语选择利用、适当改造的当代文论。

以中国现代文艺学思想为基础,并不是当下建构者呕心沥血的追求,而是任何一个求知者的宿命,它在你进入这个领域之前就已经进行了规定,规定了你的知识、你的观念、你的用词、你的视野……所以,中国现代文艺学对待中国古代文论的态度无论是功是过、是断裂是继承、是扬弃是忽视,当下建构者都无法承担任何责任,也不该享受任何荣誉。

20世纪过去以后,我们惊异地发现,人们在言说文艺现象时,都在潜意识里渗入了一个预设,即中国固有的原创性语汇已死亡或不足以言说现当代甚至是古代的文艺现象。这种假设是有其政治、经济、社会文化思潮背景的,但这种假设是不是就是无可置疑的、理所当然的呢?笔者相信有人有过疑问但没有追问探索下去,有人不敢、有人不愿、有人则是随大流,有些洋泾浜语汇的信仰者和既得利益者,干脆就有意地视而不见,甚至以"保守""标新立异"等各种各样的指责压抑质疑者。中国古代文论零散的存在方式和对"隐含读者"的高要求,曾让一些自诩或被誉为学贯中西的学者十分恼火,他们实在没有精力或能力去面对这艰难繁琐的工作,不如闭上眼睛说一声:无足可观。以暂求没做亏心事的安宁。然而,中国传统诗文评论并没有因为这些人的视而不见而消失,它依然散见于浩如烟海的经史子集之中,其中有些精见迭出,有些精芜杂呈,有些陈陈相因。如何从文论创新的角度进行梳理、归纳,以见出它们的整体关联和有序动态,是一个难以回避主观介入的课题,也是一个难以藏拙的课题。

五、"中国文论"的特性与意义

"中国文论"作为一门知识,具有很强的历史性、地方性与语境性。因为产生这些知识的全体是历史具体地，产生知识的场所及针对性也是历史具体的。我们并不否认人类知识存在交叉重叠之处。但是这种交叉重叠部分必须在详细整体地分析各种地方性知识之后（难），尤其是在充分的交往对话之后（尤难）才能发现，而且在言说这个重叠部分时必须时时念及它们的差别。而普遍主义者和本质主义者往往在寻找普遍本质，发现普遍"真理"和建构"普通性知识"的名义下，进行跨时空的综合（拼凑）。本文提出以"艺境"作为重建"中国文论"的知识领域，意在强调"中国文论"知识的历史性、地方性与语境性。在全球化语境的众声喧哗中，实际存在着可以圆融的两极，一极是着眼于公共性、普遍性的全球化话语，另一极是着眼于个性、特殊性的边缘化话语。而艺境论研究相对于着眼于公共性、普遍性的全球化话语而言，它是种族性、差异性、地域性文化研究意向中的一种声音，而相对于着眼于种族性中差异性、地域性文化研究意向而言，它又是公共性、普遍性研究中的一种声音。艺境论也只能是一种以中国古代学术资源为底蕴的现代理论，它有时只能是在西化的大底色中深抹些个性的、国学的色彩。这里所谓的"西化"，是指重共相、重用语言明晰地表达、重定义、重逻辑、重体系的传统，这并非只有西方人才有，但相对而言，也许西方人在这些方面做得更好些，没有这些就难成理论、难成体系，也就没有学科建构的"中国文论"。

我们显然无法认可有唯一正确研究方法的观点，或宏观或微观，或具体或抽象，或综合或细化，或考据或比较，或阐释或还原。方法多元，各有侧重是迅速优化的一条途径，关键是研究者采取的方法是否是此时此地、此情此境中的最优化。同样，论题也不在大小，关键在是否创新及创新的程度如何。传统的中国文论并不乏"片面的深刻"，但缺乏在当今众语喧哗中发出声音的话语系统，当这个话语系统建构起来之前，任何朝此方向的努力，它的时代价值都是不言而喻的。当这个话语系统建构起来之后，再进行细化和否定，则又有了进一步的意义。"反者道之动"，但此"反"应以"大""远""逝"为前提。笔者认为，现在中国文论前进的关键在于：先进行总体上的建构与推动，然后（而不是现在、过早）才是进一步的细化、否定和完善。

中国有世界上最庞大的文论队伍，每个人都应各司其责，"中国文论"的建设一开始并不一定非要为某些具体批评负责，而要力争在众多具体批评话语中抽出最基本的东西，提炼出一些在中西交流中可以互相理解和沟通的现代理论话语，分析其基本内涵，以便积极参与文论的多元对话。到目前为止，这项工作的必要性常常被权利、宗派、片见、偏见所遮蔽，这项工作的重要性也并没有被完全地知晓，而当代社会一个隐秘的逻辑是：不被知晓就是不存在。

第二章

圆融之执

按照广义的文化观点，文化就是"人化"，它应当包括人的行为和思维两个方面。人的社会行为要受人的思维支配，因此，在整个人类文化现象中，思维起着至关重要的作用。思维作为一种认识或心理活动，并非先验的或本来如此的，而是在一定的社会历史和文化背景下形成的。但是，任何认识过程或活动又要从一定的既成的思维模式出发，按照一定的思维程序或定势才能进行。在不同文化背景下的人类活动中，那些长久、稳定、普遍地起作用的思维方式、思维习惯、思维倾向，即可看作是不同的思维偏向。在中西艺术活动中，其思维方式无疑存在着许多相同之处，表现出人类的共性，同时，中西文化史的比较研究也分明地显示出，它们都有自己独特的思维偏向。思维偏向是决定人类活动及艺术如何发育的一项重要因素，是人类艺术现象的深层本质，通过思维偏向，能够说明艺术活动的许多内在联系。

第一节 整体圆融思维偏向的历史渊源

在讨论中国古人的艺术思维偏向时，首先应该提到的是整体圆融思维，尽管不同的学者在提法上不太一致，但其内容指向却有大致共同的领域：对待矛盾追求圆转流动；认识事物崇尚直观意会；理解传统注重释古开今。

陈寅恪在《静安遗书序》中说"其（王国维）学术内容和治学方法，殆可举三目以概括之者，一曰取地下之实物与纸上之遗文互相释证，……二曰取异族之故书与我国之旧籍互相补正，……三曰取外来之观念与固有之材料互相参证。"现存关于上古的文献，大多是已经远离了上古的文化人的想象和追忆，时间把许多人们不愿意回忆的东西过滤了出去。例如在三代之末知识阶层的追忆中，上古世界虽然艰辛但生活却是淳朴而恬静的。而近代西方人类学家最喜欢从空间差异来讨论时间差异，认为有些原始民族的现在就是他们的过去。如果我们把上古之文献、外来之观念和地下之实物互相参证，也许能更好地把握上古中国人的思维偏向。

一、对待矛盾追求圆转流动

对待矛盾追求圆转流动，则善于把反命题统一成一个合命题的整体；以由元素组成的整体为思维对象，重视要素之间的联系与发展；强调对待立义和复杂事物的模糊性和流转性。体现在解决问题的方法上，则是重综合，重圆转流动，强调普遍联系，不想把事物绝对化，认为把一切事物都分析得清清楚楚是不可行的，也是根本办不到的。体现在人伦关系上则重视群体或集团意识，强调家国、集体的协调和谐和优先地位，限制个人极端自由和个人利益至上，反对个人与个人割裂、个人与群体脱离；体现在人与自然的关系上，则强调人和自然的协调，认为人与自然是融为一体的，人对自然应有充分尊敬。

1. 天圆地方·玉器时代·珠圆玉润

考古发现的远古遗物中，较多的是日用的石器和骨制品，长形、菱形、圆形工具的制造，体现了初民对形式美的追求，图案、纹饰、穿孔的骨坠、玉制的耳坠、大量的骨珠等装饰品的出现，昭示着艺术的产生，人们可以制造出与自然存在不同的、具有精神文化内容的东西了。

当有人用在贾湖地区发现的9000年前的骨笛吹奏出与现代音乐只差五分音的乐曲时,我们无不惊叹先民的智慧和创造力。其次是殉葬品,这应该是死者生前使用与喜爱的东西,或活人认为有益于死人的东西。从中可以看出当时人们已经明确了死后世界和灵魂永存的观念,一直延续至今的祭祀仪式和祖灵崇拜应该与此有关。玉琮和璧在不同时期的大量发现,使有些学者把中华先民关于天圆地方的独特观念上推到新石器时代①,它的意义在于给先民提供了一个关于中心存在的价值本源。天地相对,都是由对称和谐的中央和四方构成,四方环绕中央,中央统辖四方,那么,在价值等级上,中央就优于四方。中央与四方构成了宇宙天地的秩序,与"天道"同一来源、同一结构、同一特性的事物也应该有这样的秩序,人类自身、社会组织自然也不能例外。这与"中国"名称的来源和根深蒂固的等级观念是有关系的。

文明的演进大致是由石器时代到青铜器时代,再到铁器时代及电光时代,但在上古中国文明的演进是否还另有独特方式?有的学者据此提出:"中国在石器和青铜器时代之间曾有一个玉器时代"②,这是中华文明起源时期的主要特征之一。"玉器最早出现于七八万年之前,而玉器时代则大约距今5000～3500年间。玉的分布范围北起燕山,西及陕西和长江中游地区,东到泰山周围的大汶口文化,南到广东,形成一个新月形玉器文化圈"。"玉的神化和灵物概念是玉器时代意识形态的核心,中华民族形成爱玉的民族心理亦根植于此。"据《史记》载,舜赐禹玄圭;而商有传国之宝玉。周武王在灭商后,得到商"旧宝玉万四千,佩玉亿有八万。"《左传》里有大量关于玉的象征性的记载。如昭公十三年载:共王欲立太子,祈于神,"乃遍以璧见于群望"曰:"当璧而拜者,神所立也,谁敢违之?"以玉璧为山川社稷之象征。先秦有以玉比德之说,《诗经·秦风·渭阳》:"我送舅氏,悠悠我思。何以谓之,

---

① 参见《中国古代思维模式与阴阳五行说探源》,南京:江苏古籍出版社1998年版,第106页;葛兆光:《中国思想史》第一卷,复旦大学出版社1998年版,第86页。
② 参见《光明日报》,1990年7月4日版。

琼瑰玉佩。"当时,贵族们人人都佩玉。玉是一个人的身份、地位、修养的象征。《荀子·法行》里对这种象征性讲得最透彻:"子贡问于孔子曰:'君子之所以贵玉而贱珉者,何也?为夫玉之少而珉之多邪?'孔子曰:'恶!赐,是何言也?夫君子岂多而贱之,少而贵之哉!夫玉者,君子比德焉。温润而泽,仁也;栗而理,知也;坚刚而不屈,义也。廉而不刿,行也,折而不挠,勇也;瑕适并见,情也;扣之,其声清扬而远闻,其止辍然,辞也。故虽有珉之雕雕,不若玉之章章。'言念君子,温其如玉。'此之谓也。"正因为有如此丰富的道德人格的象征性,所以才有"君子无故玉不去身"之说(《礼记·玉藻》)。

在出土的上古时期的玉器和骨制品中,大量的玉环、玉璧、骨珠尤其引人注目,有人认为玉环、玉璧是"生殖崇拜"的体现,言之凿凿,其谬可鉴,原因大致有二:一是受外来理论成说的影响,二是与论者的惯例期待重合。现在我们未必能准确地判断这些物品的意蕴或象征,但其追求圆活流转、珠圆玉润的蛛丝马迹却不难发现。大道之行,周流不息,先民们在长期的生活实践中,对循环的体验一定非常深刻,春夏秋冬,周而复始,日出而作,日落而息,生老病死,新陈代谢,吉凶祸福,相依相存。这种体验导致了人们对圆活流转、珠圆玉润的追求。在后来的许多典籍中,这种追求已上升为一种哲学思考。《易·泰》中有"无往不复""蓍之德,圆而神";《老子》中有"致虚极,守静笃,万物并作,吾以观其复""反者道之动";《鹖冠子·环流》中有"物极必反命曰环流";《荀子·王制》中有"始则终,终则始,若环之无端也。"《管锥编》引张英语:"天体至圆,万物做到极精妙者,无有不圆。圣人之圣德,古今之至文、法帖,以至一艺一术,必极圆而后登峰造极。"对"圆"形的重视融会了早期思维对变化循环,多样统一,动态平衡的认识和兴趣。后在佛论和文论中也屡有体现,《五灯会元》卷一《信心铭》:"圆同太虚,无欠无余。"汪文《哀盐船文》:"圜者如圈,破者如玦。"《文心雕龙·体性》:"沿根讨叶,思转自圆。"谢朓:"好诗流美圆转如弹丸。"司空图《诗品·流动》:"若纳水輨,如转丸珍。"曾滌生："古今文人下笔造句，总以珠圆玉润为主。"周济《词辨》："北宋词多就景叙情，故珠圆玉润，四照玲珑。"

2. 阴阳五行·道法自然·人与天调

司马谈《论六家旨要》中一家是阴阳家，班固《汉书》中说："诸子十家，其可观者九家而已。"其中也有阴阳家。时人多把阴阳五行思想的代表算在邹衍身上，他针对儒墨局限于现世的是非曲直之弊，力图追问宇宙时空的奥秘，为思想提供宇宙时空的最终依据，故《盐铁论》说其"疾晚世之儒墨，不知天地之私，昭旷之道，将一曲而欲道九折，守一隅而欲知万方。"梁启超将阴阳五行说作为中国传统文化的基点，其阴阳对立五行生克的思想长期影响着人们的心理文化构成及艺术观念，但阴阳与五行的融合却经历了漫长的过程。

阴阳最初与地理相关，指水的南北两面。西周时，已成为一切相对待事物的总概念，《周易》中有阴阳两种符号，《尚书·周官》中有"论道经邦，燮理阴阳"；春秋时，阴阳观念更加普遍，人们把地震归因为阴阳失衡（《国语·周语上》）。天落陨石，也是"阴阳之事，非吉凶所生"（《左传·僖公十六年春》）。医和论晋候之病说："阴淫寒疾，阳淫热疾"（《左传·昭公元年》）。先秦诸子中，老子较早把"阴阳""气""和"连在一起："万物负阴而抱阳，气以为和"；后来《易·系辞》也有"一阴一阳谓之道"的纲领性提法。五行思想在鲁昭公时代已很系统了。《左传》中，昭公九年，十二年，十七年，二十年，二十五年，二十九年都涉及与五行有关的提法。敏泽认为五行观念源于殷文化，阴阳学说则从南方楚地发展起来，阴阳五行说的完全融合，表现得最充分的是《管子》。① 在《管子》一书中，在承认"阴阳者，天地之大理也"的前提下，把宇宙万物看作这一原则支配下的根本存在序列，它的《五行》《幼官》《四时》等篇中有大量的以五为名的序列包括音乐创作的"五音"在内。认为人们只要遵循宇宙的构成系统及其序列存在，他们的一切行为，包括艺术、人事、政教在内，就自然会"合

---

① 参见敏泽《中国美学思想史》第一卷；《文学遗产》1994年第3期，第4~15页。

于天地之行",从而达到"人与天调",即人与自然和谐统一的目标,这是我国春秋战国时期天人关系的最光辉的思想之一,形成了中国传统文化,包括艺术在内的最根本哲学基础,形成了中国型,也是东方型的艺术精神的根本。"它的核心,在于强调师法自然基础上人与自然的和谐统一和一致,强调二者要水乳交融为一体,而不是分离或对抗。这同以征服自然和分析思维模式为特点的西方文化和艺术思想恰成鲜明的对照。"

中国古代哲学鲜有言人而不言天者,天人观在思想发展史中占有重要地位,但不同学派对天人关系的理解却不相合。简而言之,儒家讲"知天乐命",以"忠恕"为本,注重人事,肯定人为,讲求文饰,强调个人对家族、国家的责任;而道家讲"顺乎自然",尊奉"天道",倡导"无为",张扬个人的自由和对国家、社会的超越。但他们又殊途同归,都把人格修养和身心内外和谐作为自己的追求,因此表现在文艺理论中,一是重视主体修养,重视人心与天地精神的沟通,重视作为艺术创作之本的情感的意义,这与西方18世纪浪漫主义兴起以前的模仿说大异其趣。二是要求艺术家以朋友的身份,全身心地拥抱自然,重意象而不重物象,重写意而不重写实,重虚空而不重实有,重心理时空而不重物理时空,去创造情景交融,心物统一,人与自然融合一体的艺术意境,如石涛说"黄山是我师,我是黄山友",李白诗:"相看两不厌,惟有敬亭山",欧阳修诗:"花开鸟语辄自醉,醉与花鸟为交朋",辛弃疾诗:"我见青山多妩媚,料青山见我应如是"。这当然不是简单地观察事物、反映事物,也不是运用自然科学方法去捕捉"典型瞬间"来创造艺术典型。

3. 礼仪·中和·伦理道德

在文艺起源问题上,当代中国人多津津乐道于"模仿说""巫术说""游戏说""劳动说"等,不管其中有多大差异,至少有三种因素对文艺起源问题应该明确:情感表达的需要;生活技能的精致化和理想化;早期人类对未知世界的想象和探索(包括寻找超越神灵的能力、与神灵沟通的能力、传递神灵意志的能力等)。这是文艺产生的直接根源。根据人类学家的看法，上古人类生活在一个由自己虚构的"万物有灵"的世界中，他们认为，世界上有一种"神秘力量"普遍存在于事物之中，人们如果掌握其法则或密码，就可以争取以法术或禁忌来运用或躲避，这种规则一般是依靠联想而发生效力的，有时是通过相似联想产生神秘力量，有时是通过占有联想产生神秘力量，这也许与他们征服自然的能力有限密切相关。自然界和亡灵对他们来说具有不可思议的神秘性，仿佛人的生老病死、吉凶祸福都是它们施加影响的结果，因此，天地崇拜、动植物崇拜、祖宗崇拜方面的祭祀仪式显得颇为发达，在原始祭祀仪式中，舞蹈、音乐、诗歌曲谣经常是三位一体的。《诗大序》《礼记·乐记》《尚书·尧典》《吕氏春秋·仲夏纪·古乐》等汉前典籍都曾提到这一情况。文字学的成果印证，"舞"与"巫"原本是一字①。《说文》释"巫"曰"巫祝也，女能事无形以舞降神从者也，象人两袖舞形"。原始古乐也常与原始巫术和祭祀祈祷等密切相关。《周礼·春官·大司乐》记周代"舞《云门》以祀天神""舞《咸池》以祀地祇""舞《大武》以享先祖"。《吕氏春秋·仲夏纪·古乐》载"昔古朱襄氏之治天下也，多风而阳气蓄集，万物解散，果实不成，故士达作为五弦瑟，以来阴气，以定群生"。诗、乐、舞三位一体并非中国早期所独有的现象，而是世界性的普遍规律，而在祭祀中对"礼"的遵循和重视，似乎涂抹了浓重的中国色彩。《说文》释"礼"为"履也，所以事神以致福也"。王国维《观堂集林》卷六《释礼》进一步指出，礼的右上半部为二玉在器之形。郭沫若在《卜辞通纂》中认为，礼的右下半部是"鼓"的初文，这使我们可以把祭祀的诗乐舞与礼仪规则结合起来考察，在考古资料中有关礼仪用品数量之大、名目之多，在其他文明中并不多见。《礼记·郊特牲》中说"万物本于天，人本于祖，此所以配上帝也"。礼仪的意义在于象征，它起着一种强化规则、整理秩序的作用。《礼记·三年问》中认为"称情而立文"是"无易之

---

① 参见敏泽《文学价值论》，社会科学文献出版社1987年版，第18页。

道也",发自内心的性情延伸为对长幼之序、亲疏之别等秩序的追求。当这种追求又结合宇宙天地、中央四方的观念,扩充成为社会等级和宇宙结构的天道时,就需要一整套形式化的东西去确认并表现出来,礼仪正是这样一套象征。葛兆光《中国思想史》第一卷在谈到"礼"时认为,"殷周以来的仪礼,无论从祭祀对象、祭祀时间与空间,以及祭祀的次序、祭品、仪节等方面来看,都是在追求建立一种上下有差别、等级有次序的差序格局。这种表现于外在仪礼上的规则,其实就是为了整顿人间的秩序。从形式上,有祭品的太牢、少牢之别,乐舞的八佾、六佾之差,葬制的九鼎、七鼎之序,祭礼的郊祭、庙祭之规,这就叫礼仪。"王国维在《殷周制度论》中认为,殷周之际有一场文化大变局(革命),基本确立了立子立嫡之制,宗法丧服之制,庙数之制,同姓不婚之制等。它构成了中国社会的基本伦理观念、组织结构和行为准则,也基本确立了中国文化的传统。

中和精神可溯源于殷商,殷人已有五方尚中的意识。有关中和的论述在周代典籍中数量更多,如《国语·郑语》史伯论兴衰,提出"和实生物"的命题(公元前774年左右);《左传·襄公二十九年》季札观乐列出14项中德(公元前544年、吴文化);《左传·昭公元年》医和论"中声""和",打通病理、心理、物理、乐理之间的联系(公元前541年、秦文化);《国语·楚语上》伍举说"夫美也者,上下、内外、小大、远近皆无害焉,故曰美"(公元前534年左右、楚文化);《左传·昭公二十年》晏子区分和与同,提出"相成""相济"的方法(公元前522年、齐文化);《国语·周语下》伶州鸠论"和声""中声"(公元前520年左右);《左传·昭公二十五年》子产明礼(公元前517年、晋文化)等(引文参见下篇)。《周易》有经传两部分,其《易经》部分成于西周应无疑义,其中五次提到"中行"值得注意。后经孔子的大力推介,至《礼记》已提高到传统文化的核心地位,所谓"中也者,天下之大本也;和也者,天下之达道也"(《礼记·中庸》)。当然,中和思想并非儒家的专利,道墨两家也有相关论述,如《老子》

42章"万物负阴而抱阳,冲气以为和"(中、冲互训;汉墓帛书《老子》中即冲)。中和精神的基本特点就是要恰切地处理各种对立因素的和谐统一,把握矛盾双方相互依存之"度"。

其实,在大致同期的古希腊,对和谐的追求也是重要内容。毕达哥拉斯学派认为:音乐是对立因素的和谐统一,把杂多导致统一,把不协调导致协调①。赫拉克里特也提出了美在和谐的主张:"互相排斥的东西结合在一起,不同的音调造成最美的和谐,一切都是斗争产生的"(同上书,19页)。亚里士多德认为:"一个美的事物……不但它的各部分应有一定的安排,而且它的体积也应有一定的大小"②。后来罗马的西塞罗认为:"美是物体各部分的适当比例,加上悦目的颜色"③。

比较中西和谐论,我们可以发现二者的同异。就同而言,都认为对立的东西造成和谐,论和谐都以声音为例;对和谐的强调是其基本特征。就差异而言,更值得我们重视,古希腊哲人更关注自然界的和谐,中国贤人更注重社会人际关系的和谐;古希腊更倾向于外在的比例,对称等形式的和谐,古代中国更注重人的内在情性的和谐;古希腊的和谐论更具有自然科学的色彩,古代中国的和谐论更具有伦理道德的色彩;古希腊重视的是物理的和谐,如声音、形体、颜色等;古代中国重视心理的和谐,其中儒家重情与理的统一,道家重心与物的统一;西方和谐论的表层是经验对象的和谐,如鲜明、整一、多样性统一等,里层是超经验实体的和谐,如毕达哥拉斯的"数"、亚里士多德的"第一推动者"、普罗丁的"太一"、托马斯·阿奎那的"神"等;中国和谐论的表层是与审美对象直接关联的、当下体验心理活动,即小我之和,里层是通过这种心理活动所达到的间接的社会目的,即大我之和。④

对中和之美的重视,要求作家、批评家恰当处理各种艺术对立因素

---

① 《古希腊罗马哲学》,商务印书馆1961年版,第36页。
② 《诗学》,人民出版社1962年版,第25页。
③ 《西方美学家论美和美感》,第56页。
④ 参见周来祥、陈炎:《中西比较美学大纲》,合肥:安徽文艺出版社1992年版;曹顺庆:《中外比较文论史》,济南:山东教育出版社1998年版。

的和谐统一，如：文质、形神、言意、刚柔、雅俗、繁简、清浊、多少、大小、出入等，对伦理道德原则的重视，导致对创作主体修养的重视（养气）并进而发展成为"文气"说；中和之美与伦理特色相结合，直接影响了中国传统的艺术风格和理论，即重比兴，重含蓄，重兴象、意象，重滋味、神韵，重言有尽而意无穷，而以赋为基调的叙事诗不发达。

二、认识事物崇尚直观意会

直观是指从现实到语言的思维活动不重视上下位概念的演绎、归纳，经常靠类比外推、关联想象、直觉感应得出结论而忽视推论；意会是指从思维到现实的思维活动不重视上下位概念的演绎、归纳，经常靠体认顿悟、印象经验、得意忘言来达到而忽视逻辑分析。由于语言与思维的不可分性，直观思维和意会思维也是一体的。

1. 古汉语中体现的思维偏向

现在许多人在比较中西差异时，很愿意将差异的起点归根于农业文明的发展。但作为社会历史发展的一个必然阶段的农业文明，并非只此一家、别无分店，我们当然不应该忘记中国高度繁荣与发展的农业文明。李约瑟的《中国科技史》将"四大发明"改写为几百项发明，似乎可资佐证，但若只抽象地谈其对中国人思维偏向的影响，并不足以与其他农业文明区别得更清楚，笔者倒以为从世界上唯一没有发生过质变的汉字、汉语中，能较直接地见出些许上古的信息。

西方自亚里士多德以来，大多将语言文字视为交流思想的工具或表达意义的符号，它们是由能指与所指的约定俗成，表达完整而又稳定的意义。而20世纪的所谓"语言革命"则认为，意义实际上是被语言创造出的东西，人们之所以有意义和经验，是因为有一种语言使二者可以置于其中，思维的行为，在很大程度上就是内隐的语言运行。这种将语言与意义对立起来的思维方式正好说明了拼音文字对思维偏向的影响。

我们也可以暂时借助这一方式，由语言现象入手，进而分析古人的直观意会思维偏向。

人类文明的进化过程大致是先有语言而后有文字的。口头的语言随风而逝，而记录口头语言的文字，要达到约定俗成的共识，确实需要历经一个十分漫长的过程。结绳记事，仓颉造字，出自八卦等说法，都表现了后人对文字起源的一种理解。一般认为文字起源于图画，后又分为两途：表音文字由图画文字中截取一部分形体，予以改造，变意符为音符；表意文字简化原有的形体，淡化图像的意味，而继续保持和发挥意符的作用（意乃音下有心）。拼音文字产生意义的内在流程大致应该是这样：文字符号—声音—概念—意义，拼音文字不存在形象性，必然形成抽象概念，由单音组合成词，由词构成句子，由句子构成段落，最后成就整体意义。而汉字作为表意文字却有不同的产生意义的内在流程，它大致是：文字符号—声音、意象同时凸现—概念—意义。这一差异当然要追溯到汉字之初，从大量的考古发现中可知，运用图画和符号进行思想记录、表述和交流的能力，在中国的新石器时代就已明显地表现出来，但要具体地判定这些是个性化的图画或一般化的原始文字，是偶然刻画还是有意识写字则是非常艰难的。我国现存最早的汉字是陶文、甲骨文和金文，而"造字之本"则是"六书"。"六书"中的转注和假借，是用字法，而在四种基本造字法中，象形字又是最基本的。以象形为基础的表意汉字的产生，与早期中国人重经验、多联想、包容万物的主体精神和物我一体，天人合一的思维偏向有密切关系。以象形为基础的表意汉字的延续使用，使中国人的思想世界始终不曾与事实世界的具体形象分离，思维中的判断推理始终不是一套纯粹抽象的符号。再加上中国人对文字有一种神秘或崇敬的态度，从以形说义到由文字象形进行联想式的意义解释，从借用文字象征而构造神秘图符到由文字的形状构造来预测吉凶，这都直接导致了中国人直观意会思维偏向的形成。越是早期的思维越是具体而细致，之后可能是在此基础上的引申和联想，中国汉字的部首归类法大致可以看出这一流程，例：木类（树木：李、杏、松、柿、枣；树木的一部分：末、本；以树木为原料：杆、杠、栅；从树木引申的：杲、杳、东）用一个可以感知的表象作为现象事物分类的依据，使人们一看便可以体会它的大体意思，可以产生相当广泛的联想，这种世界上独一无二的文字，当它作为一种不言而喻的思想运算的符号被人们接受时，人自己创造的文字，就会反过来影响规范人对世界的认识。汉字建构体现了先人的"人本"（非物本、神本）原则。姜亮夫在《古文字学》中说："整个汉字的精神，是从人（更确切一点说，是人的身体全部）出发的。一切物质的存在，是从人的眼所见，耳所闻，手所触，鼻所嗅，舌所尝出的。……总之，它是从人看事物，从人的官能看事物。"[①] 从一定意义上说，每个汉字都是一个隐喻结构，它通常不指向抽象的事理，而指向具象的世界及其真谛，并且主要是生命主体生生不息的运动结构，它在一定程度上避免了卡西尔所认为的西方人为文字付出的代价："剩下的只是一个思想符号的世界，而不是一个直接的经验世界"（《语言与神话》）。进一步说，当文字的图像意味比较浓重，文字的独立表意功能比较明显时，即使省略一些句法的规定和补充，也不会影响人们之间的交流与沟通，话语的发出者和接受者可以凭着共同的文化习惯来表述或理解很复杂的意义，造成了早期文法规定性的相对松散，这在古典诗词中，一直有明显体现。

汉语对一字一音一义的单音节的侧重，促使了汉字在表意道路上的迅速发展，单音节词在口语里要靠语音的分化来做区别，但语音分化终究比不上词汇的增长，这就有了同音词的判别问题，直接和意义相关的字形差异能够部分地解决这一问题。汉语作为不同于屈折语和粘着语的孤立语，以形音义相统一的表意性而独具特色，有直观生动的象形表意，有察而见意的指事表意，有参悟寻索的会意表意，也有在象形、指事基础上标类注音的形声表意。

就汉语构词成句的语法结构而言，其在词形、人称、时态等方面，也与西方语言存在差异。西方语言名词有性、数、格的变化，动词有时

[①] 《古文字学》，杭州：浙江人民出版社1984年版，第69页。

态、式的不同，形容词转换为副词，动词移易为形动词或动名词，都要经过词形变化反映出来。汉语缺少词形变化，词序的安排则显得较为重要。通过词序的安排，将分散的词语组合起来，词与词之间的逻辑关系得以确立，句子也能获得完整的含义。至于名词的单复数，动词的时态等，在单独的句子里常无法显示，必须联系上下文和全部语境才能判别。文人们经常利用汉语的无时态，在作品中刻意呈现出一种绝对心理时间，即他所体验的情感、经历的事情是恒常的，原不必限制在某一特定时空中，有时没有时态，也就是向人宣示时间在本质上的短暂和虚妄。古典诗文中常可以无人称限指，这样可造成一种客观化的非个人效果，它提供一个场景，召唤人移入或参与从而把文学创作中个人体验转化、上升为普遍的带有象征意义的人的共同情感，进行探索。同时也宣示出一种中国式智慧：使用者不愿将自己的观点牵强地加诸客观存在的事物之上，不愿意站在世界、物象与读者之间赘述与分析，而更愿持一种虚以应物、忘我而万物归怀的态度。汉语培养了中国人注意从自身周围的世界去发现体证与仰观俯察的能力，并进而走上一条由对天地万物的取用，到赋予其深刻意义，最后将之定型化为学科性范畴的道路。汉语重会意，包含着对作为主体的人的尊重，它经常不受表面上的形式搭配规则的限制，而更多地依赖语言运用者甚至接受者的心智投入和情感补充，更多地依从人们深层的意义悟解。高名凯在《汉语语法论》中称："汉语偏重心理，略于形式"。王力在《中国语法理论》中称"西洋语言是法治的，中国语言是人治的"。成中英认为汉语"是通过宇宙来掌握语言，走向整体思考"。而不是西方"通过语言来掌握宇宙，走向理性思考"[1]。

2. 对"味"的关注与爱好

民以食为天。食、色，性也。人类的生存要以足够的食物为前提，用火熟食是人类进化的一个必然阶段。中国神话传说中的人类之祖伏羲又称"庖羲"，也与教人熟食有关。古鼎最早只是食器，对"味"的关

---

[1] 《中国语言与中国传统哲学思维》，《哲学动态》1988年第5期。

注，是人类在单纯的生理需要之后，追求生活质量审美享受的一种努力。《说文》释"美"曰："美，甘也。以羊从大，羊在六畜，主给膳也。"古人言味常常超越具体的酸、甜、苦、辣等具体的感官感受而赋予政治、伦理乃至审美色彩，从"味和"以言"政和"乃至言辞诗文的"有味""滋味""至味"构成了中国传统文论中的一道风景，这与西方古典美学中明确否定味觉在审美中的作用形成了鲜明的对照。如《左传·昭公九年》："味以行气，气以充志，志以定言，言以出令。"《国语·周语下》："二十三年，王将铸无射……而为之大林。单穆公曰：'不可'。……口内味而耳生声，声味生气。气在口为言，在目为明。言以信名，明以时动。名以成政，动以殖生。政成生殖，乐之至也。"人们把五味的调和与心气调和与政治调和联系到了一起。《史记·殷本纪》有"阿衡干汤"的故事，这在《吕氏春秋·孝行览》里得到了进一步的发挥。

　　古人的审美追求多是世俗生活本身的精致化和享乐化，而饮食之乐是这种追求的基础或中心。"易牙烹子"骇人听闻，却也反映了人们对品味美的病态爱好。即使圣如孔子，亦"食不厌精，脍不厌细""有盛馔，必变色而作"（《论语·乡党》）。《乐记·乐施篇》中说："酒食者，所以合欢也。"酒食的功能并不仅仅在于能满足口腹之欲，这种活动还可使人得到美感高峰体验和自由心境，撞钟、奏乐、观优、投壶、赋诗，这些都是宴饮之乐的内容，这里的生理性快感与心理的审美愉悦水乳交融，不可分辨。很多人在讨论审美问题时往往五官感觉并举互证，并且常借助于味觉之美得到确认和说明。如墨子："目之所美，耳之所乐，口之所甘，身体之所安。"（《非乐》）孟子："口之于味也，有同嗜焉；耳之于声也，有同听焉；目之于色也，有同美焉。"（《告子章句上》）荀子："人之情，口好味而臭味莫美焉，耳好声而声乐莫大焉；目好色而文章致繁妇女莫众焉。"（《王霸》）庄子："夫天下之……所乐者，身安厚味美服好色音声也。"（《至乐》）老子："五色令人目盲，五音令人耳聋，五味令人口爽。"而西方美学家在味觉与审美的关系上与中国的差异表现得异常明显,柏拉图在《文艺对话录》中说:"美是由视觉和听觉产生的快感,""如果说味和香不仅愉快,而且美,人人都会拿我们做笑柄。"托马斯·阿奎那说得更具体:"见到美或认识到美,这见或认识本身就可以使人满足。因此,与美关系最密切的感官是视觉和听觉,都是与认识关系最密切的,为理智服务的感官。我们只说景象美或声音美,却不把美这个形容词加在其他感官(例如味觉和嗅觉)的对象上去。"(《西方美学家论美和美感》)狄德里说:"美不是全部感官的对象,就嗅觉和味觉来说,就既无美也无丑。"黑格尔在《美学》中也有相似的见解:"艺术的感觉只涉及视听两个认识性的感觉,至于嗅觉、味觉和触觉则完全与艺术欣赏无关。"桑塔耶纳在《美感》中认为:"触觉、味觉和嗅觉……有关的快感也是隔了一层,对于欣赏自然无甚用处,它们被称为非审美的感觉或低级的感觉。"

在味觉快感与美感关系上的中西差异发人深思,这与中国古人的主观意会思维偏向密切相关,在西方人将味觉逐出美感之外时,中国古人则以品味论诗文,蔚为大观。两汉已用于言辞文章评语,如《史记·张释之冯唐列传赞》:"张季之言长者,守法不阿意,冯公之论将军,有味哉!有味哉!"《汉书·郑当时传》:"每朝,候上问说,未尝不言天下长者,其推毂士及官属丞史,诚有味其言也。"魏晋后渐成诗文评论常用术语,以至产生"滋味"说、"韵味"说、"至味"说,成为富有鲜明特色的传统理论。

3. 言、象、意

语言文字是人类历史上最伟大的创造之一,它对人类进化所产生的作用难以估量。但是,如果同纷繁复杂的客观世界相比,同人类丰富幽微的思想感情和心理世界相比,语言又显得苍白无力、极度贫乏,特别是对于准确地传达或理解情事之精确者,此感受更深。我们可参看钱钟书关于语言与思想之间距离的精论:"语言文字为人生日用之所须,著书立说尤寓托焉而不得须臾或离者也。顾求全责善,啧有烦言。作者每病其传情、说理、状物、述事,未能无欠无余,恰如人意中之所欲出。

务致密则苦其粗疏，钩深颐又嫌其浮泛；怪其粘着欠灵活者有之，恶其暧昧不清明者有之。立言之人句斟字酌、慎择精研，而受言之人往往不获尽解，且易曲解而滋误解。'常恨言语浅，不如人意深'（刘禹锡《视刀环歌》），岂独男女这情而已哉？'解人难索''余欲无言'叹息弥襟，良非无故。语文之于心志，为之役而亦为之累焉。是以或谓其本出猿犬之鸣吠，哲人妄图利用；或谓其有若虺蛇之奸狡，学者早蓄戒心。不能不用语言文字，而复不愿用、不敢用抑且不屑用，或更张焉，或摈弃焉，初非一家之私忧过计，无庸少见多怪。"①

基于对语言功能局限的认识，先秦以来人们就言、象、意关系进行了有益的探索。孔子提出"诗可以兴"，孟子要求读书时不要"以文害辞""以辞害志"而要"以意逆志"，"尽信书则不如无书"。尤其值得注意的是《周易》提出以象尽意问题。《周易·系辞》上："子曰：'书不尽言，言不尽意。然则圣人之意其不可见乎？'子曰：'圣人立象以尽意，设卦以尽情伪，系辞焉以尽其言。'"什么是"象"？《系辞》是这样解释的："是故夫象，圣人有以见天下之赜，而拟其形容，象其物宜，是故谓之象。""古者包牺氏之王天下也，仰则观象于天，俯则观法于地，观鸟兽之文与地之宜，近取诸身，远取诸物，于是始作八卦，以通神明之德，以类万物之情"。"象"是"近取诸身，远取诸物""拟诸其形容"的结果，是在观察、分析自然社会的基础上对现实进行概括的结果。"易象"能够"以通神明之德，以类万物情"，能够以有限的形式反映普遍的意义，以个别反映一般，因此，就具有了"其称名也小，其取类也大""其言曲而中，其事肆而隐"（《系辞下》）的特征。易象这种言近旨远的象征性特征，也启发了后人对文学概括性特征的认识，如司马迁评屈原："其文约、其辞微，……其称文小而其指极大，举类迩而见义远"。（《史记·屈原贾生列传》）刘勰："辞约而旨丰，事近而喻远"。当然，易象与诗象并非完全相同，在文学中，言、象、意是互不相离、伴随始末的，钱钟书曾明确指出了这点。在言、

---

① 《钱钟书论学文选》卷三，花城出版社1990年版，第244页。

象、意的关系上,《易传》肯定了"象"的尽意作用,意、象并重,而先秦道家和玄学家王弼都持重意轻言、象的观点。老子认为:"道可道,非常道。"《庄子·天道》:"语有贵也,语之所贵者意也。意有所随,意之所随者,不可以言传也。"《庄子·秋水》:"可以言论者,物之粗也;可以意致者,物之精。言之所不能论,意之所不能察致者,不期精粗焉。"《庄子·外物》:"筌者所以在鱼,得鱼而忘筌;蹄者所以在兔,得兔而忘蹄;言者所以在意,得意而忘言。"王弼《周易略例·明象》,以老庄解易,把言、象、意的关系深入了一步。

三、理解传统注重释古开今

如果说整体圆融偏重于对待矛盾,直观意会偏重于认识事物,那么回锋思维就偏重于理解传统、温故知新、促进发展。回锋思维方式总是以探本溯源的方法来界定新事物的合理性,力求以最小的损失获取最大的进步。回锋思维方式追求圆润、中正,经常表现为解古开今,借古开今,从传统中发现现代性,进而推陈出新。回锋思维方式强调不以独异为贵,而以兼能为美,不是从根本上否定前人旧说,而是撷取之以为己用。

1. 祖灵崇拜与宗法传统

我们可以想象,远古人类面对生老病死等生理或心理现象,一定感到人体中有一个神秘的存在,它控制着人的思维、感觉乃至生死祸福,这个神秘的存在我们姑且叫它灵魂。世界各民族都有自己所虚构的灵魂世界。在中国大地上,18000多年前的山顶洞人,为死者的尸体撒上红色的赤铁矿粉屑。西安半坡遗址的尸骨有用朱砂染的痕迹。在仰韶文化的遗址中,许多公共墓地所有尸骨的头部都朝同一方向。这都折射出上古人已有死后世界与灵魂永存的观念。《礼记·祭法》说:"大凡生于天地之间者曰命。其万物死皆曰折。人死曰鬼。"鬼具有作祟和保佑双重职能,在群居生活阶段,个人没有明确的血缘亲属,祖灵崇拜的对象往往是部落始祖或有功于部落的人，后世的神话传说似乎说明了这一点。

"自从盘古开天地，三皇五帝至于今"。在中国远古的神话传说中，出现较晚的"盘古"以全身心的奉献树立了其美好的形象。三国时徐整著《三五历记》说盘古生于天地混沌之中，天日高一丈，地日厚一丈，盘古日长一丈，如此一万八千岁而死。梁人任昉《述异记》记载："昔，盘古之死也，头为四岳，目为日月，脂膏为江海，毛发为草木。秦汉间俗说：头为东岳，腹为中岳，左臂为南岳，右臂为北岳，足为西岳……"开天辟地之后，"未有人民，女娲抟黄土作人。"（《太平御览》78卷引《风俗通》）之后有巢氏"构木为巢，以避群害"，燧人氏"钻木取火，以化腥臊"，这大概是旧石器时代人类生活的图景。有关三皇之列伏羲氏的传说远远多于出现较晚的"盘古"。在遍地火光的旧石器时代，伏羲以"人面蛇身"的形象画八卦、教渔猎。随着以蛇为图腾的氏族、部落不断融合其他部落、氏族，蛇图腾也不断融合其他图腾而成为"龙"（参见闻一多《伏羲考》）。也许古人的体用观念此时已初露端倪。可能中华先民的生活环境在当时并不十分恶劣，在作为心理折射的造神过程中，人们总是愿意赋予神以善性和创造性。除上述诸神外，还有教人耕稼并尝百草的神农，射落九日以造丽天的后羿，发明衣帽、建造房屋、制造车船、弓箭的黄帝，发明养蚕的嫘祖，创造文字的仓颉等，现在我们已经难以分清哪些是上古的传说，哪些是当时人们的创造，但其中折射出的"神人以和"的原始文化心理则相当普遍。这似乎与古希腊神话中的潘多拉的盒子、斯芬克斯的难题、普罗米修斯的被缚等有了相当大的区别。尽管初民在现实生活实践中拥有无数改造自然的丰功伟绩，但在原始宗教、神话文化观念中，却追求与对象世界（自然、神）之间的神秘对应和感应。有人认为仰韶文化期半坡村的人面鱼纹陶盆，既体现了生殖崇拜，又表达了神（鱼）人合一的原始文化意义，如果结合闻一多对原始鱼意象的考据，也许并非完全没有道理。

随着血缘关系的明确,对祖先鬼魂的崇拜占有重要地位。人们似乎认为这些不死的灵魂可以给现实世界带来祸福,只要定期祭祀,祖先的鬼魂就会保佑自己,从而衍生出复杂的丧葬、宗庙、祠堂和祭社活动。殷墟卜辞中就出现了大量的祭祀先公先王的内容,如"寮"祭、"衣"祭等,且祭祀的过程逐渐秩序化。"自祖甲时代以后,殷商王家之祭,大体按照祀谱,对祖先进行周而复始的程式化祭祀,伐鼓而祭的'乡',舞羽而祭的'翌',献酒肉牺牲的'祭'"等等①。

"周公制礼作乐",周人在殷商重视祖灵保佑的基础上又确立了血缘与等级的同一秩序,按血缘关系来组织国家,周天子是整个周族的族长,同时也是天下的共主。他的兄弟、庶子、姻亲等受封为各国诸侯,又成为各个旁支家族的宗子。诸侯的庶子、兄弟受封为大夫,大夫的庶子、兄弟为士,各各都成为小家族的家长。这样,从上到下形成一种盘根错节的血缘政治纽带,王权与族权合为一体,形成不同于古代西方公民社会的家族国家。秦汉以后,贵族分封改为中央集权,血缘政治换成官僚机构,但一家一户的小农经济和家族伦理本位的社会组织原则,仍然顽强地保存下来。严格意义上的宗法制度已不复存在,但宗法关系却被长期保留下来,大家族聚族而居,通过修家谱来辨明嫡庶长幼的次序,家族权力由嫡长子继承,家族模仿国家政权,仿王法定法规,仿宗庙建祠堂,仿官学立家塾,仿军队募家丁等,国家也引进家族伦理规范,如将父子、夫妇的伦常与君臣相并比等。家是缩小的国,国是放大的家,可以变革的,是"立权度量、考文章、改正朔、易服色、殊徽号、异器械、别衣服",而不可变革的是"亲亲也,尊尊也,长长也,男女有别"(《礼记·大传》)。上古老人得到的尊重,在文字上也得到反映,如君、父、老、考等。社会发展虽有改朝换代的政治性变革,却无社会性的革命,历史进程中缺少巨大的震动和断裂层、新陈纠葛,历史的变易性不显著,承继性倒很突出。另外,古代中国作为传统的农业社会,日出而作,日落而息,以土地为本,靠天吃饭,形成一种稳定的

---

① 《中国思想史》第一卷,第99页。

生活状态和具有很强的稳定性和传统性的生活经验,再加上地理环境的较为封闭和国际交往的相对贫乏,更增强了传统的凝固性及对前人经验的珍视,进而形成尚古与崇拜传统的回锋思维偏向。以复古为通变也成为传统文学发展变化的特殊途径。

2. 述而不作,信而好古

王国维在《殷周制度论》中认定:"中国政治与文化之变革,莫剧于殷周之际。"一般认为,殷周的不同在于殷商时代"残民事神",而西周时代"敬天保民",也有人认为,殷商为巫官文化,夸张神力;西周为史官文体,以人论为本位,强力不再受人们尊重,德行却被抬到最崇高的位置。先秦儒家全盘继承了古代史官文化的思想,并以"仁"注入"礼",自觉将捍卫三代典章文物当做自己的使命,但不排斥一些不符合时代潮流的适当的变通修改,守旧而又维新、复古而又开明。这种回锋式的思维方式,尽管在变革动荡的形势下显得迂阔难行,但在新社会秩序巩固后则会大放光芒,其礼教德治的精神成为了中国传统文化的正宗,适应社会变革的需要而盛行一时的墨法之道,因不利于统治阶级的长治久安,终于在竞争中被扬弃或淘汰,而道家因其否定不建设的态度顺应社会兴衰更替,形成儒道互补的局面,其间两家思想的起伏变化,成为传统社会盛衰治乱的晴雨表。之后佛教东渐,一面用说空出世给人以逃避现实的出路,一面以行善积德来弥合礼教法制的裂痕,后来居上,势力超过了道家,但终因非积极为统治阶级服务而受到抑制,只能和道家一样作为儒家主体文化的补充。

黑格尔在读了《论语》之后大失所望,他说:"里面所讲的是一种常识道德,这种常识道德我们哪里都找得到,在哪一个民族里都找得到,可能还要好些。……西赛罗留给我们的《政治义务论》便是一本道德教训的书,比孔子所有的书内容丰富,而且更好。"[①] 仅从《论语》一书来看孔子的巨大影响,实为皮相之言,还是司马迁一言中的:"中国言六艺折中于夫子,可谓至圣矣。"

[①] 《哲学史讲演录》,商务印务馆1959年版,第119~120页。

孔子自言："述而不作，信而好古"。意即遵循旧作，而不是重新创造，相信而且喜爱古代文化。中国儒学绵延2000余年，虽曾分枝立派，但大致能够维系于一个相同或相近的思想体系之中，其主要原因就在于有孔子所整理编纂删定的"六经"，有孔子所奠定的师承传统和治学方略。"好学""博学""劝学"，是儒家文化的根基。《论语》开篇即云："学而时习之，不亦说乎。"孔子倡导"好学"的言论比比皆是，如"好仁不好学，其蔽也愚；好知不好学，其蔽也荡；好信不好学，其蔽也贼；好直不好学，其蔽也绞；好勇不好学，其蔽也乱，好刚不好学，其蔽也狂。""君子学以致其道。""博学而笃志，切问而近思，仁在其中矣。""敏而好学，不耻下问，是以谓之文也。"孔子自己就是个好学、博学的榜样，尝言："三人行，必有吾师"，"笃信好学，守死善道"，"学而不厌，诲人不倦"。他"发愤忘食，乐以忘忧，不知老之将至"。晚年读《易》，韦编三绝。那么，学什么呢？《荀子》中说："学恶乎终？恶乎始？曰：其数则始乎诵经，终乎读礼；其义则始乎为士，终乎为圣人。真积力久则入，学至乎没而后止也。故学数有终，若其义则不可须臾舍也。为之，人也；舍之，禽兽也。故《书》者，政事之纪也；《诗》者，中声所止也；《礼》者，法之大分，群类之约纪也；故学乎《礼》而止矣。夫是之谓道德之极。《礼》敬文也，《乐》之中和也，《诗》《书》之博也，《春秋》之微也，在天地之间者毕矣。"对圣人经典的学习，甚至成为儒生的标志，《汉书·儒林传》释"儒者"曰："古之儒者，博学乎六艺之文。"顾炎武在《与友人论学书》中认为："非好古而多闻，则为空虚之学，以无本之人而讲空虚之学，吾见其日从事于圣人而去之弥远也。"需要注意的是，儒家的"好学"有时缺乏对知识创新性的强调，这与古希腊的"爱智慧"相比较，在一定程度上有着保守的色彩。

"述而不作，信而好古"的另一表现是对古代典籍的整理、注释和解说。经过孔子编定和阐释的"六经"，经常成为中华文化回锋思维的源头。《文心雕龙·宗经》篇说："故论说辞序，则《易》统其首；诏策章奏,则《书》发其源;赋颂歌赞,则《诗》立其本;铭诔箴祝,则《礼》总其端;纪传铭檄,则《春秋》为根。并穷高以树表,极远以启疆,所以百家腾跃,终入环内者也。"《易传》作为对六经之首《易经》的注解和阐释,从文本上奠定了中国经解学的基本模式,其具体特征有三:首先是训诂、释义。其次是定向阐释,将本来是卜筮以定凶吉之卦辞爻辞,阐释为伦理的意义,将古代卜筮之卦爻,导向伦理道德社会规范。第三是立象尽意,以具象言抽象,以有形说无形。如果说作为中国人锻炼理论思维水平样本的《易经》《易传》,主要影响的是哲学,那么,《春秋》和《诗经》则主要影响了史学、政治和文学、文论。所谓春秋笔法,在一定程度上是指善善恶恶,文约旨博,以一字褒贬来体现深刻寓意的表述方式,中国的史学发达兴盛,与史书的"资治"密切相关。而"资治"的传统,可追溯到《春秋》的"微言大义"。"微言大义"不仅成为中国文人努力效法的权威表述方式,而且为古代注"六经"者的意义建构提供了堂而皇之的基础,为他们的学术曲解和偷梁换柱式的意义建构披上了神圣的外衣。另外,也必然对中国古代文论产生深刻影响。《文心雕龙》指出:"故《春秋》一字以褒贬,表服举轻以包重,此简言以达旨也。"(《征圣》)"《春秋》辩理,一字见义,五石六鹢,以详略成文;雉门两观,以先后显旨,其婉章志晦,谅以邃矣。"(《宗经》)这种"一字褒贬""一字见义"恰恰是通过隐晦的方式来达到的,所以"其婉章志晦",是一种"隐义以藏用"式的文学话语方式,这与《诗大序》中所说的"比兴"和"谲谏"是一脉相通的。儒家文体的漫漫长河,几乎是由历代人们对"六经"等圣贤经典的解续、释义和阐发而形成的。一切意义的生成与建构,都基于注经与释经。汉学宋学如此,玄学清淡与朴学考据亦如此,乃至古文经学与今文经学之争、宋明理学与清代朴学之别,形同水火,各立门户,其实都是以经为本,依经立义,由注经、解经、释经而建构意义,乃至兴宗立派。孔子"述而不作,信而好古"的治学态度,极大影响了后人的思维方式,他们以尊经为尚、读经为本、解经为事,依经而立义，弥漫着浓郁的复古主义气息，他们的求真知、重创新、讲变化都是在不背叛经典的前提下进行的，这也显示了与西方截然不同的文化路径。

纵观中国文学发展史，回锋思维得到了非常明确的体现，具体到诗文论中，则表现为"风雅正变""通变""复变""拟议变化""格调"等问题的讨论与争鸣。古代诗文论中的"正""变""复"的观念，有点类似于黑格尔哲学的"正""反""合"。我们且以《诗经》作为起点来看我国古代诗歌的流变与回锋思维的利弊。《诗经》确立了抒情言志、赋比兴、齐言、韵律感强的诗歌传统，楚辞则在抒情言志和赋比兴的基础上突破了齐言和音乐对诗的局限，使诗取得了独立的形态，诗的体式也获得了大解放，但这样的突破又导致诗歌体制带有散文化的特点，且失去了一部分音乐素质，由楚辞到汉赋以至六朝骈文，便是沿着这条路子发展的。汉魏五、七言古诗继承了楚辞以来诗歌独立，不附属于音乐的路线，同时恢复了《诗经》时代以齐言为主，韵律感很强的传统，从而为后世诗歌的发展奠定了基础。唐诗追复汉魏，是经过齐梁新变后的"复古"。如果说汉魏古诗尚处于"质胜文"的阶段，那么，六朝诗歌便滋生着"文胜质"的倾向，经唐人"复古"，而终于进入"文质彬彬"的全盛局面，汉魏以直抒胸臆见长，齐梁以刻画景物取胜，唐诗就做到了情景交融。汉魏讲求风骨，齐梁注重声律，唐诗则实现了"风骨与声律兼备"（《河岳英灵集叙》）。汉魏是生活的语言，齐梁是人工的语言，唐诗却提炼出一种自然与人工结合得恰到好处的诗的语言。宋诗力图在文质彬彬、情景交融的基础上开拓新的素材资料，结果造成"以文为诗"的流弊，明人企图追复盛唐，但由于所处的时代条件不同，无从具备唐代文人的生活实践和思想感情，往往只袭得唐诗的躯壳，而走上了以模仿为诗的道路。清人近宋远唐，要求拟议中自成变化，但终因以学习前人作为创作源泉，又走上了明人"以模仿为诗"的道路。新诗以现代的情思、畅晓的文风、自由的体式冲涤着古典诗歌，但其灿烂尚有待于兼收古典诗歌精炼、含蓄、格律严格的特点。回锋思维在当代尚可给中国叙事作品预留广大的发展空间，既可回古典叙事技法而进以现代切身感受，又可回西洋技巧则进以本土话语。这就与整体圆融思维方式又走到了一起。

第二节　整体圆融思维方式的结构层次

"圆融"是人类共同的价值选择和文化导向。国外的圆融思维研究主要体现在哲学辩证法、结构主义与系统论领域，很少以中国古代的学术资源探讨圆融思维的结构层次。关于"圆融"的理论思考正在逐步深入，但通常只着眼于"圆融"内涵的理想阐释，较少利用中国的学术资源对圆融思维的结构层次进行深入探讨。本文认为圆融思维之所以不同于西方的辩证法、结构主义和系统论，是它更重视中国的学术资源，并在结构层次上强调圆融系统的整体性和对待性（一画开天）、结构性和层次性（和而不同）、流转性与模糊性（生生不息）。

一、整体性与对待性

1. 整体性

相传伏羲画八卦，始于乾卦的第一画，称为"一画天"。《老子·第四十二章》说："道生一，一生二，二生三，三生万物。"陆游《谈易诗》曰："无绵端破乾坤秘，祸始羲皇一画时。"石涛的《苦瓜和尚画语录·一画章第一》云："太古无法，太朴不散，太朴一散而法立矣。法于何立？立于一画。一画者，众有之本，万象之根，见用于神，藏用于人，而世人不知。"我们这里把"一画开天"作为圆融方法的最基本的原则，即作为认识研究的对象的符号系统的整体性与对待性。整体性即把认识研究和处理的对象作为"一"：一个生命体、一个符号系统、一个圆（由要素组成的部分整体）。它们的每一部分都是按一定方式极为紧密地联系起来的统一体，每一种因素都依赖着其他因素，部分一旦从整体游离出来就会发生质变，整体也不等于各个部分相加之和。中国人较早地把这种思想运用于社会生活的各个领域。例如：《易经》中的阴阳二爻按照一定的结构关系排列成不同的卦象，各卦象所代表的事物和属性已远远超出了阴阳二爻的简单相加；"天人合一"观就是把天与人都看成"一"的组成部分；中医的"五脏相生相克"理论就是把心、肝、脾、肺、肾的生克承化关系看作人体内的一个完整系统。中国古代文学批评"把文章看成我们的同类的活人"被钱钟书认为是中国固有的文学批评的一个特点①。整体性的基本观念（整体大于部分之和、有生于无）要求注重部分之间关系的研究，整体性的关键在：①如何确定一个整体，把什么东西纳入整体（圈子、关系网），把什么东西排斥于整体之外；②如何根据变化情况调整"整体"的大小、范围、变量。真正对整体性产生理论上的自觉，并进行深入分析的应该是现当代的事。

在现当代有人把"一"作为"系统""结构""整体性"进行研究。其基本立场有三种：还原论（原子论）涌现论和结构论②。皮亚杰认为，结构论是独立于原子论和涌现论之外的第三种立场。他在《结构主义》一书中指出："我们至少能够从所有的结构主义里找到两个共同的方面：一方面，是一个要求具有内在固有的可理解性的理想或种种希望，这种理想或希望是建立在这样的公设上的：即一个结构是本身自足的，理解一个结构不需要求助于同它本性无关的任何因素；另一方面，是已经取得的一些成就，它达到这样的程度：人们已经能够在事实上得到某些结构，而且这些结构的使用表明结构具有普遍的、并且显然是有必然性的某几种特性，尽管它们是有多样性的"简单地说（1）结构是本身自足的，（2）结构可以模式化。结构论认为他们不只重视成

---

① 《中国固有的文学批评的一个特点》，《钱钟书散文》，浙江文艺出版社1997年版。
② 皮亚杰著：《结构主义》，倪连生、王琳译，商务印书馆1984年版。

分，也不只重视整体，还重视成分之间的关系和成分的组成程序或过程。结构论在对整体性的重视方面与涌现论并无二致，其特点是十分重视各个元素或部分之间的网络关系，强调各个部分、元素之间的相互制约，认为任何一个元素都不可能单独发生变化，元素的这种不变性，构成了整体的稳定性；不同部分、元素的性质取决于它在整体中的地位以及它同其他部分、要素的相互关系。在中国式的整体性追求中，对称方式、中庸方式、兼两方式较为突出，求平衡、求稳定、求合理、求完善、求全面、求兼顾、求最优化的倾向十分明确，其关键词常见诸"两""并""偶（耦）""匹""兼""济""而""中"等。①

2. 对待性

对待立义，语源《老子·第二章》和《周易·系辞》"一阴一阳谓之道"。作为研究对象的符号系统并非混沌一片，而是可以分析分解的为各种要素，一个要素要使自己同其他要素联结起来，必须首先使自己同其他要素区别开来，相互对待，然后才谈得上进一步与其他要素联系起来。事物一旦离开了和它相对待条件的相互联系和相互作用，就成为不可理解的、毫无意义的东西。简单地说，就是意义产生于差异，意义产生于关系，意义产生于对待。所谓"对待"就是虽然对立但又相互吸引、相互辅助。索绪尔语言学的意义并不仅仅在于它区分了语言之"圆"中的同组相互对待的概念、范畴，如语言与言语、能指与所指、历时与共时性等，更在于它提示了整体性（整体和系统的知识先于部分与个别的知识）和二元对立的结构主义观点或方法。列维·斯特劳斯用这种方法研究人类学，他并不具体去研究整体内部的各个元素或部分，而是尽力研究那联结各个元素或部分之间的复杂的网络关系，他把亲族关系、婚姻习俗、饮食方式、图腾观念等等，都放到二元对立的关系里来加以考察，发现了它们的深层结构和价值。后结构主义把二元对立模式作为他们颠覆的对象，在笔者看来，这只不过是结构主义的自我批评而已。对待性的关键：①如何分类分析；②分类的角度与标准怎样

---

① 参见庞朴《一分为三》，海天出版社1995年版。

把握。《华严经·初发心菩萨功德品》第17说:"一切解即是一解","一"即整体、全体。"一解即是一切解""一切"即多、个别方面。

有人认为,事物本身无所谓复杂、简单,假如我们复杂地去理解它,它就变得复杂,如果人们简单地去理解它,它就变得简单,这显然是一种相对的主观的看法。我们认为:真实的客观世界本身是复杂的、多元的、无限的、开放的,但我们却不得不相对简单地理解它,道家讲"言不尽意",佛家讲"言语道断",都是对这种相对简单地理解的怀疑。要理解就必须有理解对象和理解者,而理解者必定受制于一定的表达欲望,一定的语境和一定的语言规则和语言结构。这就造成了理解的不准确,但舍此我们又无法理解,当然,这并不表明,我们主张故意去简单地理解一个能深入理解的事物,恰恰相反,我们相对简单地去认识、理解对象,正是为了相对深刻地把握它。对复杂事物的简化能力,以一驭多的符号化能力是人类智慧的表现,是人类语言与动物语言的一个重要区别,动物语言可能指涉一个个相关的具体的对象,而人类语言可以对语言自身说话,词汇之间可以相互说明,进入一条能指的链条。是人类理解复杂世界的必然,而最简单的理解方式就是一分为二、二元对立。在结构主义批评中,二元对立不仅被视为语言符号系统的规律,而且被视为人类文化活动的各个符号系统的规律。

当然,根据研究对象的不同性质和研究者的不同文化传统,也可以一分为三、一分为五或一分为多等。《左传·昭公三十二年》中有言:"物生有两、有三、有五、有陪贰(主次)",黑格尔曾把"异"区别为外在的异和本质的异两种,以对立为本质的异,以杂多为外在的异或形式的异,"即不同的事物各自独立"(《小逻辑》第117节)。汤一介在讨论范畴体系"范畴是否应成对"问题时,是从两个方面来解释的:"一个问题是从哲学史上说,一个哲学家使用的概念,范畴并不一定都成对……另一问题是,就任何事物说都是矛盾的,都是有矛盾的双方,决没有只有一方而无另一方,因此反映事物本质联系的范畴也应是成对的。……因此,我们今天研究中国传统哲学的范畴体系,使中国传统哲学范畴系统化，比较科学地反映中国传统学的特点和水平，也应该在它的范畴体系中体现对立统一的规律。"①

有种很流行的观点认为，中西思维方式的差异主要有两方面，首先，西方思维方式的基点是个体性，而中国思维方式的基点则是整体性。在西方人看来，世界上的事物都是由个别的物质单元即"始基"组成，万物的差别是由始基的特性所决定的。而在中国人看来，世界不是由个别的物质单元组成，而是由一团混沌的无形之"气"生化而成。从这两种不同的基点出发，形成了中西不同的思维特征。其次，在思维途径问题上，以个体性为基点的西方思维方式，把复杂的事物分解成简单的要素，逐个地进行研究，因而更多的是强调逻辑分析；而以整体性为基点的中国思维方式则把事物作为有机的整体，进行笼统的直觉综合。西方人注重分析的思维倾向，促进了形式逻辑的发展，并形成了严密的形式逻辑体系。而中国的形式逻辑则并未形成自己完整的体系。这种看法并非没有道理，但中西关系不应该是 A 与非 A 的关系，西方有非常出色的理性分析，并不意味着我们只能想象中国没有理性分析。中国人重视整体性，也并不能暗示我们只能假设西方缺乏对整体性的认识。其实中西都理性地分析了不同的问题，也都力图整体地把握不同的问题。思想要理解事物，但并不追随事物，只有当把事物的情况整理成为我们思维中的样子才能被分析、被理解，对象是多值的，命题多是二值的，事物可以是多值的，但多值逻辑常常是多余的，逻辑有时候为了自身的简练漂亮而可能把逻辑发展成为与人们真实思维非常不同的另一种思维，二元分立是关于对象的叙事方式，而不是针对观念的判断模式，不会有确实的理由解释或一元或二元或多元的静态理解方式是否不正确，我们只能动态地以某种理由说明这些理解方式分别在哪些情况下更有利于形成有力思想。中西的二元对比可能预先暗示我们去寻找恰好的对立，恰好一样的东西，这两种情况事实上也可能有，但是并非只有这两种情况，而且真正重要的东西很可能并不是这两种情况。二元分立

---

① 汤一介：《非实非虚集》，华文出版社 1999 年版。

试图形成某种对比,以便更加简单地、清晰地理解,并不管这种对比是否合适,这种对比的意义在于双方是互为背景的,而且由于这种互为背景而各自显现出来,《老子·二章》所谓"难易相成,长短相较"是也。《汉书·艺文志》明确提出:"相反而皆相成也。"

在事物的对待中,对待方式各有不同,有一山二虎式,其中还可以分为两雄相争或雄雌互补;有此唱彼随式,立竿见影,一逗一捧是也。还有继发式对待,开始时各自独立无对,以后形成旗鼓相当的对待,然后又向前两类对待发展。对待与整体的关系,被一些哲学家称为一与二的关系,最常见的说法是一分为二,合二为一,犹中国人使用之筷子。并且按唯物辩证法的说法,一指同一性,它是相对的、暂时的、有条件的,二指斗争性,它是绝对的、永远的、无条件的、斗争性富于同一性之中,只有靠斗争才能维持同一,诚如列宁所言"发展是对立面的斗争。"然而我们也未尝不可以说,一是绝对的、超现实的,二是相对的、现实的,绝对的一不能离开相对的二而存在,无处不是相对的二,无二不含绝对的一,舍二逐一,厌有蹈无,则无视绝对的相对性,为道家、佛家、理学家的过深之失。对立二忘一,泥实离虚,则不知相对的绝对性,缺乏登高望远的气魄①。

文是性情与声色("音、形、意"即文字;书上的"白纸黑字"也是色彩。音、形、义对应于音乐、绘画、意义理论的哲学。)的互补对生,观念与物质的互补对生。情是情感与情况的互补对生。立是缘境与造境的互补对生。体是本体(性情)与载体(声色)的互补对生。象是想(能象)与形(所象、象征)的互补对生。兴是眼中所见与心中想见的互补对生。境是心与物的互补对生。人生是虚实追求的互补对生,但在互补对生中有"优先性"的考虑。

---

① 参见庞朴《一分为三》,海天出版社1995年版。

二、结构性与层次性

1. 结构性

"和而不同",语出《左传·昭公二十年》,齐侯对晏婴说:"唯据与我和夫!"(按:"据"指梁丘据,齐侯侍臣)晏子对曰:"据亦同也,焉得为和?"公曰:"和与同异乎?"对曰:"异。和如羹焉,水火醯醢盐梅,以烹鱼肉,料【火单】之以薪,宰夫和之,齐之以味,济其不及,以泄其过,君子食之,以平其心,君臣亦然。……今据不然。君所谓可,据亦曰可。君所谓否,据亦曰否,若以水济水,谁能食之?若琴瑟之专一,谁能听之?同之不可也如是。"又据《国语·郑语》,有史伯回答桓公的一段话说:"夫和实生物,同则不继。以他平他谓之和,故能丰长而物归之;若以同裨同,尽乃弃矣,故先王以土与金木水火杂,以成百物。"这都说明,"和"与"同"的意义全不相同,孔子说得更为明确,他说:"君子和而不同,小人同而不和。"(《论语·子路》)从以上的几段话看,"和而不同"的意思是说,要承认"不同",在"不同"基础上形成的"和"("圆融"或"融合")才能使事物得到发展,如果一味追求"同",不仅不能使事物得到发展,反而会使事物衰败。这里作为圆融思维方式中的一个观念,是指经过分析的符号系统的结构性、层次性。"和"指整体的圆融,"不同"指体相用的不同和层次、秩序的不同。

"结构"是中国古代哲学中不常见的概念,李渔在其《闲情偶寄》中标举"结构第一",其曰:"填词首重音律,而余独先结构者,……至于'结构'二字,则在引商刻羽之先,拈韵抽毫之始,如造物之赋形,当其精血初凝,胞胎未就,先为制定全形,使点血而具五官百骸之势。倘先无成局,而由顶及踵,逐段滋生,则人之一身,当有无数断续之痕,而血气为之中阻矣。工师之建宅亦然,基址初平,间架未立,先筹何处建厅,何方开户,栋需何木,梁用何材,必俟成局了然,始可挥斤运斧。倘造成一架,而后再筹一架,则便于前者不便于后,势必改而就之,未成先毁,犹之筑舍道旁,兼数宅之匠、资,不足供一厅一堂之用矣,故作传奇者,不宜卒急拈毫。袖手于前,始能疾书于后。有奇事,方有奇文。未有命题不佳,而能出其锦心,扬为绣口者也。尝读时髦所撰,惜其惨澹经营,用心良苦,而不得被管弦、副优孟者,非审音协律之难,而结构全部规模之未善也"。显然,这里的结构是指命题时的惨淡经营,这与西方文学批评中的结构(structure)是不太一致的。即使在西方,结构也是一个"太有争议"的术语,布洛克曼在《结构主义:莫斯科——布拉格——巴黎》一文中指出"在目前阶段事实上不可能摆脱结构概念的多重用法。"结构一词的拉丁文本意是指部分构成整体的方法,后来则扩大为"形式""系统因素""机体""模型"的含义,而系统科学的基本概念"系统性"则包括联系、整体、协调、调整的含义。现代"结构"的概念是同"系统""组织""功能"等概念密切联系的,系统方法与结构方法是同一个层次上的科学方法论,它们在不同的研究方向上提示和表述了科学现象中许多共同的、相似的规律,结构方法不满足于对事物存在状态的探求,而要深入事物的内在结构,用整体关系的思维方式来探求事物内在的质和功能。系统方法同样不满足于对事物的简单的了解,而用整体思维的方式来分析复杂的事物。结构方法着眼于结构的分析,目的是把握结构的功能。系统方法侧重于系统的整体性分析,目的是选择最优状态。虽然二者是从不同学科、不同角度出发,要达到的目的也不同,但思维方式却有一定的相似性和密切联系。有人直接将系统方法归纳为结构—功能方法①。作为圆融思维方式"和而不同"观念的一个组成部分,本文的结构性是指每一事物都有它的组成要素(体),和独特的结构方式(相)及相应的功能(用),所以,每一事物也就具有了不同的质,每一系统的质不仅决定于它的组成要素(体),而且决定于它的结构方式(相)和功能(用)。判定系统能否成立,依据的是其相干性或非加和性,任何元素

---

① 杨春时:《系统美学》,中国文联出版社1987年版,第35页。

集合皆有结构，但只要不产生相干效应便不成其为系统，例如一堆砖头。只有在元素间建立关系，若干相对独立的元素在相互作用中能产生出新的为独立元素所没有的属性时，我们才能把这种元素间的组合初步判定为系统整体。事物的结构方式在很大程度上决定一个事物的本质，事物的本质不单由事物的构成因素决定。如金刚石和石墨，化学元素是一样的，由于组合方式不同，性能就不同。

2. 层次性

如果说结构性主要指整体与部分的相干性，那么层次性则主要指整体与部分的相对性。任何系统都是由一定部分低层次组成的整体高层次，而这一整体中的各个部分又是由更小的部分组成的整体；反过来说，任何一个系统整体又往往是更大系统的组成要素。层次是系统的等级，母系统或上位概念与子系统或下位概念分属不同的等级。高层次与低层次（整体与部分）之间显现出相互转化、相互制约的辩证关系。高层次（系统整体）与低层次（部分要素）之间既有质的区别，又有密切联系。除了高层次与低层次之间有转化联系外，高层次总是包含着低层次，但又决不归结为低层次；同样，高层次以低层次为基础，只有认识低层次，并把高层次与低层次联系起来加以考察，才有可能阐明高层次的本质与属性。低层次向高层次转化后，本身作为低层次存在于高级系统中，成为连续性因素。整个世界就是由各种不同等级的系统复杂交织起来的网络结构。一个事物处在不同的层次，就有不同的本质。因此，孤立地研究一个事物的结构是不够的，还要研究事物在不同层次的性质。一般说，系统的上下秩序、主次秩序越分明的系统就越有序，否则就无序。系统从无序到有序标志着系统的组织度的增长。如果我们将有序性和层次性结合起来考虑，就可以得到有机性的概念。有机性就是指小系统组成大系统的结构是有序的，并且更小的系统组成小系统的结构也是有序的。有序性与有机性的区别在于有序性将个体看作是不可分的单位，而有机性则将个体看作可分的单位。所谓最优化就是先把整体系统逐阶分成不同的等级、层次结构，在动态中协调整体与部分的关系，使部分的功能、目标服从系统总体的最佳目标，以达到总体最优。

三、流转性与模糊性

1. 流转性

《易·系辞上》："生生之谓易"，唐孔颖达疏："阴阳变转，后生次于前生，是万物恒生，谓之易也。"宋张载认为："生生，犹言进进也。"（《横渠易说》）清戴震把"生生"看做是运动变化的源泉和自然规律之所本："生生者化之原，生生而条理者化之流"。（《原善》）这里把生生不息作为圆融思维方式中的一个观念，是指作为认识、研究对象的符号系统的流转性和模糊性。

生生不息的流转性与和而不同的结构性和层次性是密切联系的，结构性与层次性强调的是各要素之间空间的分布，而流转性则强调的是时间上的变化。一切事物的联系方式（结构或组织）都不是预成的，而是生成的；不是静止的，而是变动的，也即一切事物都有自己的历史，都有自己的运动过程。被列宁称为"辩证法的奠基人之一"的赫拉克利特指出："这个世界对一切存在物都是同一（一致、统一）的，它不是任何神所创造的，也不是任何人所创造的；它过去、现在和未来永远是一团永恒的活火，在一定的分寸上燃烧，在一定的分寸上熄灭。""我们不能两次走下同一条河"，一切皆流，无物常住。黑格尔认为"把自然当作过程来阐明，这就是赫拉克利特的真理，这就是真正的概念。"黑格尔的哲学体系把绝对观念描绘为由浅入深的辩证发展过程。黑格尔指出，矛盾本身是一个运动的过程，也是不断显示、暴露和加以认识的过程。他认为，"同一"（与差异相对）是矛盾发展的第一个环节。在"同一"中，本质的差异、对立和矛盾尚未展开，处于"潜在"状态。马克思和恩格斯继承了黑格尔的关于永恒发展过程的思想，提出"世界是过程的集合体"。指出形而上学论者"把自然界的事物和过程孤立起来"，其"特有的局限性在于，它不能把世界理解为一个过程"。

唯物辩证法认为，过程是物质、运动和时间、空间的辩证统一。任何事物都是过程，自然、社会、思维是过程，整个宇宙就是无限的发展过程。事物是作为过程而出现和向前发展的。恩格斯在谈到黑格尔哲学的真实意义和革命性质时指出："这种辩证哲学推翻了一切关于最终的绝对真理和与之相应的人类绝对状态的想法。在它面前，不存在任何最终的、绝对的、神圣的东西；它指出所有一切事物的暂时性；在它面前，除了发生和消灭、无止境地由低级上升到高级的不断的过程，什么都不存在"。目前，《哲学大辞典》把过程定义为"物质运动在时间上的持续性和空间上的广延性，矛盾存在和发展的形式。"这个定义反映了目前我国学者的辩证唯物主义过程观。世界是物质的，物质是运动的，运动是一般的变化，现实的物质运动表现为各种各样的变化，任何一种变化都体现为一种相应的过程，这种过程以一定的时间和空间形式展现出来。这样看来，辩证唯物主义过程观是辩证唯物主义世界观和运动观的直接的或具体的体现。过程观使人们更加清楚地认识到世界的物质性，揭示出世界的变化性，把世界的变化归结为（抽象为）物质的运动，而把运动理解为过程，并把过程描述为物质存在的时间和空间形式的统一。① 因此要深入地认识事物，就要引入时间的因素（第四维），要在运动中把握事物。西方人把这种流转性表述为过程性，而中国古人则用诸如"圆"、反复、"周行""终始""屈曲"等概念加以表述。②

2. 模糊性

模糊性：是指事物流转变易过程中，类属的中介过渡性、性态的不确定性、逻辑的亦此亦彼性，它相对于明确性、精确性和非此即彼的二值逻辑而言，二者相比较而存在，相对立而发展。③ 人认识事物的基本任务包括把握事物的同一性和差异性，给事物以分类。分类的前提是

---

① 参见《欧洲哲学史教程》福建人民出版社 1983 年版；马克思恩格斯选集（第 3、4、20 卷），人民出版社 1972 年版；列宁全集（第 38 卷）。
② 参见庞朴《儒道周行》，《中国文化》1994 年第 9 期。
③ 参见赵光武主编《思维科学研究》，中国人民大学出版社 1999 年版，第 459～488 页。

确定分类的标准,标准就是事物是否具有某种性态(体、相、用),具有相同性态的归属于同一类,性态不同的事物归属于不同的类别。有些事物的性态非此即彼,明确肯定,毫不含糊,可以进行精确的分类。有些事物的性态不具备这种分明性,事物不是要么具有某种性态,要么不具有该性态,而是在一定程度上具有该性态,又不完全具有,事物从具有某种性态到不具有该性态是连续渐变的,不是突然改变的,一刀切的。这就是模糊性。模糊性在人类思维中的作用、意义是每个人的经验都可以证实的。模糊思维是以把握事物的模糊性为目标而运作的思维活动。当思维对象复杂到一定程度,描述的精确性和有意义性成为互不相容的东西时,思维要作出有意义的描述就不能再以追求精确性、消除模糊性为准则,而应以把握对象模糊性为目标。在逻辑思维层次上,应当承认精确语言适用范围的有限性,承认模糊语言在许多情形下的科学性和有效性,运用模糊语言对大脑中的思维过程进行编码、译码和信息处理。最后的模糊性而非开始的模糊性,清晰之后的模糊性,特别是在文艺创作和欣赏活动中,人们的思维过程主要是借助模糊语言这种载体进行信息的接受、加工、传递、交流、表示、存储、提取的。在一定意义上说,模糊思维是精确思维之母,是理性认识最后达到精确把握对象的必须阶段,是大脑思维过程中客观存在的一种思维方式,运用得当,还是一种高级的非常有效的思维方式。郑板桥的"难得糊涂",是对中国人为人处世的模糊性思维方式的一个总结,是思维对模糊性的一种特殊把握方式,它倡导对于某些本来界限明确的问题人为地引进模糊性,不去明确划分界限,或者说故意模糊原本分明的界限。合理适度地运用模糊思维,可以化解分歧、增进团结、保护自己,对于事物的是非曲直原本心知肚明,外表却显得区分不清,因为若把是非曲直分得一清二楚,反而加重纠纷,合理适度地运用模糊思维,可以化解分歧、增进团结、保护自己。模糊性思维要求承认同一的相对性,承认同一中的差异性,承认A与非A之间存在各种中介命题或思想,承认"X是A"与"X是非

A"可以同时具有一定的真实性。只有存在部分真的命题和思想,模糊性思维才有存在的必要,中介愈发达,模糊思维愈有效。精确性思维是通过排除中介来把握两极,在绝对的对立中把握两极,模糊思维是通过中介的联系和过渡来把握两极,在对立的不充分性中把握两极。

世界充满了模糊现象。模糊性和它的对立面——精确性一起,辩证地存在于世界的各个方面。我们的日常生活中也充斥着模糊性。最常用的词语,如表示时间、颜色、年龄、大小以及带有感情色彩的词语都是带有模糊性的。人类的思想和情感本身就是带有模糊性的。例如,在从高兴到欣喜若狂的变化过程中不存在明确的中介。模糊性也有不同的层次,最轻微的是那些在思维过程的一定阶段就可以消除的模糊性,就思维全过程看,它本质上是精确思维,强调的是思维结果的精确化。在稍高的层次上,是可以精确计算基本变量的对象的模糊性,如身高、年龄、距离等。这是目前的模糊数学处理的模糊性,思维对这类模糊性的把握归结为确定事物归类的不同程度,给事物以富有弹性的分类。用取数值隶属度的模糊集合描述这类对象,按照目前模糊数学的原理和方法进行分析计算,在尽量提取对象的模糊信息之后,于思维过程的最后环节上通过取模糊集合的截集而化为精确集合,在一定程度上实现了思维结果的精确化,但本质上是一种模糊思维。较高层上的模糊性,则是不可以精确计算基本变量的对象(如美丑、善恶等),甚至很难归结为语言(如动词弄、闹、搞等)的对象的模糊性。它们一般不能以取数值隶属度的模糊集合表示,至多可以用取语言隶属度(基本属于、部分属于、多半不属于等)的模糊集合表示,定义概念不用精确语言,甚至允许一定程度的循环定义。推理规则是不严格的、近似的、模糊的、允许有逻辑跳跃。思维的结果给出的是模糊的断定,即包含不确定性断定。人们在日常生活和工作中大量使用这种思维方式。最高层次的模糊性是意会思维,是"只可意会,不可言传"的。它是直接从大脑神经网络的生化运动层次涌现到意识层次的东西,它的信息载体应是一种介于生化信号和语言符号之间的东西,目前还不大清楚。意会思维的特点是一片混沌、一片模糊、一片朦胧,区分隶属程度的办法已无力于把握这种模糊性,也无法确定有意义的隶属度。意会思维通常以无意识的形式存在于大脑中。当受到某种外部或内部信息的激励时,就会突然"置亮"其中某一点,但常常是模糊得无法用语言表达,只能意会到它的存在,即庄子所谓"得意而忘言";或者虽可用语言表达,但有强烈的模糊性,只能使用模糊语言,稍纵即逝,通常只有一小部分被记录下来。这种高层次的模糊性在作诗和参禅时体现得最为明显。

本文把圆融和对立看作人类活动中两种相反相承的思维方式,圆融强调事物的整体性和对待性、结构性与层次性、流转性和模糊性。对立则作为圆融的消解方式而存在。但由于不同整体、结构、层次的转移与变化,圆融与对立就只能相对而言,不仅圆融的静止表现为对立,而且对立往往也会成为圆融的一种形式。在一定范围、关系中的对立在另一定范围、关系内会转变为圆融,在一定范围、关系中的圆融在另一定范围、关系内也会转变为对立;对立与圆融区别的关键在于:谁在说、站在何处说、把对象放在什么关系中说。因此,我们对圆融与对立的把握与侧重,就应视具体情况而定。正因为圆融与对立的相对性,我们在对圆融的认识过程中也就完成了对对立的认识。本文把圆融界定为人类活动中的辩证思维方式,也是人类认识研究对象时的系统方法和结构方法。如果说结构主义的方法着重于结构分析,目的是把握结构的功能,系统论的方法则侧重于整体分析,目的是选择最优状态,那么,圆融论的方法则强调把握整体中各要素的动态关系,目的是进入具体的(非抽象的)完善的境界。

第三章

因情立体、以象兴境

我们把艺境定义为因情立体,以象兴境的人类活动,并不是企图给它下一个所谓"本质"的定义,而是力图在具体时代、具体文化中将艺境的某些相似和关联有限地显现出来,希望从理论上理解艺境现象究竟是怎样的,是如何获得的。中国古人对"文"下定义经常采用三种方法:①功用的(体用不二);②来源的;③表达特点的①。本文也是借用这种方法,以"因情"为源,以"立体""象"为表达特点,以"兴境"为用。从整体上看,因情立体和以象兴境是四种基本素质(情、体、象、境)和两个关键环节(立、创造;兴、激活)的统一,其意义在统一体制,确立特点。从过程中看,因情立体乃艺境活动中初始的、普遍的状态,而以象兴境则为后继的、深入的,即艺境发挥作用的方式(因情立体的结果是生象),其意在辨别品类。从活动方式上讲,因情立体解决的是艺境发生论、创作论和作品论的一般性问题,即一般意义上的写什么、如何写以及原则意义上的怎么写,如何呈现的问题,侧重于从创作主体到审美客体的一般过程。以象兴境解决的是艺境存在方式及区别特征的问题,即进一步明确艺境如何存在及如何发挥作用,侧重从审美客体到欣赏主体的过程,它也将因情立体中的非艺境部分清除体外,是艺境与其他因情立体方式的一种区别性特征。从功能上讲,情是艺境的动力结构,体是艺境的整体呈现,立是艺境的创造手段,象是艺境的存在条件,兴是艺境的激活过程,境是艺境的最终效

---

① 参见刘明今《方法论》,复旦大学出版社2000年版,第217~226页。

果。因情立体关注的是艺境的核心与形式，以象兴境关注的是艺境的呈现方式与整体效果。从符号学角度讲，艺境活动作为符号化活动包括两层系统的符号活动，第一层是由作为所指的"情"与作为能指的"体"所构成的符号活动，第二层是由作为所指的"境"与作为能指的"象"所构成的符号活动，这二层中的能指与所指本身，又会不断地分裂出新的符号活动，并且伴有符号与符号之间及符号与使用者之间的错综复杂的关系。相对于西方文论而言，我们可以把表现论和再现论纳入到情感论和情实论，把形式论分解为"立体"论和象论，把接受论当作兴境论的一部分。

第一节 因情立体论纲要

"因情立体"，语出《文心雕龙·定势》，其曰："夫情致异区，文变殊术，莫不因情立体，即体成势也。"意即由于情致的差异，作品的变化有不同的方式；但没有不是依照情致等具体内容的需要来确定文体的，并根据文体而形成一定的文势。或者说，情感方式的不同使作家在创作中必然选择不同的作品体制。这里所谓的情致，应该是指作家独特的情感方式，或热烈或恬淡，或深沉或肤浅，或高扬或沉郁，或阴柔或阳刚，或外向或内向等等，皆为不同的情感方式。另外，刘勰在《镕裁》篇中也有类似的表述，其曰："是以草创鸿笔，先标三准：履端于始，则设情以位体；举正于中，则酌事以取类；归余于终，则撮辞以举要。然后舒华布实，献替节文"。刘勰要求，在写作的开始，就要根据所要表达的情致来安排确定通篇的体制。在这里，情可以理解为以情志为中心的具体内容（情况），而体则可以理解为文体、体制、体裁。如萧统《文选序》中说："美终则诔发"，为了褒扬死者，产生了诔这一文体，这就是因情立体。显然，本文之所谓"因情立体"不过是借用这一现成语句，而进一步重新阐释并赋予其新的内容。

　　因情立体，关注的是动机、技法与呈现。"情"要立足于情状、情实、情况与情感、情理和情结的圆融；"体"要立足于本体与载体、个体与群体、体性与体用的圆融；"因情立体"要立足于动机、技法、呈现的圆融；立足于作品——作者，艺境是情感表现的人类活动；立足于作品——世界，艺境是情况再现的人类活动；立足于"情"本身，"情"是情状、情感、情理和情结的多向互动；立足于作品的创造过程，艺境是创造性的人类活动，是创造美、创造惊奇、创造意味的人类活动（立）；立足于作品的创造结果，艺境是形式化的情意、是形式化的人类活动（体）。

一、因情

　　情是情状、情实、情况与情感、情理、情结的圆融互动。自然情感—道德情感；社会—个人；此时此地、此情此景之情。情之三体三用：客体之情况、主体之情思、本体之情貌；自然情况与典型情况；自然情感与道德情感；情貌质朴与情貌文丽。《礼记》："情深而文明"，徐祯卿："情者，心之精也"。

　　中国古典文论不追求明晰单一的概念、严密的逻辑和系统的形式，而常常满足于欣赏点悟式批评和整体直观把握，因而在理论表述上往往呈现出零散片断，模糊多义的特征。当然，非明晰未必不精深，非逻辑未必无价值，非系统未必不科学，也许零散、片断更富有启发意义，也许模糊多义是对事物普遍联系、变化发展的更有效的把握和对语言局限性的超越。但是，作为严格意义上的理论研究，要在中西比较中明确中国文论的民族特色，首先要面临的是，必须先对古代文论的概念体系、发展线索作一番清理，吸收多年来的研究成果，对各类范畴、术语作出更趋准确的界说，对理论演变进行比较清晰的梳理。然后才谈得上吸收中国古典文论的精华来建设崭新的体系。

1. 汉语历史语境中"情"的语义特色

在《辞源》中,"情"的义项共有六种,分别是:情感、情绪;爱情;真情;情况、实情;情态、姿态;趣味。这六种义项大致可分为两类,一类是偏重客体生活方面的情况、情实、情态,一类是偏重主体心灵方面的情感、情绪、爱情、真情、趣味。在"情"字的两类用法中,人们显然习惯了"情即情感"的用法,但本文立足于艺境理论的周延性,重新对"情即情状"的用法进行开掘,当然,"情即情状"的用法并非某个人或某些人的主观猜测,而是自古以来一直在社会生活中发挥着作用,只是有些人在释"情"时忽视了它而已,现在我们有必要对它进行重新认识。从文字学角度考察"情"是个形声字,许慎《说文解字》释曰:"人之阴气有欲者,从心青声"(P217),从字源上论,"情"字的出现,源于"心"而又晚于"心"。殷代卜辞及西周金文的心字,正像心脏之形,春秋以后字形有所变化。现代人认为心脏是推动血液循环支持人体生命的器官,而古人并不重视它作为具体物质器官的意义,而强调心相对于感官的主导作用及其内在认识功能,孟子把耳目之官与心之官对举,说:"耳目之官不思,而蔽于物,物交物则引之而已矣。心之官则思,思则得之,不思则不得也。"(《告子上》)《管子》则强调了心、感官与物的相互影响,《内业》中说:"不以物乱官,不以官乱心。是谓中得。……我心治,官乃治;我心安,官乃安。治之者心也,安之者心也。"《心术上》云:"夫心有欲者,物过而目不见,声至而耳不闻也。故曰上离其道,下失其事,故曰心术者,无为而制窍也。"荀子则明确把心与感官的关系说成"天官"与"天君"的关系,《天论》说:"耳目鼻口形态,各有接而不相能也,夫是之谓天官;心居中虚以治五官,夫是之谓天君"他十分强调心制裁情欲、主宰行动的作用。《正名》中说:"欲不待可得,而求者从所可。欲不待可得,所受乎天也。求者从所可受乎心也。……故欲过之而动不及,心止之也。心之所可中理,则欲虽多奚伤于治?欲不及而动过之,心使之也。心之所可失理,则欲虽寡,奚止于乱?故治乱在于心之所可,亡于情之所欲。"荀子明确地把"情"界定为"性之好恶喜怒哀乐",由此开今人所谓"情感"之先河。《论衡·本性》引董仲舒语:"天之大经一阴一阳,人之大经一情一性,性生于阳,情生于阴。"这也许就是《说文解字》释"情"之义源。《张衡·本性》又引刘向语:"性生而然者也,在于身而不发;情接于物而然也,出形于外。"

其实"情"除"情感"的用法外,尚另有一种也很普及、也许更古老的用法并不为今人所重视,那就是情即情况、情实的用法。① 现有的甲骨文和金文中没有出现"情"字,《尚书·康诰》中出现了一次,曰:"天畏棐忱,民情大可见。"但因成书年代的争论,姑且存而不论。《易经》《春秋》《老子》亦不见此字。《左传》《孟子》《墨子》《庄子》《荀子》中都有多处可见。但考诸其用法,其"情实"的意义似乎要多于或早于"情感"的意义。例:《左传》庄公十年:"大小之狱,虽不能察,必以情";《论语·子张》:"上失其道,民散久矣。如得其情则哀矜而勿喜。"先秦典籍所用之"情"多数都具有"实"(事物的实际情况)的意义,故人们常将"情"与"貌"相对举,如《国语·晋语五》载宁赢氏言:"夫貌,情之华也。"《荀子·礼论》中说:"故情貌之变足以别吉凶";《礼论·乐记》中说:"合情饰貌者,礼乐之事也。"实又与"真"相联系,与"伪"相对立,故古代典籍中,又常将情伪相对举,如《左传》僖公二十八年:"民之情伪、尽知矣",《易传·系辞上》:"设卦以尽情伪",《系辞下》:"情伪相感而利害生。"重新开掘"情"的"情实"涵义的价值在于,把艺境与社会实际生活建立起广泛的联系,超越唯情感论的偏狭与肤浅。将"情"理解为人的情感体验,是现代人最常认同的,其源头可追溯到《诗经·陈风·宛丘》,其曰:"子之汤兮,宛丘之上兮,洵有情兮。"这里的情可以理解为作者对"子"的爱慕之情,但《毛诗·小序》却认为此诗是"刺幽公也。淫荒昏乱,游荡无度焉"。如此一来,把"情"解释为情况、行为亦无不可。到了荀子的时代,作为情感体验之"情"在理论上已

---

① 参见杜夫海纳《美学的意蕴》,中国人民大学出版社2000年版,第200页。

经十分明确，《荀子·正名》中说："性之好恶、善怒、哀乐、谓之情。"

我们应该明白，古人对于像"情""志""心""意""理""性""性情""性灵"之类的词汇的含义，虽然在具体讨论中可能有一定的差别，但并没有确定的区分，他们对这些词语的运用似乎也无一定之规，因此，他们所言"情"时，未必是我们今天所理解的"情"，他们不直接言情，而言"志""意""灵性"等时，却往往与我们今天所理解的"情"隐然相合。有些人同用一词，其含义也可截然相反（一义多训、相反相承、本来属古汉语和中国哲学的常谈）现在以"性灵""性情"为例阐明此旨。①言"情"而非。如《诗大序》是主张"情动于中而形于言"的，但其又言"国史明乎得失之迹"云云，我们现在就很难把此归于言"情"之内。②此"情性"非彼"情性"。同样宣称"吟咏情性"，各家在具体的批评、鉴赏等问题上歧义有时很大。例如：真德秀编《文章正宗》论"诗赋"类说："三百五篇之诗，其正言义理者盖无几，而讽咏之间，悠然得其性情之正，即所谓义理也。"把性情与义理等同起来，而张耒却认为："文章之于人，有满心而发，肆口而成，不待思虑而工，不待雕琢而丽，皆天理之自然，而情性之道也。"（《贺方回乐府序》）情性乃自然而发的情感。明代钟惺也认为情性为自然而发的情感，但却更强调其内心的强烈冲动，并明言排斥言事之作，其《隐秀轩集》卷十七《陪郎草序》云："夫诗道性情也，发而为言，言其心之所不能不有，非谓其事之所以不可无而必欲有言也。"③不言"情"而实乃"情"。典型的如袁枚的"性灵说"，其在《随园诗话》中说："凡诗之传者都是性灵"，有人将其"性灵"解释为"性情"和"灵机"，并非没有道理，但其核心是真实的感情之"性情"则无可置疑。袁枚说："诗者，人之性情也。"（《随园诗话》卷六，下同）"诗写性情，惟吾所适。"（卷一）"凡诗之传者，都是性灵，不关堆垛。"（卷五）《随园尺牍·答何水部》中说："诗者，心之声也，性情所流露者也。""文以情生，未有无情而有文者。"在《答蒇园论诗书》

中也说:"诗者,由情生者也,有必不可解之情,而后有必不可朽之诗。"其《续诗品》中说:"惟我诗人,众妙扶智。但见性情,不著文字。"从强调性情出发,袁枚说:"余作诗,雅不喜叠韵、和韵、及用古人韵。以为诗写性情,惟吾所适。"(卷一)他认为"提笔先须问性情"(《答曾南村论诗》)。当然,"性灵"之论在明清之前,并非刻意张扬才性情感,而多为教化、自娱之意。如颜延之称《庭诰》所载"本乎性灵,而致之心用",钟嵘评阮籍的"《咏怀》之作,可以陶性灵、发幽思"。既强调作品所写的是个人一时的感受,又强调此感受合乎风雅之义,有助于规范性情。如此看来,我们要全面把握"因情"说的内涵,就应该对"情""志""意""道""性情""性灵"等系列概念细以论辩,这当然是件艰难繁琐的工作,但似乎又有一定之规律,即就诗文大体的功能而言,有言"情志"言"性情"以教化读者为归的;有言"情性"言"缘情"以动心自娱为旨的;还有言"性灵"言"情性"以张扬才性、自我抒发为趣的。且此排序与时代先后大体一致。

在中国传统的语汇中,意指人的精神状态和心理反映的词除"情"之外还有"志""意""性""欲""心""性灵""理"等,它们时常与"情"连用不分,有时也能相互取代,但有时却又会对待立义。故我们要全面把握"情"的细微含义,必须知人论事,了解各家对情的不同的理解及态度,具体问题具体分析。在中国传统文论中的"情",可分三层:风情和感情;含志、意、理、性、道之情;纯情。它绝不只是现代心理学之所谓"情感""情绪""感性欲望",也并不只是与"理智"相对举,从而至少形成如下的语义特色:有"情实"和"风情"之义,常与"心""志""意""性""欲""性灵"连用不分,有时又与"志""意""理""性""欲""伪""文""采""景"对待立义。因此,我们甚至很难脱离具体语境对其加以总括的界说,但它确实又是中国文论中一个非常关键且运用极广的基本范畴。如果我们非要进行定义不可的话,就只能定义为:风情与感情的双向互动。

2. "因情"说在诸关系对待中的意义

由以上分析，我们可以约略地知道："因情"说是一个伸缩性很大，圆融流转的命题。当我们讲纯粹的抒情文艺时，情即情感，此情在荀子看来包括：好、恶、喜、怒、哀、乐。在《礼运》和韩愈看来包括"喜、怒、哀、惧、恶、爱、欲"，在朱熹看来包括"恻隐、羞恶、辞让、是非"，在笛卡尔看来，则包括惊奇、喜爱、憎恶、欲望、快乐、悲哀；当我们把纯粹的抒情文艺和叙事文学并举时，情即情状、情感的统一；当我们讲中国传统上的杂文学观念时，又可将志、意、理、道、性归入其中。在西方美学史上，人的主体心理被明确地划分为知、情、意三种类型。而在中国古代，心、意、情、志、性等的区分并不是那么严格，主体心理是整体地发挥功能。因此单纯的因情说，只能在与情感表现论、摹仿再现论和明道论的对待中才能显示其意义，而不能完整地说明艺境活动与其他活动的区别特征，故我们应该进一步就"情"的对象化和物质化过程进行探讨，即"立体"论问题。对待立义是中国古代文论中一种重要的思维方式，我们对因情说意义的认识，也要在诸关系的对待中来进行。因情说是要解决艺境结构的基本原则和动力问题，亦即一般意义上的为何写和写什么。为何写问题又可强分为自己写和为别人写两部分：为自己写重在抒情（感情表现），为别人写重在知情（摹仿再现）和动情（教化愉悦）。写什么问题也可强分为写风情和写感情。写风情重在摹仿再现，重在发挥艺境的观风明道认识作用，写感情又可强分为写一己之情和动人之情，写一己之自然情感虽有大我与小我之分，但都重表现与宣泄，写动人之情则在潜移默化与净化愉悦。这样文艺理论中摹仿论，表现论和创作源泉论就自然地进入了我们的视野。摹仿论可纳入重在实情的因情说，表现论可纳入重在感情的因情说，有关问题在其他文学理论教材中已有大量表述，故在这里从略，只就因情说与文艺源泉论问题略加申述。

在现代的文艺理论教材中，有一个非常显眼的理论观点，即"社会生活是文学创作的唯一源泉"，其命题的推理过程一般是这样：第一，从哲学上讲，存在决定意识，社会存在决定社会意识。文学作为一种社会意识形态，当然不能离开客观存在的社会生活。第二，从发生学上讲，文学起源于劳动，文学的源泉也只能是社会生活。第三，文学作品中的一切因素（包括题材、主题、人物、情节、结构、语言和技巧等）都来自于生活。第四，以往的文学作品，只是"流"不是源，不能作为后代创作的源泉。第五，只有深入生活，到唯一的源泉中去，才能创作出优秀的作品来。应该说，以上几条都是有道理的，但也有简单、片面、僵化的情况。就第一点而言，似乎只是在终极（最终源泉）意义上来看待文学的存在，与此相类似，我们也可以说，宇宙是文学的唯一源泉，世界是文学的唯一源泉，人类活动是文艺的唯一源泉，是不是也可以说空气、土地、水、食物、性欲等也是最终的源泉。如此一来，严肃的理论问题就会变成无聊的诡辩。就第二点而言，人们更倾向文学起源的多因素说。就第三点而言，它忽视了反映主体的复杂性和认识过程的双向逆反性，就第五点而言，几十年的创作实践提供了大量的反例。唯有第四点其合理性早已被关注，特别在宋代后期，江西诗派所提倡的"点铁成金""夺胎换骨"之法，日现"剽窃"之嫌，以陆游、杨万里等人为代表诗人，悟到"诗外"工夫的重要性。

从因情说的角度讲，文艺创作的源泉应该是风情与感情的双向互动，而不只是社会生活的决定作用。重新开掘情的"情实"涵义的价值在于：把艺境与实际社会生活建立起广泛的联系，超越唯情（感）论的偏狭与肤浅。"因情"说与"社会生活唯一源泉"说的区别：重视世情（社会生活），只有通过心情才能转化为艺境之情，强调了在精神性创造活动的艺境中人心（主体）的重要性，但并不因此而否定"世情"的作用，它的完全表述就是"外师造化，中得心源"。"因情"说与"审美"论的区别在于：审美论建立在西方人将人的心理三分知、情、意的基础上，认为知研究真，与之相应的是逻辑学，意与善相关，与之相应的是伦理学，而美学是研究情感、感性认识的完善的科学。而"因情"说与"明道"说紧密相关，它不仅涉及感情、心情，还兼顾世情、风情。

二、立体

立体说与现行创作论、声色论、方法技巧论相关。摹写客体之情况，其职在知会，可通西方之再现论；抒发主体之情思，其职在兴感，可通西方之表现论；精构本体之情貌，其职在美化，可通西方之形式论；以象兴境可通西方之读者中心论；国人宗教意识不强，故需要借重文艺以施行教化。知会感兴皆可教化，故寓教于情可统而括之。以声色美化知会感兴，以情貌美化情况情思，此寓教于乐之谓也。

1. 立：立动、立美、立奇

《说文》："立，住也。从大，立一之上"。徐铉校录："大，人也；一，地也。会意"。林义光《文源》："象人正立地上形"。人立于地，这很容易让人想到海德格尔引用荷尔德林的那句诗："人诗意地栖居在大地上。"按照海德格尔的看法，艺术品之体不是为人们提供一件有使用价值的器具，而是向人们打开一个完整的世界，这个世界把"真理"引入大地，让人们得以进行审美的观照，并诗意地栖居。因此，"立体"说之"立"也就是使具有物性的艺术品超越器物的活动，是将"情"对象化、形式化、物质化的过程，还可以从一般创作论意义上进行理解，是情志的感发、意象的捕捉及表达过程，是创造美、创造惊奇、创造意味并以此动人的过程。

"文"是文学学科的最基本概念；无论是把文学当做"文之学"；还是把文学当做"文和学"；或者是把文学当做"想象与虚构的文字表达"；或者是把文学当做"语言艺术"；都离不开对"文"这个最基本概念的辨析。

中国古代"文"与"文学"的关系，相当于现当代"文学"与"文学理论与批评"的关系。现当代把"文学"当做学问（"文之学"）外的言述，既不符合汉语构词法，也缺少古代传统文化的支撑。特别是在学科设置上,经常把学问外的"文学"与"史学""哲学""法学""数学"等学问并列,实在是驴头不对马嘴,缺少最基本的思辨与逻辑贯通。造成这种混乱的偷换概念的戏法,是与近现代西学东渐及 literature 的汉译密切相关的,其中既有中国传统文化和传统文论的基因,又有西方在华传教士对中国文化的利用与理解,还有日本明治学人借助古代汉语对西方文化的移植与创化,更有中国近现代学人对西洋文化和东洋文化的认识与选择。换个角度,也许还能看到中外文化交流史上一道神奇而复杂的景观。

留洋学人把"文"压缩为"文学"(literature),开始是其与"桐城派""文选派"争夺话语权的结果,其核心是抬高小说、戏曲等"想象与虚构的文字表达"的地位。1914 年前,校长严复聘任姚永概任文科教务长,姚永概延揽了林纾、姚永朴、马其昶等人,桐城派学风占主流;1914 年,校长胡仁源聘任夏锡祺为文科教务长,夏锡祺延揽了章黄等人,朴学学风占主流;1917 年,校长蔡元培聘任陈独秀为文科教务长,周树人、周作人、钱玄同、胡适、刘半农(刘复)、吴虞等新文化运动的文痞进入,有几次著名的事件引人注目:章门弟子钱玄同以其深厚的文字学功底提出了废除汉字。"欲使中国不亡,欲使中国民族为二十世纪文明之民族,必以废孔学、灭道教为根本之解决,而废记载孔门学说及道教妖言之汉文,尤为根本解决之根本解决";钱玄同与刘半农联合出演"双簧戏"。(新文痞的处境);"新潮社"与《国故》月刊社,同设于文科大楼,大有不能两立之势,除了唇舌相讥,笔锋相对外,上班时甚至有的怀里还揣着小刀子"(杨振声)。1919 年 10 月,黄侃辞职。因此,探讨黄侃的"文"产生的语境,既要看到黄侃、章太炎、刘师培三者的"文"的概念同异;也要看到启蒙工具论、美术之独立价值论、排他性白话文理论与他们的论争。特别是"国故"派与新潮派之论争。新潮派把古代关于"文"的论述思辨("文之学")排除到学问之外,现在有必要将学问外的"文学"(literature)还原为"文",将"文学"还原为"文之学",使"文学"作为学问能够与

"史学""哲学""法学""数学"等并列。这就需要结合汉语传统对"文""文学"进行仔细辨析。

文学现象自古存在，但文学观念与概念则是历史——历时性的建构。笔者以为：新的文学观念其立足点是：动人（感兴）。如何动人（感兴）：以情（非理性——感性）动人；刺激系统（物）之体（肌质构架）作用于六根之意识。以美（声色——表象——感性）动人；刺激系统（物）之相作用于六根之眼耳鼻舌身。以形象（象征——具象——感性）动人；刺激系统（物）之体相作用于六根之眼耳鼻舌身意。以想象（创造——虚构——内指——原创）动人；刺激系统（物）之用（功能）作用于六根之眼耳鼻舌身意。小说就是内指性叙事散文。

在西方，新文学概念的前概念是"诗艺（poetry）"——靠"制作技艺（the arte of making）"创造出来的东西。① "诗艺（poetry）"曾长期代表后来的"文学"，这一词在英文中的同义词是"创造的技艺（arte of making）"……形成了后来的浪漫主义者对创造力、想象的推崇。② 想象性散文叙事（小说）③。

"文"与"文学（literature）"的区别：以情动人，诉诸感兴（形象、想象、感性—美术），其近代旨归在于补救科学理性。亦即因情立体、以象兴境。文学：主情不主知；主感动娱人（力）不主实用教益（知）；主美术（美的艺术）：表现技巧，不主因袭模拟；主感性：灵感、直觉、想象——想象、创造，不主概念、理性；主与科学分立，为人类保留文化的一个选项，为人类保留另一种生活方式的一个选项。在科学、道德、艺术自治这一现代知识分化规范下的文学独立观念的确立。

动情派（宗）——析理派（宗）：艺术派——科学派。为什么重视小说戏曲：因为它们以情动人。动情派（宗）：把能以情动人的作品从

---

① 《现代西方文学观念简史》第26页。
② 《现代西方文学观念简史》第99页。
③ 《现代西方文学观念简史》第100页。

文字著述中剥离出来，所以，小说戏曲类散文就要纳入。在中国，体现为救亡启蒙的需要。如何以情动人：诉诸感兴（灵感、直觉、想象——想象、创造）（形象、想象、感性——美术）在中国，体现为大众化的要求。

为什么重视感性——美术：①补救科学理性。与科学分立，为人类保留文化的一个选项，为人类保留另一种生活方式的一个选项（欧洲哲学史上根深蒂固的感性与理性二分的理论模式。感性与理性的二分，来源于柏拉图的表象与理念的二分）。②现代知识分化的逻辑推演：知情意——真善美——科学、道德、艺术自治：这一现代知识分化规范下的文学独立观念的确立。判断文学价值的标准是什么：第一层次标准：能动人，诉诸感兴，就有文学价值。否则，也许有其他价值，但没有文学价值。第二层次标准：以情动人；以美（声色）动人；以形象（具体）动人；以想象（创造——虚构——内指——原创）动人；四并列项，各不管辖；四项兼有，必为优秀。书写文学史的选材标准是什么：有价值的语言艺术作品。为什么会有"文学（纯文学）"边缘论？因为过去的"文学"集中在语言艺术作品上。而现在能以情动人，诉诸感兴的文化形态并不集中在纸介质的语言艺术作品，而是集中在图像艺术作品上。

文学家与作家是两个差异巨大的职业文学家是研究文之学者，其职业手段是概念、判断、推理，其旨归在于科学理性。作家是文之创造者，其职业手段是以情动人，诉诸感兴（灵感、直觉、想象——想象、创造），其近代旨归在于补救科学理性。

2. 体：话语形式

今所言"体"乃"體"的简化字写法。"體"之简化之"体"，在汉语中有二十多个义项，但以下义项与本文联系密切。

（1）总体、身体，《说文·骨部》云："体，总十二属也。"段玉裁注："首之属三：曰顶、曰面、曰颐；身之属三：曰肩、曰脊、曰尻；手之属三：曰肱、曰臂、曰手；足之属三：曰股、曰胫、曰足。"传统诗文评经常"把文章通盘的人化或生命化""把文章看成我们自己同类的活人。"徐寅在《雅道机要》中则明确表示："体者，诗之象，如人之体象，须使形神丰备，不露风骨，斯为妙手矣。"人体与文体显然是喻体与本体的关系，但既然互喻，就必须有其相似处，特别是在整体性、有机性和动态性方面，表现得更加充分。

（2）形体、体貌、格式、体现，《正字通·骨部》中曰："体，草木成形亦曰体。"那么，艺境作为特殊的精神活动也须成形有体，从而成为一种特殊物的总体。陆机《文赋》中说"体有万殊，物无一量"，这方面的用例在书画方面体现得比较充分。如：许慎《说文解字序》中曾曰："秦书有八体"；唐代张怀瓘《书断》说王羲之"研精体势，无所不工"；宋代刘道醇《圣朝名画录》卷三云："画之为屋木，犹书之有篆籀，盖一定之体必在端谨详备，然后为最。"《易·系辞下》曰："阴阳合德，而刚柔有体。"《典论·论文》中说："文以气为主，气之清浊有体"，《文赋》："赋体物而浏亮"，这里的"体"都是在形体的具体体现和表现意义上使用的。我们常说，艺术是情感的表现，亦可说艺术为情之体。

（3）根本、本体、本质。体用是唐代以后哲学中常用的范畴，其相同或相近的观念在唐之前常称为"本用"或"质用。"体与用作为本体与功能，本质与作用，是事物既相区别又有联系的两种属性，对任何事物的认识，都不能不涉及这两种属性。在对文艺的本质特征进行探讨时，有着各种各样的观点，其中就有视文本或艺术形式为本体的看法。他们既不重视从社会历史中寻找文艺的根本，也不重视在艺术家主体那里寻找文艺的本质，而以文本为中心，围绕语言、符号、深层结构等展开研究。其实，中国具体的文学批评，除知人论世之外，明体辩法，附辞会义，品藻流别等也是最根本、最常用的方法，这也是另一种意义上的本体论。但在体用关系上，中西也有些明显的差异，一般而言，西方是由体（现象）求质（本体真），由质及用（现象学重提"回归现象自身"，是否定之否定，另当别论），中国是即用即体，体用不二或以体（现象）求用（功利、善、上层次），经常省略深入本质的中间环节。西方对体用分得比较清楚，论事物往往先明本体，然后因体及用，中国则经常是并不直接对事物作本质的界定，而习惯于从其功能表现的角度认识，因其用而推其本。如此体用观有弊有利，尚用则求变，轻体则缺乏理论的规律性、准确性，易起名相的纷争，故"不争论"实乃中国智慧对于中国国情的透析之论。

（4）体制风格。刘勰《文心雕龙》中有《体性》篇着重论文章体制风格与作家个性的关系，也有人认为是专论文章个性风格的，无论如何，人们都把《体性》篇看作风格论，其"八体"的分类方法，也纯系风格问题。同时代的萧子显在《南齐书·文学传论》中说："今之文章，作者虽众，总而为论，略有三体。"这三体也主要指风格的不同，而非形体的差异。以体论画，亦有此例，如谢赫《古画品录》评刘项云："用意绵密，画体纤细"等。风格是主体与对象、内容与形式的特定融合。它既是一个作家创作成熟的标志，也是一部作品达到较高的艺术造诣的标志，所以不是所有的作家、作品都具有风格。有关体制风格理论的形成，也只有在语言和体裁的把握、民族和时代的认识、作家个性的研究都达到一定深度时，才有可能出现，所以，相关理论在汉代以前并不多见。建安时期，曹丕从禀气入手，较早注重风格形成的主观原因。其后西晋的陆机《文赋》对此进行了更加深入的研究。他在《典论论文》提出文体分八体四类的基础上，把文体分为十类并具体概括了其风格特征，说："诗缘情而绮靡，赋体物而浏亮。碑披文以相质，诔缠绵而凄怆。铭博约而温润，箴顿挫而清壮。颂优游以彬蔚，论精微而朗畅。奏平彻以闲雅，说炜晔而谲诳。"陆机不仅研究了各种文体的风格特色，而且还从理论上总结了风格的多样化及其形成原因。

首先，他指出文学体裁与风格的多样化是因为作为文学作品描写对象的"物"本身是纷繁复杂的，各有各的形状，没有完全相同的。他说："体有万殊，物无一量，纷纭挥霍，形难为状。"又说："其为物也多姿，其为体也屡迁。"这里的"体"即是指体裁与风格，中国古代文论中的"体"一般包含这两方面内容，具体行文中所指有时侧重点不同，此处重在风格。体的多变是由物的多姿所决定的。其次，风格的多样化又是和作家的个性、爱好密切联系着的。《文赋》中说："夸目者尚奢，惬心者贵当，言穷者无隘，论达者唯旷。"作家的不同创作个性，必然要反映到作品的内容和形式特点上，从而形成各不相同的风格。第三，风格的不同又和文体的特点有关系。各种不同的文体在内容和形式上都有特定的要求，因此表现在风格上也就有明显的差异。《典论·论文》讲四科特色就接触到这一点，陆机《文赋》分为十体，各有自己特征，就更为清晰了。从陆机的上述论述来看，一、三属于风格的客观性，二属于风格的主观性，相比较而言，陆机对风格的客观性讲得更多一些，而风格与作家个性的关系讲得比较简略。刘勰的风格理论，成为南北朝时期风格论的顶峰，《风骨》《隐秀》《定势》《时序》《才略》等篇也有相关论述。

按照刘勰《定势》中的说法"立体"即安排确定通篇的体制，而本文则将"立体"扩展为艺境创造论和作品论。将"立"解释为"情"的对象化、形式化、物质化的过程，将"体"解释为完整的艺境呈现，而非传统意义上的"语言风格"。它主要包括这样几项内容：①总体体势：艺境作品作为一种特殊事物的总体特征。②形体、本体，或以形体为本体。即侧重从外观形态上说明艺境的具体种类之所以成为自身的特征。③体制、体裁、风格：艺境作品的分类及风格。有关第三项内容的论述在许多文学概论类书籍中都有体现，本文将不再详论①。

在中国哲学"本体"主要指本来恒常的状况，与之相对的是变化不定的"客形""形态"。张载《正蒙·太和》中用"本体"表示太虚与气的关系，其曰："太虚无形，气之本体，其聚其散，变化之客形尔。"朱熹多次讲到"性之本体""形器之本体""心之本性"，意旨稍有不同，但都含有"本然""本来固有""所以存在的根据"等义。中国译者在翻译西方关于存在的本质及基本特征的研究（ontology 本体

---

① 参见《文体与文体的创造》，云南人民出版社1994年版。

论）时，借用了这一概念。20世纪30年代，兰色姆把这个概念直接引入文学批评。在中国当代，人们通常就把那些撇开作家乃至社会、历史去谈论文学，视文学作品或艺术形式为本体的观念，称之为本体论文学观、以之与主体论文学观，反映论文学观等相对待。以形体为本体是西方形式主义与现象学美学超越摹仿论与表现论的一大进步，尤其是在"文学性"和"作品存在方式"的研究方面对我们富有启迪。

（1）"反常合道"与"以故为新"。雅各布森在《现代俄国诗歌》一文中说："文学科学的对象不是文学，而是文学性，也就是说，使一部作品成为文学作品的东西。"文学性是关于文学作品自足性和本体论的概念。形式主义最初把握文学的方法，是将诗歌语言与日常语言、科学语言等相对照，于是他们发现了话语行为的不同要素和多种功能。话语行为的要素有：说话者，受话者，信息、代码、语境、接触。与此相对应，话语行为至少能完成下述六种功能中的一种，即情感、意动、诗学、元语言阐明、指喻、交际。雅各布森认为，诗学功能就是注意点落在信息本身（内指）时的语言功能，要发挥语言的诗学功能，就应该最大限度地去突出言语行为。就抒情诗而言，就是突出日常语言与诗歌语言的功能差异，就叙事文学而言，就是突出作品叙事与实际事件之间的功能性差异，其共同点皆为突破"自动化"而突出"陌生化"。这样一来，就与中国传统文论中的"夸饰""语不惊人死不休""唯陈言之务去""险怪""反常合道""诗家语""奇趣""机趣""以拙为巧""清新""传奇""幻""涩""俊""波澜""冷水浇背"等看法相通而有不同，而与"辞达""以故为新""点铁成金""自然""本色""妥溜""圆""直寻""直致""平淡""独抒性灵，不拘格套"等相违而有一致。

（2）言、意与境语、境象。作品既是创作的定格，又是连接作者与读者的桥梁，还是读者了解作品内部世界的入口，基于对作品重要性的认识，人们提出了许多类似作品层次分析的思路。在西方，亚里士多德提出四种成因，以房子和作品为例，材料因：房子的砖瓦土木，作品物质媒介。形式因：房子的图形或模样；作品的形式和结构的构成。创造因：房子的建筑师；艺术家的主观创造劳动。最后因：建房子目的的完成；作品的最后完成。老舍在《文学概论讲义》中曾以烹鱼为例来说明之。但丁在《论讽喻》中认为，任何一件作品都能在四种意义上被理解：第一是字面的意义，第二是讽喻的意义，第三是道德的意义，第四是寓意的神秘意义。黑格尔的内容形式的二分法更是被广泛采用和不同理解，如在20世纪的中国，由题材、主题构成的内容和以语言、结构、体裁和表现手法所构成的形式，成了权威文学理论教科书中作品论的唯一或最重要的内容。而西方现代文论思潮都对这种传统二分法的截然两段表示了怀疑，并分别以形式——材料（形式主义）、构架——肌质（系统批评）、材料——结构（韦勒克·活伦）、表层结构——深层结构（结构主义）、内形式——外形式（德国的帕特）、材料——表现性（桑塔耶那）等不同分法取而代之。

在中国古代，对作品层次的分析法也有很多，比较重要的则有庄子的"言意"二分，王弼的言、象、意三分和桐城派的三分或八分法。而在20世纪80年代以后，西方现象学家英伽登的四层分析法，逐渐被中国文论界广泛征引。也许英伽登对具体层次的划分并不尽可人意，但其直面"文学作品的存在方式"，排除先行习见的影响的方法，无疑给艺术作品的深入研究带来了新的视野。以笔者之见，言（媒介的代称）、意的二分法是一切作品的最基本的层次分析法，而诗文作品虽然作为特殊的语言现象，但仍可划分为言、意两个层次，只是诗文作品之言是一种特殊的言语即境语，诗文作品之意也是一种特殊的意，即象中见意，可称作境象。

第二节　以象兴境论纲要

因情立体是象征；以象兴境为想象（非"想个象，而是"由象而想)。本于心(情)而归于脑(境:头脑中打开的世界、生成的体悟)——不著一字,尽得风流(无形中世界观发生了变化)。

艺境是"以象兴境"的人类活动,是以"象"(感性具体、形象、想象)的方式把握世界的人类活动。艺境的边界并不是固定的,而其核心与根据地具有相对稳定性。其相对稳定性主要表现在"话语形式"(体)的特性和文本的功能两个方面:①从艺境作为"话语形式"(体)的特性入手,艺境作品"话语形式"的特性在于:陌生化、自指性、复义性(话语蕴含性)、表现性;②从艺境文本的功能入手,艺境作品的功能特性在于:以象兴境:符号激活形象——解读、填空、异变、遇挫与顺应——艺术思维(情感、想象、理性)产生虚象(偏重具体生动而非抽象一般,不同于科学挂图)——虚像激活幻象,幻象生成境界,对幻象进行开拓与延伸,深入一个新世界。

一、象:关于对象具体性(形象)的记忆与想象

当我们谈论艺境之象的特质时,有一系列复杂的问题有待清理,如:艺境之象与"形象""表象""心象""想象""表征"(representation)(image)(representation)(mentalimage)(imagery)等等的关系;中国意象论与西方意象论各自的发展及内涵;中国意象论与西方意象论的区别和联系等等。这里的每一个问题都使我们举步维艰,所以,在这里我们干脆直接将艺境之象定义为:对对象的形象(具体性)的想象和开拓,然后再简要涉猎以上问题。这里的"对象"是指"情"的对应物,属非意识的经验中的个别。这里的"形象"是指非概念、非纯理性、非思想的具体性。这里的"想象"是指意象的自由组成运动,它通常既非对物理世界中物体的知觉,又多非关于物体的记忆意象,而主要是创见意象,即关于知觉的改造和重新组合,它强调与自然脱离,绝断对象与现实的关系。艺境之象主要是指艺术活动过程中,人的主体意识与客体对象之间的关系,而非要素本身,它具有客体的主体化和主

体的对象化的双重性质。

首先,"形象""想象""意象""表象""心象""表征"这些词汇经常互译混用,构成了现代文艺批评中最常见,也最含混的术语。但一般而言,"形象"这个词西文为"image"或"form",前者有肖像、偶像、影像、映象、心象、表象等多种含义。后者义项更多,形状、外貌、形式、形态、结构、组织等均为其含义。而汉语"形象"则由"形"与"象"两词合成(参见前论)。"意象"作为术语在西语中是自18世纪以来随着"想象"的理论而广泛流行的。西方古典美学的主流重摹仿、重理性、重认知,他们常将想象与之截然对立。16世纪的西方人用"家里的疯婆子"来代称想象。18世纪以后,特别是在康德和黑格尔的美学著作中,他们开始认识到,只有将知解力和想象力进行协调统一才能获得美感。西方美学讨论想象和意象,是从严分主客体、感性与理性、形而下与形而上的文化立场出发的。意象和想象被归入主观和感性的范畴,并经常受到主流思潮的贬抑。20世纪,一些反传统的文艺家、理论家用意象和想象对抗客观与理性,赋予了它更强的主观性反理性色彩,这显然与在中国传统文化中所产生的"意象"异大于同。同有其一,皆含意中之象、意想之象之义,异至少有其二,其一,中国的意象论虽起源于"观物取象",但此观物取象决非古希腊时代"镜子"式的摹仿,而是一种象征或异质同构,是基于"天人合一"的物我交流与感应。物是活物,充溢着生命之气,人是以物为友朋之人,物我之间的关系,不只是投射、联想、移情,而是"情往似赠,兴来如答",因此,"意象"概念,既没有西方古典美学基于模仿说的"形象""典型"等概念那样强的客观性和理性,也没有西方近代美学基于表现说的"投射""移情"等概念那样强的主观性和反理性色彩。其二,中国的意象论着眼于四维空间看世界,即以时间统空间,仰观俯察、游目骋怀、上下、左右、远近、穷观历览,务求将宇宙万物尽收眼底,注重宇宙万物流转不居、生生不息、自然运行的节奏和韵律,而非驻守一个视点作静止观赏,非就固定视线、视角直逼某一对象。现在一些国人之所以崇西洋画而薄国画，也许与只知三维不知四维空间的理解方式有关。

许多心理学家认为，在感觉、知觉和逻辑思维之间，存在着一个中间环节——表象（image 或 representation），也有人译为"意象"。当强调它是外界客观事物的形象在心理活动中的再现时，又叫"心象"（mentalimage）或"表征"①。在这里，我们需要注意的是，知觉与意象的区别，当我们观察外界事物时，在意识中产生了直接反映外界事物的知觉，而当我们离开观察的外界事物以后，有的知觉消失了，有的知觉被保存下来，经过加工改造，成为意象。可见所观察事物是否在场，是心理学家区别知觉与意象的一个标准，由此，他们把意象又划分为记忆意象与创见意象、个别意象与一般意象、视觉意象与听觉意象等等，其中关于记忆意象的划分，对我们进一步理解"艺境之象"尤为重要。记忆意象是过去已经经历过的事物在记忆中留下的映象，是关于知觉的带有选择性的存留，这种选择很难避免主观感情意识的影响，因而具有一定的概括性和主观倾向性。记忆意象是介于主观意识与客观映象之间的东西，其中客观映象的成分多一些（因此有人称其为"表象"以与"意象"相区别）。创见意象是关于知觉的改造、开拓和重新组合，是在过去已积累的大量表象的基础上，主体头脑中新生的、超前的、意向性的设计图像，它也是介于主观意识与客观映象之间的东西，但其中主观的成分多一些。（有人又将此过程区分为意象和想象，认为产生新意象的心理过程或心理活动，叫想象。这样，由感知到思维的中介环节就被细分为：表象——想象——意象，其实只对理解有好处，而很难截然量化）。基于此，艺境之象并不是朱光潜先生所说的相对于"物甲"（自然物）的物乙（物的形象，夹杂着人的主观成分的物），而是物丙（对对象的形象的想象与开拓）。有人将审美意象的构成层面如符号层（或音义层）、结构层、景象层、意味层等作为内在结构也可当作一家之言。

---

① 参见《思维发展心理学》，北京师范大学出版社1986年版第308页。

现在我们有必要进一步探讨，由物甲到物丙的生成机制（或者说动态结构）是怎样的，亦即立象的过程是怎样的。如果笼络地说，刘勰《物色》篇中的两句话最为精当，即"随物宛转"与"与心徘徊"，姚华《曲海一勺·述旨第一》中也认为："心物交应，构而成象，积则必宣，形之于言"。但心物交应的具体过程是怎么样的？这里我们从现代心理学的角度对这一机制稍加阐释。

当然，必须说明的是：立象过程的存在是谁也否定不了的事实，但在这个过程中究竟发生了些什么，其先后顺序如何，有没有必然而确定的环节等等。这些问题似乎永远也难得达成一致，因为在立象过程中，不同的人有不同的方式，不同的艺境种类有不同的方式，并且最有价值的创作是极富个性的，决不可能就范于某种理论的普遍化界说。但理论的本性使它难以做到立足个案逐一分析，而只能是宏观的整体的规律性、普遍性的把握。

立象的过程应该是开始于对对象、现象、具象、物象的感觉和知觉（感知）。感觉和知觉是认识主体与外部世界联系的基本途径，它并不为艺境创造者所独有，那么，一般人的感知与造境者的感知是否有所区别，其区别表现于何处呢？笼统地说，感觉受制于主体既有心理图式和探索性"期望"的支配影响，面对同一片海洋，一个渔夫与一个诗人的感知是不同的，由于具有艺境创造意识和创造能力的人的习惯使然，艺境创造者的感知更多地合于审美目的，而不是实用或者其他功利目的，更多地立足于审美立场，而不是实用或者其他功利立场，这样，艺境创造者立象过程中的感知就不再是一种盲目的随意的感知，它必须经由特别的注意才能完成，这种特别的注意主要是指感知的整体性和选择性。匈牙利人卢卡契认为："每一种伟大艺术，它的目标都是要提供这样一幅现实的画像，在那里现象和本质、个别与规律、直接与概念的对立消除了，以致两者在艺术作品的直接印象中融合成一个自发的统一体，对接受者来说是一个不可分割的整体。"[①] 歌德认为："艺术要通过

---

① 《马克思主义文艺理论研究》第二卷，文化艺术出版社1984年版，第433页。

一种完整性向世界说话。但这种完整体不是他在自然中所能得到的，而是他自己的心智的果实，或者说，是一种丰产的神圣的精神灌注生气的结果。"① 艺境呈现一般不是孤立地写一个人、一件事、一个景、一个物，而是把细小的个别的东西，放入一个活生生的完整的世界，在那里可以展现出生活的全部色彩。英国诗人勃莱克在《天真的预言》一诗中说："从一粒沙里看出一个世界，一朵鲜花是一个天堂，把无限放在你的手掌上，永恒在一刹那里收藏。"正道出了美的物理形态具有整体性的特点。立象过程中感知的选择性是艺境创造的个别、鲜明、独特的感性特征决定的，艺术家要创作出动人的形象，个性特征的发现与表现是一个基本前提，为此，艺术家在感知事物之时，往往既重视整体韵味、整体基调，又注意并善于发现细节差异。总之，这种特别的注意，既要求立象者宏观地把握对象，又要求细致地观察对象。

当对象被反复感知强化之后，会在大脑中形成记忆，记忆是人脑对经历过的事物的反映。当感知的事物不在面前时，人脑中所重现出来的形象，称为记忆表象或叫映象。对记忆表象的不同处置是人类两种思维方式的分水岭，当记忆表象被抽象为概念，理性思维就开始了。当记忆表象被升华为意象，则迈出艺象思维（或称艺术思维、形象思维）最关键的一步。那么记忆表象升华、加工成意象过程是怎样的？立象的重要关节何在？对这些问题的回答因人而异，但都会涉及以下三个要素：想象、情感和理性。现代创作心理学还特别重视直觉、灵感和潜意识等因素在艺象产生过程中所发挥的作用。

想象是人脑对已有的表象进行加工改造形成事物新形象的心理过程。想象的生理机制是大脑皮层已有的暂时神经联系进行重新筛选、组合、搭配和接通，形成新联系的过程。根据想象产生时目的明确与否，可分为无意想象和有意想象。又根据想象的独立性、新颖性和创造性的不同，还可把有意想象分为再造想象（联想）和创造想象（幻想）。联想往往需要一个支点、一个启示、一个刺激信号，它总是要由此及彼地

---

① 《歌德谈话录》，人民文学出版社 1978 年版，第 13 页。

展开，每一种联想都是一种思维扩张方式，都是一个思维扩张过程，因而它往往能以自身比较明确的思维路径，引导主体思维展开并完成立象过程。

　　艺象的创造方式是想象，其动力则是情感，通常还包括理性和潜意识。艺境创造的立象过程和科研的想象过程之不同，或者说艺象之特质，在于其想象过程中灌注了主体的情感和个性。在艺境创造中想象的驱动力从根本上说是情感和创作意旨，没有情感，想象无法展开，想象总是情感的想象，总是移情的想象，根据立象过程中情感化程度的不同，我们大致可以分为三类：低度情感化；适度情感化；高度情感化。① 在想象和情感的共同推动下，表象会发生一些较大的变化，一般表现为：分解与重组；简化与突出；变形与陌生化等。② 需要指出的是，在艺象创造过程中伴随着情感和想象发挥作用的过程，理性和思想的参与渗透也是必不可少的。关于立象过程中直觉，灵感和潜意识的重要作用，已越来越被作家所看重。

　　1. "象德"观与中国文艺论的发生

　　中国最早的文艺论是乐论，所谓"开山纲领"的"诗言志"也只是典乐的一部分。《礼记·乐记》应该是先秦儒家乐论的集成之作，因进入经典传承系统而在中国文论研究中无法绕开。《礼记·乐记》凡六千余字，于"乐"之具体判断规定也多达二十余条，综而观之，其要紧处，不过"象德""内（或敦）和"四字。前人研究《礼记·乐记》，专论"内和"的多，专论"象德"的少。"象德"至少包括本体论："乐者，所以象德也"；作品论："德音之谓乐""乐章德"；创作论："德者，性之端也。乐者，德之华也"；"夫乐者，象成者也。"；功能论："民之行法象君之德""教民平好恶而反人道之正"等四个组成部分。本体论强调以"象德"为乐，作品论强调以象章德，创作论强调使德成象，功能论强调以象致德。论"象德"者，从功能论强调以

---

① 参见赵炎秋《文学形象新论》，湖南师范大学出版社，第157~159页。
② 参见童庆炳主编《文学理论教程》，第128~130页。

象致德的多,从作品论强调以象章德的也不少,但从本体论强调以"象德"为乐者少,从创作论强调使德成象者亦少,把《礼记·乐记》看做以"象德"为核心的乐论系统者尤其少,今试剖析之。

◎人们是如何理解"象德"的?

《礼记·乐记》中"象德"二字的直接呈现只有两次,分别是:

"天地之道,寒暑不时则疾,风雨不节则饥。教者,民之寒暑也,教不时则伤世。事者,民之风雨也,事不节则无功。然则先王之为乐也,以法治也,善则行象德矣。"(然则先王之为乐也,以法治也善,则行象德矣。)

夫豢豕为酒,非以为祸也;而狱讼益繁,则酒之流生祸也。是故先王因为酒礼。壹献之礼,宾主百拜,终日饮酒而不得醉焉,此先王之所以备酒祸也。故酒食者,所以合欢也;乐者,所以象德也;礼者,所以缀淫也。是故先王有大事,必有礼以哀之;有大福,必有礼以乐之。哀乐之分,皆以礼终。(其中应有错简)乐也者,圣人之所乐也,而可以善民心。其感人深,其移风易俗,故先王著其教焉。

第二句只是判断,没有提供太多的信息,要理解"象德"二字,在第一句"然则先王之为乐也,以法治也,善则行象德矣"。对这句话的理解,不同的注家相差很大。

先看现代人对这句话的理解。

吉联抗的解释是:所以先王的制定"乐",就是用来作为治理人民的一种方法,用得适当就能使人民的行为符合于德性的要求了。①

王梦鸥的解释是:因而可知先王之作乐,是效法其政绩,成绩良好,亦即见其德性了。②

吕骥的解释是:古代帝王之创制歌舞,是用作治理人民的一种方

---

① 《乐记》吉联抗译注,音乐出版社1958年版,第21页。
② 《礼记今注今译》台湾商务印书馆1970年版,第503页。

法，用得好，他们的行为就会符合道德了。①

蔡仲德的解释是：所以先王创作音乐，是为了效法天地治理人民，乐教完善，就能使人民的所作所为合乎道德规范了。②

王文锦的解释是：由此可知，先王作乐，用以效法政治，成绩良好，那么人民的行为就都体现高尚的道德了。③

可见现代人理解的"象德"是符合道德、体现道德；这与古人的理解是不同的。

《礼记正义》：

（郑氏）注：以法治，以乐为治之法；行象德，民之行顺君之德也

（孔氏）正义曰：此一节明乐之为善，乐得其所，则事有功也。然则先王之为乐也，以法治也者，言先王作乐以为治为法，若乐善则治得其善，若乐不善则治乖于法则，前文教不时则伤世、事不节则无功是也。善则行象德矣者，言人君为治得其所教化美善，则下民之行法象君之德也。④

《钦定礼记义疏》：

郑氏康成曰：教谓乐也，以法治，以乐为治之法；行象德。民之行顺君之德也。

王氏肃曰：以法治，作乐所以法治其行也，君行善即臣下之行皆象君之德。

孔氏颖达曰：此明乐之为善乐得其所则事有功也。以法治者，言先王作乐以为治为法，若乐善则治得其善，若乐不善则治乖于法，前文教不时则伤世事不节则无功是也，人君为治得其所教化美善，则下民之行法象君之德也。

张氏守节曰：此明施乐须节也，寒暑，天地之气，若寒暑不时，则民多疾疫；风雨，天事也风雨有声形故为事，若飘洒凄厉不有时节，则

---

① 《中央音乐学院学报》1989年第2期，第103页。
② 《中国音乐美学史资料注译》，人民音乐出版社1990年版，第254页。
③ 《礼记译解》，北京中华书局2001年版，第538页。
④ 《礼记正义》，北京大学出版社1999年版，第1102页。

穀损民饥。乐以气和民心,如天地寒暑以气生化,故谓乐为民之寒暑也。礼以形教,故曰事。天地之以风雨奋润万物,犹以礼安治万民,故谓礼为万民之风雨也。

陈氏旸曰:一阴一阳天地之道也,运而为四时则寒暑相推而岁成焉,散而育万物,则风雨相资而化兴焉,乐道天地之和而其教与事实体之也,春诵夏春合舞秋合声,先王之所著以成教者,孰非法寒暑之时邪,以声展之,以舞正之,律小大之称,比终始之序,以象事行。孰非法风雨之节邪,教有时,事有节,以善民心。如此则民之行未有不象上之德矣。

可见古人理解的"象德"是:民之行法象君之德。现代人对"象德"的理解侧重作品功能论的方面,强调乐符合道德、体现道德;古人对"象德"的理解侧重接受功能论的方面,强调以乐为媒,民之行对君之德的法象,以象致德。现代人与古人对"象德"的不同理解,促使我们要进一步探讨《礼记·乐记》中"象""德"在其文本中的涵义究竟是什么?

◎《礼记·乐记》中"象"的涵义

在字典中,"象"有:相似,好像;摹拟,仿效;肖像,相貌;象征;效法;想象;形象;卦象等义。《礼记·乐记》中"象德"之"象",是在哪个意义上用的?我们还是在《礼记·乐记》的文本中寻找其根据。

《礼记·乐记》有十多处出现"象",分别是:

天尊地卑,君臣定矣。卑高已陈,贵贱位矣。动静有常,小大殊矣。方以类聚,物以群分,则性命不同矣。在天成象,在地成形。如此,则礼者天地之别也。地气上齐,天气下降,阴阳相摩,天地相荡,鼓之以雷霆,奋之以风雨,动之以四时,煖之以日月,而百化兴焉。如此,则乐者天地之和也。化不时则不生,男女无辨则乱升,此天地之情也。

这里的"象"指日月星辰之呈现外显。

>>> 第三章　因情立体、以象兴境

　　是故先王本之情性，稽之度数，制之礼义，合生气之和，道五常之行，使之阳而不散，阴而不密，刚气不怒，柔气不慑，四畅交于中，而发作于外，皆安其位而不相夺也；然后立之学等，广其节奏，省其文采，以绳德厚，律小大之称，比终始之序，以象事行，使亲疏、贵贱、长幼、男女之理皆形见于乐。故曰：乐观其深矣。

这里的"象"指人伦事理之呈现外显。

　　凡奸声感人，而逆气应之；逆气成象，而淫乐兴焉。正声感人，而顺气应之；顺气成象，而和乐兴焉。倡和有应，回邪曲直，各归其分，而万物之理，各以类相动也。

这里的"象"指逆气、顺气之呈现外显。

　　是故清明象天，广大象地，终始象四时，周还象风雨，五色成文而不乱，八风从律而不奸，百度得数而有常，小大相成，终始相生，倡和清浊，迭相为经。故乐行而伦清，耳目聪明，血气和平，移风易俗，天下皆宁。

这里的"象"指相似，好像。

　　乐者，心之动也。声者，乐之象也。文采节奏，声之饰也。君子动其本，乐其象，然后治其饰。是故先鼓以警戒，三步以见方，再始以著往，复乱以饬归。奋疾而不拔，极幽而不隐。独乐其志，不厌其道；备举其道，不私其欲。是故情见而义立，乐终而德尊。君子以好善，小人以听过。故曰：生民之道，乐为大焉。

这里的"象"指声音之呈现外显。

　　宾牟贾起，免席而请曰："夫《武》之备戒之已久，则既闻命矣，敢问：迟之迟而又久，何也？"子曰："居，吾语汝。夫乐者，象成者也。总干而山立，武王之事也；发扬蹈厉，太公之志也。武乱皆坐，周召之治也。且夫《武》，始而北出，再成而灭商。三成而南，四成而南国是疆，五成而分，周公左,召公右,六成复缀,以崇天子。夹振之而驷伐,盛威于中国也。分夹而进,事早济也。久立于缀,以待诸侯之至也。

这里的"夫乐者,象成者也"被许多人理解为:乐是象征成功。结合上下文,与其把"成"理解为"成功",不如把"成"理解为"组成",因为下文的"再成""三成""四成""五成""六成"明显是指乐舞的段落构成。因此,这句话也可以理解为:乐是由外显的声音、节奏、舞蹈组成的。

由此可见,在《礼记·乐记》的文本中,"象"即"现",外显可见的符号为象,一也;有时为了让不可见变为可见,则要人为像拟,像拟(现状)为象,二也。

◎《礼记·乐记》中"德"的涵义

《释文》释"德":"德者,得也"。《说文解字》释"德":"外得于人,内得于己"。韩愈《原道》说:"足乎己无待于外之谓德",强调内在修养。在字典中,"德"有:道德,德行;品性;功德;心意等义。《礼记·乐记》中"象德"之"德",是在哪个意义上用的?我们还要在《礼记·乐记》的文本中寻找其根据。

《礼记·乐记》有二十多处出现"德",分别是:

礼乐皆得,谓之有德,德者得也。

此处的"德"指对礼乐的获得、占有。

故天子之为乐也,以赏诸侯之有德者也。德盛而教尊,五谷时熟,然后赏之以乐。故其治民劳者,其舞行缀远;其治民逸者,其舞行缀短。故观其舞,知其德;闻其谥,知其行也。

此处的"德"指内在的道德修养。

是故先王本之情性,稽之度数,制之礼义,合生气之和,道五常之行,使之阳而不散,阴而不密,刚气不怒,柔气不慑,四畅交于中,而发作于外,皆安其位而不相夺也;然后立之学等,广其节奏,省其文采,以绳德厚,律小大之称,比终始之序,以象事行,使亲疏、贵贱、长幼、男女之理皆形见于乐。故曰：乐观其深矣。

此处的"德"指内在的道德修养。

土敝则草木不长，水烦则鱼鳖不大，气衰则生物不遂，世乱则礼慝而乐淫。是故其声哀而不庄，乐而不安，慢易以犯节，流湎以忘本，广则容奸，狭则思欲，感条畅之气，而灭平和之德，是以君子贱之也。

此处的"德"指平和的品性。

是故君子反情以和其志，比类以成其行，奸声乱色不留聪明，淫乐慝礼不接心术，惰慢邪辟之气不设于身体，使耳目、鼻口、心知百体皆由顺正，以行其义；然后发以声音，而文以琴瑟，动以干戚，饰以羽旄，从以箫管，奋至德之光，动四气之和，以著万物之理。

此处的"德"指道德。

故曰：乐者乐也，君子乐得其道，小人乐得其欲，以道制欲，则乐而不乱；以欲忘道，则惑而不乐。是故君子反情以和其志，广乐以成其教，乐行而民向方，可以观德矣。德者，性之端也。乐者，德之华也。金石丝竹，乐之器也。诗，言其志也。歌，咏其声也。舞，动其容也。三者本于心，然后乐器从之。是故情深而文明，气盛而化神，和顺积中而英华发外，唯乐不可以为伪。

此处的"德"指本性之端。

是故情见而义立，乐终而德尊，君子以好善，小人以听过。故曰：生民之道，乐为大焉。

此处的"德"指内在的道德修养。

乐章德，礼报情，反始也。

此处的"德"指内在的道德修养。

穷本知变，乐之情也；著诚去伪，礼之经也。礼乐偩天地之情，达神明之德，降兴上下之神，而凝是精粗之体，领父子君臣之节。是故大人举礼乐，则天地将为昭焉。

此处的"德"指德性。

是故德成而上，艺成而下，行成而先，事成而后。是故先王有上有下，有先有后，然后可以有制于天下也。

此处的"德"指内在的道德修养。

子夏对曰："……夫乐者，与音相近而不同。"

文侯曰："敢问何如？"

子夏对曰："夫古者天地顺而四时当，民有德而五谷昌，疾疢不作而无妖祥，此之谓大当。然后圣人作，为父子君臣，以为纪纲。纪纲既正，天下大定。天下大定，然后正六律，和五声，弦歌《诗》、《颂》。此之谓德音，德音之谓乐。《诗》云：'莫其德音，其德克明。克明克类，克长克君，王此大邦。克顺克俾，俾于文王。其德靡悔，既受帝祉，施于孙子。'此之谓也。今君之所好者，其溺音乎！"

此处的"德"指内在的道德修养。

文侯曰："敢问溺音何从出也？"

子夏对曰："郑音好滥淫志，宋音燕女溺志，卫音趋数烦志，齐音敖辟乔志。此四者，皆淫于色而害于德，是以祭祀弗用也。《诗》云：'肃雍和鸣，先祖是听。'夫肃肃，敬也；雍雍，和也。夫敬以和，何事不行？为人君者，谨其所好恶而已矣。君好之，则臣为之。上行之，则民从之。《诗》云：'诱民孔易。'此之谓也。然后圣人作，为鼗、鼓、椌、楬、埙、篪，此六者，德音之音也。然后钟、磬、竽、瑟以和之，干、戚、旄、狄以舞之，此所以祭先王之庙也，所以献酬酢也，所以官序贵贱，各得其宜也，所以示后世有尊卑长幼之序也。

此处的"德"指内在的道德修养。

故乐也者，动于内者也；礼也者，动于外者也。乐极和，礼极顺，内和而外顺，则民瞻其颜色而弗与争也，望其容貌而民不生易慢焉。故德辉动于内，而民莫不承听；理发诸外，而民莫不承顺。故曰：致礼乐之道，举而错之天下，无难矣。
此处的"德"指内在的道德修养。

> 夫歌者，直己而陈德也，动己而天地应焉，四时和焉，星辰理焉，万物育焉。故《商》者，五帝之遗声也。宽而静、柔而正者，宜歌《颂》。广大而静、疏达而信者，宜歌《大雅》。恭俭而好礼者，宜歌《小雅》。正直而静、廉而谦者，宜歌《风》。

此处的"德"指内在的道德修养。

《礼记·乐记》把"乐"作为实现"治道""王道"四方向之一，显然重视的是作为要素而存在的文艺活动在整体中的价值。其曰："是故先王慎所以感之者，故礼以道其志，乐以和其声，政以一其行，刑以防其奸。礼乐刑政，其极一也，所以同民心而出治道也。"又曰："是故先王之制礼乐，人为之节：衰麻哭泣，所以节丧纪也；钟鼓干戚，所以和安乐也；昏姻冠笄，所以别男女也；射乡食飨，所以正交接也。礼节民心，乐和民声，政以行之，刑以防之。礼乐刑政，四达而不悖，则王道备矣。"类似的话《论语·为政》是这样说的："道之以政，齐之以刑，民免而无耻；道之以德，齐之以礼，有耻且格。"两相对比可以发现，《礼记·乐记》只是以"乐"替换了"德"，《礼记·乐记》礼乐刑政与《论语·为政》礼德刑政其实是一回事。所以，《礼记·乐记》反复申明：

"礼乐皆得，谓之有德"；

"德音之谓乐"；

"乐者，所以象德也"；

"德者，性之端也。乐者，德之华也"；

"德成而上，艺成而下"；

"乐章德"；

"乐者，通伦理者也。是故知声而不知音者，禽兽是也。

知音而不知乐者，众庶是也。唯君子为能知乐。"

"故观其舞，知其德";

"是故君子反情以和其志，广乐以成其教，乐行而民向方，可以观德矣。"

"是故情见而义立，乐终而德尊";

"夫歌者，直己而陈德也"。

《礼记·乐记》言"德"有20多处，要而言之，"乐"不离德。德者，得也。得之为人，失之为禽兽。"德"指对人性与修养的内在占有，得仁义谓之有德；得礼乐谓之有德。

◎《礼记·乐记》中以"象德"为核心的乐本体论

现代人对"象德"的理解侧重作品功能论的方面，强调乐符合道德、体现道德；古人对"象德"的理解侧重接受功能论的方面，强调以乐为媒，民之行对君之德的法象，以象致德。其实，"象德"还有本体论和创作论的方面，前者强调乐就是"象德"，后者强调使德成象（使德外显为一系列符号）。由此，构成了一个以"象德"为核心的乐论系统。

今存《乐记》分"乐本""乐论""乐礼""乐施""乐言""乐象""乐情""魏文侯""宾牟贾""乐化""师乙"十一篇。一般而言，人们认为"乐本"论述音乐的本源问题，"乐论"和"乐礼"在对比中论述礼乐的社会功用；"乐施"论述乐的教化功能；"乐言"讲述作乐之事；"乐象"论述乐的特征；"乐情"阐述了"情"的重要作用，说明了技法与内容的关系；"乐化"论述了音乐的感化作用；"魏文侯"记载了子夏对古乐与郑卫之音的区分；"宾牟贾"记录了孔子对《武》乐的理解；《师乙》记述了乐工师乙的声乐论。其实，以后人的眼光看，不乏文题不对、脉络不通、语意不贯、语句错乱之处，因此，自清代以后，有李光地、吴草庐、汪烜（绂）等人曾经对《乐记》进行重新编排整理，现代音乐家吕骥先生也曾经将自己重新编排整理的《乐记》发表在1989年的《中央音乐学院学报》上，不久音乐美学史家蔡仲德先生就提出了不同意见，并按自己的理解在《中国音乐美学史资料注译》中，对《乐记》进行了自己的编排。而笔者认为，如果以"象德"为核心，对《礼记·乐记》的乐论系统编排整理，也许更易做到逻辑清晰、脉络贯通、语意流畅。

我们以"象德"为核心，看乐的本体问题。下面列出《礼记·乐记》关于"乐"的判断，分别为：

> 凡音之起，由人心生也。人心之动，物使之然也。感于物而动，故形于声。声相应，故生变。变成方，谓之音。比音而乐之，及干、戚、羽、旄，谓之乐。

此言"乐"之"象"。"乐"之"象"（外部呈示或客体符号）由"声——音——舞"三个层次或歌、舞、奏三个部分组成。声、音与歌、奏相通。但单纯的声、音或歌、奏并非"乐"。

> 乐者，音之所由生也，其本在人心之感于物也。

此言"乐象"之源。"乐象"之源在于人心之感于物。

> 乐者，通伦理者也。是故知声而不知音者，禽兽是也。知音而不知乐者，众庶是也。唯君子为能知乐。

此言"乐"之"德"和"乐"的判别功能。"乐"之"德"在于其"通伦理"，可以进行道德情感的教化，通过"声""音""乐"的区分可以判别禽兽、众庶、君子。

> 故曰：乐者乐也，君子乐得其道，小人乐得其欲，以道制欲，则乐而不乱；以欲忘道，则惑而不乐。是故君子反情以和其志，广乐以成其教，乐行而民向方，可以观德矣。

此言以乐观德，从"乐"的施行程度可以看出从"欲"——自然情感到"道"——道德情感的教化的教化程度。

> 德者，性之端也。乐者，德之华也。金石丝竹，乐之器也。诗，言其志也。歌，咏其声也。舞，动其容也。三者本于心，然后乐器从之。

此言"乐"之"象德"的构成："乐"呈现于金石丝竹、诗、歌、舞等乐象之中，但不过是"德之华也"。其本在"德"——性之端。结合前言"君子反情以和其志"，可知此处作者是持性善论的。

  乐者，心之动也；声者，乐之象也；文采节奏，声之饰也。君子动其本，乐其象，然后治其饰。是故先鼓以警戒，三步以见方，再始以著往，复乱以饬归。奋疾而不拔，极幽而不隐。独乐其志，不厌其道；备举其道，不私其欲。是故情见而义立，乐终而德尊。君子以好善，小人以听过。故曰：生民之道，乐为大焉。

举例说明"乐"之"象德"的运行过程：从自然情感"心之动"出发，运用声者、文采节奏等"象"实行道德情感的教化。

  乐者，非谓黄钟、大吕、弦歌、干扬也，乐之末节也，故童者舞之。铺筵席，陈尊俎，列笾豆，以升降为礼者，礼之末节也，故有司掌之。乐师辨乎声诗，故北面而弦。宗祝辨乎宗庙之礼，故后尸。商祝辨乎丧礼，故后主人。是故德成而上，艺成而下，行成而先，事成而后。是故先王有上有下，有先有后，然后可以有制于天下也。

此言强调"德"在"乐"之各组成部分的首要地位。

  夫乐者，与音相近而不同。文侯曰："敢问何如？"子夏对曰："夫古者天地顺而四时当，民有德而五谷昌，疾疢不作而无妖祥，此之谓大当。然后圣人作，为父子君臣，以为纪纲。纪纲既正，天下大定。天下大定，然后正六律，和五声，弦歌《诗》、《颂》。此之谓德音，德音之谓乐"。

此言"音"与"乐"的不同，"德"才是"乐"的必要因素。

  子曰："居！吾语女。夫乐者，象成者也；总干而山立，武王之事也；发扬蹈厉，太公之志也。武乱皆坐，周召之治也。

此言"乐"需要"象"来呈现。

  夫乐者，乐也，人情之所不能免也。乐必发于声音，形于动静，人之道也。声音、动静，性术之变，尽于此矣。故人不耐无乐，乐不耐无形；形而不为道，不耐无乱。先王耻其乱，故制《雅》、《颂》之声以道之，使其声足乐而不流，使其文足论而不息，使其曲直、繁瘠、廉肉、节奏足以感动人之善心而已矣，不使放心邪气得接焉。是先王立乐之方也。

此言"象德"的实现原理：制《雅》《颂》之声（象）实现从自然情感到道德情感的教化。

故乐者，审一以定和，比物以饰节，节奏合以成文，所以合和父子君臣，附亲万民也。是先王立乐之方也。故听其《雅》、《颂》之声，志意得广焉；执其干戚，习其俯仰诎伸，容貌得庄焉；行其缀兆，要其节奏，行列得正焉，进退得齐焉。故乐者，天地之命，中和之纪，人情之所不能免也。

此言"象德"的实现方法和要达到的理想目标。

乐也者，圣人之所乐也，而可以善民心。其感人深，其移风易俗，故先王著其教焉。

此言"象德"的教化功用。

其他还有些是在礼乐分别中，言"乐德"要达到的理想目标，如：

乐者为同，礼者为异。

礼者，殊事合敬者也；乐者，异文合爱者也。

乐者，天地之和也。礼者，天地之序也。

乐者敦和，率神而从天；礼者别宜，居鬼而从地。

如此，则乐者天地之和也。

故酒食者，所以合欢也；乐者，所以象德也；礼者，所以缀淫也。

夫乐者，先王之所以饰喜也；军旅鈇钺者，先王之所以饰怒也。故先王之喜怒，皆得其侪焉：喜则天下和之，怒则暴乱者畏之。先王之道，礼乐可谓盛矣！

乐也者，施也；礼也者，报也。乐，乐其所自生，而礼，

97

反其所自始。乐章德，礼报情，反始也。

乐也者，情之不可变者也。礼也者，理之不可易者也。乐统同，礼辨异。礼乐之说，管乎人情矣。穷本知变，乐之情也；著诚去伪，礼之经也。礼乐偩天地之情，达神明之德，降兴上下之神，而凝是精粗之体，领父子君臣之节。是故大人举礼乐，则天地将为昭焉。天地欣合，阴阳相得，煦妪覆育万物；然后草木茂，区萌达，羽翼奋，角觡生，蛰虫昭苏，羽者妪伏，毛者孕鬻，胎生者不殰，而卵生者不殈，则乐之道归焉耳。

故乐也者，动于内者也；礼也者，动于外者也。乐极和，礼极顺，内和而外顺，则民瞻其颜色而弗与争也，望其容貌而民不生易慢焉。故德辉动于内，而民莫不承听；理发诸外，而民莫不承顺。故曰：致礼乐之道，举而错之天下，无难矣。

乐也者，动于内者也。礼也者，动于外者也。故礼主其减，乐主其盈。礼减而进，以进为文；乐盈而反，以反为文。礼减而不进则销，乐盈而不反则放。故礼有报，而乐有反。礼得其报则乐，乐得其所则安。礼之报，乐之反，其义一也。

根据以上分析，我们再反观《礼记·乐记》中关于"象德"的文本：

（1）"天地之道，寒暑不时则疾，风雨不节则饥。教者，民之寒暑也，教不时则伤世。事者，民之风雨也，事不节则无功。然则先王之为乐也，以法治也，善则行象德矣。"（然则先王之为乐也，以法治也善，则行象德矣。）——按照天地的运行方式，寒暑不适时则会引发疾病；风雨失去调节则会引发饥荒。乐教对于民众而言，就像天地运行过程中的寒暑一样，教化不合时宜就会伤害世事；礼制对于民众而言，就像天地运行过程中的风雨一样，礼制不进行调节就会劳而无功；这样就可以明白，先王之所以制礼作乐，是要按天地之法治理天下，适时运用，才能有利于进行彰显道德情感的教化——象德。

第三章　因情立体、以象兴境

(2) 夫豢豕为酒，非以为祸也；而狱讼益繁，则酒之流生祸也。是故先王因为酒礼。壹献之礼，宾主百拜，终日饮酒而不得醉焉，此先王之所以备酒祸也。故酒食者，所以合欢也；乐者，所以象德也；礼者，所以缀淫也。是故先王有大事，必有礼以哀之；有大福，必有礼以乐之。哀乐之分，皆以礼终。（其中应有错简）乐也者，圣人之所乐也，而可以善民心。其感人深，其移风易俗，故先王著其教焉。——养猪酿酒，并非为了惹祸，然而因此而起的诉讼纠纷却越来越多，这就是饮酒过度惹的祸。所以先王因此制定了酒礼，敬酒一次，宾主互相多次拜谢，这样即使整天饮酒也不会醉倒，这是先王用来防止因酒惹祸的方法。所以酒宴是用以欢聚的，乐是用来彰显道德的，礼是用来制止放纵的。所以先王遇到丧亡大事，定会有礼节来表示悲哀；遇到吉庆的大福，定会有礼节来表达欢乐。但哀乐的程度，都要以礼来节制。乐，是圣人所喜爱的，它可以使民心向善。它能深深地感动人，它能改变社会风气，所以先王注重用乐进行教化。

要而言之，"乐"是歌、舞、奏、德的综合体。

◎《礼记·乐记》是如何把握"象"符号、如何讨论使德成象的？

我们再以"象德"为核心，看乐的创作问题，乐章德，但德并不是乐，乐章德需要使德成象（客体符号），使内在的人性与修养得以外显。

在刘向校书时，《乐记》尚有二十三篇，但今传《乐记》只有十一篇了。失传的十二篇为《奏乐》《乐器》《乐作》《意始》《乐穆》《说律》《季札》《乐道》《乐义》《昭本》《昭颂》《窦公》，从篇名上推测，应与创作论强调使德成象有很大关系，我们今天谈《礼记·乐记》对使德成象的把握，也就只好以今传十一篇为基本根据窥其一斑了。

首先，"乐"之"象"（外部呈示或客体符号）由"声——音——舞"三个层次或歌、舞、奏三个部分组成，声、音与歌、奏相通，包括今天所谓声乐与器乐。其基本构成是"声"。《礼记·乐记》反复说：

"声者，乐之象也。文采节奏，声之饰也。君子动其本，

99

乐其象，然后治其饰。"

"声相应，故生变。变成方，谓之音。比音而乐之，及干、戚、羽、旄，谓之乐。"

"故钟鼓管磬，羽籥干戚，乐之器也；屈伸俯仰，缀兆舒疾，乐之文也。"

"金石丝竹，乐之器也。诗，言其志也。歌，咏其声也。舞，动其容也。三者本于心，然后乐器从之。"

"故歌之为言也，长言之也。说之，故言之；言之不足，故长言之；长言之不足，故嗟叹之；嗟叹之不足，故不知手之舞之、足之蹈之也。"

"发以声音，而文以琴瑟，动以干戚，饰以羽旄，从以箫管。"

其次，"乐象"之"声——音——舞"或歌、舞、奏各有不同的呈现方式，甚至有相对固定的对应关系：

"宫为君，商为臣，角为民，徵为事，羽为物。"

"是故其哀心感者，其声噍以杀；其乐心感者，其声啴以缓；其喜心感者，其声发以散；其怒心感者，其声粗以厉；其敬心感者，其声直以廉；其爱心感者，其声和以柔。"

"是故志微噍杀之音作，而民思忧；啴谐、慢易、繁文、简节之音作，而民康乐；粗厉、猛起、奋末、广贲之音作，而民刚毅；廉直、劲正、庄诚之音作，而民肃敬；宽裕、肉好、顺成、和动之音作，而民慈爱；流辟、邪散、狄成、涤滥之音作，而民淫乱。"

"故钟鼓管磬，羽籥干戚，乐之器也；屈伸俯仰，缀兆舒疾，乐之文也。"

第三，乐象是为章德服务的，有明确的主从关系。乐舞的作者是先王、圣人、天子、王、大人等有德者。

"乐者，非谓黄钟、大吕、弦歌、干扬也，乐之末节也，故童者舞之。铺筵席，陈尊俎，列笾豆，以升降为礼者，礼之末节也，故有司掌之。乐师辨乎声诗，故北面而弦。宗祝辨乎宗庙之礼，故后尸。商祝辨乎丧礼，故后主人。是故德成而上，艺成而下，行成而先，事成而后。"

"纪纲既正，天下大定。天下大定，然后正六律，和五声，弦歌诗颂，此之谓德音；德音之谓乐。"

"故天子之为乐也，以赏诸侯之有德者也。"

"是故先王之制礼乐也，非以极口腹耳目之欲也，将以教民平好恶而反人道之正也。"

"是故先王之制礼乐，人为之节：衰麻哭泣，所以节丧纪也；钟鼓干戚，所以和安乐也。"

"然则先王之为乐也，以法治也，善则行象德矣。"

"夫豢豕为酒，非以为祸也；而狱讼益繁，则酒之流生祸也。是故先王因为酒礼。壹献之礼，宾主百拜，终日饮酒而不得醉焉，此先王之所以备酒祸也。故酒食者，所以合欢也；乐者，所以象德也；礼者，所以缀淫也。是故先王有大事，必有礼以哀之；有大福，必有礼以乐之。哀乐之分，皆以礼终。乐也者，圣人之所乐也，而可以善民心。其感人深，其移风易俗，故先王著其教焉。"

"是故先王本之情性，稽之度数，制之礼义，合生气之和，道五常之行，使之阳而不散，阴而不密，刚气不怒，柔气不慑，四畅交于中，而发作于外，皆安其位而不相夺也；然后立之学等，广其节奏，省其文采，以绳德厚，律小大之称，比终始之序，以象事行，使亲疏、贵贱、长幼、男女之理皆形见于乐。故曰：乐观其深矣。"

"然后圣人作，为鼗、鼓、椌、楬、埙、篪，此六者，德音之音也。然后钟、磬、竽、瑟以和之，干、戚、旄、狄以舞之，此所以祭先王之庙也，所以献酬酢也，所以官序贵贱、各得其宜也，所以示后世有尊卑长幼之序也。"

"故乐者，审一以定和，比物以饰节，节奏合以成文，所以合和父子君臣、附亲万民也。是先王立乐之方也。"

"夫乐者，先王之所以饰喜也；军旅鈇钺者，先王之所以饰怒也。故先王之喜怒，皆得其侪焉：喜则天下和之，怒则暴乱者畏之。先王之道，礼乐可谓盛矣！"

"故圣人作乐以应天，制礼以配地。礼乐明备，天地官矣。"

"然后圣人作，为父子君臣，以为纪纲。纪纲既正，天下大定。天下大定，然后正六律，和五声，弦歌《诗》、《颂》。此之谓德音，德音之谓乐。"

"王者功成作乐，治定制礼。"

"是故大人举礼乐，则天地将为昭焉。"

第四，使德成象的基本出发点是"性情""心动"、归宿是以象致德。

"故先王本之情性，稽之度数，制之礼义，合生气之和，道五常之行，使之阳而不散，阴而不密，刚气不怒，柔气不慑，四畅交于中，而发作于外，皆安其位而不相夺也；然后立之学等，广其节奏，省其文采，以绳德厚，律小大之称，比终始之序，以象事行，使亲疏、贵贱、长幼、男女之理皆形见于乐。"

"凡奸声感人，而逆气应之；逆气成象，而淫乐兴焉。正声感人，而顺气应之；顺气成象，而和乐兴焉。倡和有应，回邪曲直，各归其分，而万物之理，各以类相动也。是故君子反情以和其志，比类以成其行，奸声乱色不留聪明，淫乐慝礼不接心术，惰慢邪辟之气不设于身体，使耳目、鼻口、心知百体皆由顺正，以行其义；然后发以声音，而文以琴瑟，动以干戚，饰以羽旄，从以箫管，奋至德之光，动四气之和，以著万物之理。是故清明象天，广大象地，终始象四时，周还象风雨，五色成文而不乱，八风从律而不奸，百度得数而有常，小大相成，终始相生，倡和清浊，迭相为经。故乐行而伦清，耳目聪明，血气和平，移风易俗，天下皆宁。"

"德者，性之端也。乐者，德之华也。金石丝竹，乐之器也。诗，言其志也。歌，咏其声也。舞，动其容也。三者本于心，然后乐器从之。是故情深而文明，气盛而化神，和顺积中而英华发外，唯乐不可以为伪。"

"乐者，心之动也。声者，乐之象也。文采节奏，声之饰也。君子动其本，乐其象，然后治其饰。是故先鼓以警戒，三步以见方，再始以著往，复乱以饬归，奋疾而不拔，极幽而不隐；独乐其志，不厌其道；备举其道，不私其欲。是故情见而义立，乐终而德尊，君子以好善，小人以听过。故曰：生民之道，乐为大焉。"

"故乐也者，动于内者也；礼也者，动于外者也。乐极和，礼极顺，内和而外顺，则民瞻其颜色而弗与争也，望其容貌而民不生易慢焉。故德辉动于内，而民莫不承听；理发诸外，而民莫不承顺。故曰：致礼乐之道，举而错之天下，无难矣。"

"乐也者，动于内者也。礼也者，动于外者也。故礼主其减，乐主其盈。礼减而进，以进为文；乐盈而反，以反为文。礼减而不进则销，乐盈而不反则放。故礼有报，而乐有反。礼得其报则乐，乐得其所则安。礼之报，乐之反，其义一也。"

"夫乐者，乐也，人情之所不能免也。乐必发于声音，形于动静，人之道也。声音、动静，性术之变，尽于此矣。故人不耐无乐，乐不耐无形；形而不为道，不耐无乱。先王耻其乱，故制《雅》、《颂》之声以道之，使其声足乐而不流，使其文足论而不息，使其曲直、繁瘠、廉肉、节奏足以感动人之善心而已矣,不使放心邪气得接焉。是先王立乐之方也。是故乐在宗庙之中,君臣上下同听之,则莫不和敬;在族长乡里之中,长幼同听之,则莫不和顺;在闺门之内,父子兄弟同听之,则莫不和亲。故乐者,审一以定和,比物以饰节,节奏合以成文,所以合和父子君臣、附亲万民也。是先王立乐之方也。"

乐者,心之动也。声者,乐之象也。文采节奏,声之饰也。君子动其本,乐其象,然后治其饰。是故先鼓以警戒,三步以见方,再始以著往,复乱以饬归,奋疾而不拔,极幽而不隐;独乐其志,不厌其道;备举其道,不私其欲。是故情见而义立,乐终而德尊,君子以好善,小人以听过。故曰:生民之道,乐为大焉。

《礼记·乐记》涉及不少乐舞的篇目,有总类的,如:《商》《齐》《颂》《大雅》《小雅》《风》等;也有具体的,如:《清庙》《南風》《大章》《咸池》《武》等,其中,关于《武》乐的记述最为详细,可以作为我们理解当时的作者是如何使德成象的例证。

使德成象追求的是表达方式的问题。乐象德但德非乐,乐需以象显,从乐象德到诗缘情,从教化之文走向丽文情文,又把丽文情文细密化为形文声文,从步尘"彩丽竞繁"到崇尚兴寄、兴象,从境生象外到兴趣、神韵,最后走向以具体、鲜明、生动的艺术形象融入独特而真切的审美感受的境界。使德成象的追求其精神实质是对表达方式的追求。文因情而立体,艺以象而兴境,中国文论在探索中一步步前行。

2. "想象(像)"文学观的知识考古

◎缘起:"想象(像)"与文学的现代性

钱钟书曾嘲笑过胡适《中国白话文学史》和周作人《新文学的源流》是"事后追认先驱(prefigurationretroactive)的事例,仿佛野孩子认父母,暴发户造家谱,或封建皇朝的大官僚诰赠三代祖宗"①。这种

---

① 《中国诗与中国画》,《钱钟书散文》,浙江文艺出版社1997年版,第189~190页。

现象在中国文论界也普遍存在，比如"文学"与"想象（像）"相互解释的问题。

"文学"与"想象（像）"在中国文化中都成词较早，但并不相互解释，而它们之间的相互解释正是新文学观念转换的开端与关键。钱钟书曾认为："至民国之新文学，渊源泰西；体制性德，绝非旧日之遗，为有意之创辟，非无形之转移，事实昭然，不关理论。"① 类似的看法鲁迅在《门外文谈·不识字的作家》（1934）中也谈到：文学"这不是从'文学子游子夏'上割下来的，是从日本输入，他们的对于英文 Literature 的译名。"我们讨论中国"文学"（literature）观念的现代性，是不能以 literature 汉译为"文学"为起点的，而应该从"文学"与"想象（像）"等概念相互解释开始，因为古代汉语语境里的"文学"与西洋语境里的 literature 都有太多、太复杂的所指。"文学""想象（像）"虽然是中土固有的词汇，但用"想象""形象""象征"等概念来界定的"文学"，却与洋学（西洋与东洋）密切相关。

这样的看法也可以轻而易举地在"渊源"地和"输入"地的文学理论教材中找到书证和支持（东洋书证见后），例如：

韦勒克、沃伦："'文学'一词如果限指文学艺术，即想像性的文学（imaginativeliterature），似乎是最恰当的。"②

伊格尔顿："文学"（literature）一词的现代意义直到 19 世纪才真正出现。这种意义上的文学是晚近的历史现象：它是大约 18 世纪末的发明，因此乔叟甚至蒲伯都一定还会觉得它极其陌生。首先发生的情况是文学范畴的狭窄化，它被缩小到所谓"创造性"或"想象性"作品之上……到了浪漫主义时代，文学实际上已经是在变成"想象性"的同义词：写那些不存在者似乎比描述伯明翰或记录血液循环更激动人心也更有价值。"想象性"（imaginative）一词在意义上的暧昧就暗示着上

---

① 《中国文学小史序论》，《钱钟书散文》，浙江文艺出版社 1997 年版，第 490 页。
② 韦勒克、沃伦著：《文学理论》，刘象愚等译，江苏教育出版社 2005 年版，第 11 页。

述态度:它既带有"假想的"(imaginary)这个描述性的词的泛音,意为"字面上不真实的",但当然也是一个评价性的词,意为"赋有远见的"(visionary)或"善于创新的"(inventive)。①

希利斯·米勒:"既然文学指称一个想象的现实,那么它就是在施行(performative)而非记述(constative)意义上使用词语。……文学中的每句话,都是一个施行语言链条上的一部分,逐步打开在第一句话后开始的想象域。词语让读者能到达那个想象域。这些词语以不断重复、不断延伸的话语姿势,瞬间发明了同时也发现了(即"揭示了")那个世界。"②

伊瑟尔:"文学文本,如我所证明的,产生于现实、虚构和想象之间合三为一的关系。它是现实与虚构的混合,并由此而启动既定的与想象的两者的相互作用。虚构化行为引发了两个不同的程序。再生产的现实被用于暗示其自身之外的一个'现实',而同时那想象的则反过来被诱以形式化。每一种情况都有一个越界现实的决定性被超越了,想象的发散性被要求显出为定型的东西。于是,文本之外的现实汇入想象,而想象也汇入现实。"③

"想象(像)"是谈论文学者最常使用的概念之一,有学者把"想像"作为日本人赋中国古典词以新义的外来语收入词典,但至今尚未有概念史、知识考古意义上的深入追究(钱钟书先生曾在语源学角度进行过努力,但缺乏中—西—日—中线路上的考察),这就足以说明此问题的难度与复杂程度。

理想的中国文论"新学语"(关键词)的知识考古、概念史研究,涉及其在中—西—日—中中的生成、传播与普及等诸多方面,它需要多语

---

① 伊格尔顿著:《二十世纪西方文学理论》,伍晓明译,北京大学出版社2007年版,第17~31页。
② 希利斯·米勒著:《文学死了吗》,秦立彦译,广西师范大学出版社2007年版,第57页。
③ 伊瑟尔著:《虚构与想象:文学人类学疆界》,陈定家等译,吉林人民出版社2010年版,第5页。

种的词汇史、文化交流史、学科史、社会思潮传播史等诸多方面的知识积累，需要跨学科、跨国境的大量书证。因此，全球视野的概念史和知识考古更需要接力研究与共同研究，特别是在中日文论同形概念方面。笔者目前引入这一话题有两个企图：①体验中国文论"新学语"深度研究的困难及可能途径，如有可能希望本研究成为"想象（像）"概念史接力研究中的一环。②借此深化对新文学兴衰和中国文论发展史的认识。

以古代文论的专业背景去观照现代文学理论的观念与知识，会强烈地感受到其中的巨大差异和难于通约，困惑于古今文论巨大知识差异的形成过程。现在，中国有1300多个中文系，有数万人（不少于3万人）从事与文学理论相关的教学与研究，有不计其数的学生与爱好者接受文学理论的教育，但我们对古今文论巨大知识差异的形成过程的研究还不到位，对学科史意义上的概念演进研究还有很大的欠缺。特别是从语源学、知识考古学的角度对中国文论"新学语"（关键词）文化记忆的相关研究还非常薄弱，尽管有《二十世纪中国文学批评99个词》（2003）；廖炳惠《关键词200：文学与批评研究的通用词汇编》（2003）；"文化研究关键词丛书"（2005）；"关键词丛书"（2006）；《西方文论关键词》（2006）；《文化批评关键词研究》（2007）；《文化研究关键词》（2007）等出版物可供参考。但很多对于中国文论来说更为核心的一些关键词（如"想像"等）没被收入，收入的一些词也被简单化或忽视了传播的中间一环。近现代文论交流中，非常独特的西—日—中的学术影响与选择模式没有得到应有的重视。

这里想集中讨论的是作为"新学语"的"想象（像）——imagination"概念进入中国文论的基本过程。具体设想为：

（1）在汉语的知识谱系中，"imagination"是如何激活（或嫁接为）"想象（像）"的？

（2）"imagination"与旧有"想象（像）"之关系（继承、冲突与互动），"想象（像）"是如何获得新的重要性的？

（3）新文学观念的提倡者为什么重视"想象（像）"？有没有工具层面和目的层面的不同考虑？

（4）少数人的"想象（像）"认知如何获得、变成广泛的社会知识认同？

（5）"想象（像）"作为概念能指是怎么进入中国文论核心的？特别是怎样进入学院文论的基本范畴中的？其中日本因素是怎样发挥作用的？

（6）"想象（像）"进入中国文论核心过程中遇到了什么样的接受条件与抵抗？

（7）"想象（像）"的所指有没有发生新的变化？

显然，如此设想的实现尚有待相当长期艰辛的努力。这里必须重复一下老生常谈的意见，学术研究是一个接力的过程，学问有一个往复与进步的过程，一劳永逸地解决所有问题无异于痴人说梦，鉴于本研究对繁多语种与资料（书证）的严格要求，研究者也只能将眼光限定在力所能及的范围内，但认真地跑好每一棒，都会支持着目标的到达。

◎ "imagination"对"想象（像）"的激发——早期辞典中的"想象（像）"

在中国古代诗文评中，与现代汉语中"想象（像）"所指相通的概念并不少，著名的如："兴"（孔子）；"意想"（韩非子）；"神思"（刘勰）；"沉思"（《昭明文选》）；"兴象"（殷璠）；"妙悟"（严羽）等，一般的如："兴会""苦思""凝思""妙想""精思""妙思""思""意""悟""体会""设想"等，但现代文学理论最终使用的能指是"想象（像）"而不是其他，"想象（像）"在中国古代典籍中属于并不鲜见的词汇，现在可以检索到的可达七八千条之多，但在传统的中国文论——诗文评中却属于鲜见的词汇，"想象（像）"作为概念能指是怎么进入中国文论核心的？特别是怎样进入学院文论的基本范畴中的？考察"想象（像）"作为概念能指进入学院文论建构的过程，首先需要考察"imagination"是如何激活（嫁接为）"想象（像）"的。而要找到这种嫁接的书证,就应该先从早期汉英、和英字典谈起。

1. 早期汉英字典的对译情况

(1) 马礼逊的《华英字典》(1815~1823印行)

19世纪初,大体是西方近代"文学"兴起、殖民主义东侵、中国社会发生近代转型的时期,基督教宗派之一的新教继唐代"景教"、元代"也里可温教"和明清耶稣会之后第四次入华,其先锋是英国伦敦布道会派遣的马礼逊(Robert Marrison,1782~1834),他来华之前曾向在英华人容三德学习过中文和儒学,布道会给马礼逊的任务之一就是为后继的传教士们编一本学习汉语的辞典。1807年1月31日,二十五岁的马礼逊登上"雷米顿兹号"货船取道美国前往中国,同年9月4日到达澳门,9月8日到达广州。在这里,他勤奋学习中文,并着手汉译《圣经》、编写《华英字典》及一系列介绍中国的书。《华英字典》(A Dictionary of the Chinese Language)分三部,第一部分名《字典》,依据嘉庆十二年刊刻的《艺文备览》进行英译,按汉字笔画分成二百十四个字根排列,汉、英对照,书后还附有字母索引,1815年在澳门印行;第二卷的第一部分在1819年印行,书名为《五车韵府》,是按汉字音序(根据音标按英文字母编排)查字法排列,实为汉英字典,分为两册。1820年续出第二卷的第二部分,在附录中把汉文书写体按拼音分别将楷书、行书、草书、隶书、篆书、古文六大类列出。第三卷于1822年印行,书名为《英汉字典》(A Dictionary of the Chinese Language: inthreeparts,第6卷),内容包括单字、词汇、成语和句型的英、汉对照。全书编写历时十五年,于1823年出齐,共六大本约四千五百多页,这是汉字文化圈出现的第一部大型英汉、汉英字典。

在《华英字典》(A Dictionary of the Chinese Language)第四卷701页"想"字条目中,有马礼逊对"想像"一词的英译:the image of athought, an idea(一个思想形象,一个想法);但在第二卷131页"心"字条目中,有马礼逊对"心思"一词的解释:the thoughts of the mind, denotessome thing of an inventive imagination(心灵、思想,是指一

个创造性想象的事情)。另外，在第一卷896页（电子文档在923页）索引中有imagination的条目：Imagination of the mother affects the child, 717, 在717页（电子文档在744页）谈中国古代神话——姜嫄生后稷的故事（见《史记·周本纪第四》）时，也是在"创造性想像"意义上使用imagination的。

可见，在1815年印行的《华英字典》中，"imagination"虽然没有直接对译为"创造性想像"，但"imagination"作为"心思"的一种，其"创造性"的意思表示已经明白无误了。需要指出的是，大致与马礼逊将"imagination"对接为"心思"的同时，他的同乡格勒律兹正在努力地辨析想象、幻想、记忆的不同。

马礼逊编纂的《华英字典》开启了中英概念对译的道路，以后新教传教士编纂汉英辞书大都是在马礼逊的《华英字典》基础上修订发展而成的。重要的如：卫三畏（W. William, 1812~1884）的《英华韵府历阶》（1844年澳门出版，笔者未见）、麦都思（W. H. Medhurst, 1794~1857）的《英华字典》（1847~1848年出版）、罗存德（W. Lobscheid, 1822~1893）的《华英字典》（1866~1869年出版）等等。其中麦都思、罗存德等人的辞典还东传幕末和明治间的日本，被日本各种英和、和英辞典（如1862年出版的《英和对译袖珍辞书》、1867年出版的《和英语林集成》、1873年出版的《附音插图英和字汇》、1881年出版的《哲学字汇》、1883年出版的《英和字汇》等）所借鉴。其中不少汉字新语本是幕末和明治间日本从入华传教士编纂的汉外辞书中借取的，但在19世纪末20世纪初，又被作为和制汉语输入中国。

（2）麦都思的《汉英字典》（1847~1848年印行）

沃尔特·亨利·麦都思（Walter Henry Medhurst, 1794~1857），亦译名为米赫斯，中文名华陀，字显理。英国伦敦人，鸦片战争期间，曾担任英军翻译。1843年定居上海，创立墨海书馆。1844~1860年间，墨海书馆出版书刊171种，其中宣教书138种，科技及史地书33种。

中国学者王韬、李善兰、管嗣复、张福僖等曾在著译西书中发挥过笔录、润饰作用。麦都思通中国、日本、朝鲜、马来语言文字，能操福建方言。编有中、朝、日、英字汇和闽音字汇，1853年9月，创办在香港的首家中文报刊《遐迩贯珍》月刊，是我国近代第一个以时事政治为主的刊物。

麦都思的《汉英字典》（Chinese and English Dictionary）261页对"想像"一词的英译是：the image of athought，an idea（一个思想形象，一个想法）；与《华英字典》（A Dictionary of the Chinese Language）第四卷701页"想"字条目中对"想像"一词的英译一致，应来自马礼逊编译《华英字典》，"imagination"没有仍然对译为"想象（像）"。但麦都思的《英汉字典》（English and Chinese Dictionary，intwovolumes）704页："imagination"对译为"思想之才"，就赋予了"创造性想像"的含义。但699页"想像"的英译仍然是：the image of athought。

（3）罗存德的《华英字典》（1866~1869年印行）

现在真正有据可考将"imagination"对译为"想象（像）"的较早书证首先是罗存德的《英华字典》。其次是1869年在上海印行的《和译英辞书》，然后是在1872年印行《和英语林集成》。

1868年《英华字典》987页

Imagination 幻想 wán² 'séung. Hwán siáng, 虚想 ͺhü 'séung. Hü siáng, 甕想 ung 'séung; conception, image in the mind, 想像 'séung tséung². Siáng siáng, 想頭 'séung ͺt'au. Siáng t'au, 意思 Í ͺsz. Í sz.

"1854年12月，罗存德作为汉语和德语的翻译与卫三畏等一同随阿达姆率领的第三次日本远征舰队前往日本，参与日美和约的换文签字活动。这时，他向日本负责翻译的堀达之助赠送了麦都思的两种辞典Chinese English Dictionary（1842~1843），English and Chinese Dictionary（1847~1848）"日本堀达之助编《英和对译袖珍辞书》（1862年印行；

堀越井之助"改正增补"的《英和对译袖珍辞书》，1866年完成、1869年印行），主要参考英荷辞典、兰日辞典，吸收了大量兰学译词，稍晚的《和英语林集成》（1867年印行），以和语为主，汉字词较少。虽无法胜任明治初期英语书籍的翻译，但是最早的真正意义上的英和辞书，罗存德《英华字典》出版时，正值日本的兰学家转学英语之际，罗存德接受了来自日本的大量订单，故对日本词汇史的影响巨大。①

2. 早期和英字典的对译情况

日本学者对"想象（像）"概念的研究，主要有以下几处：

一是斉藤静在1967年8月篠崎书林出版的『日本語に及ぼしたオランダ語の影響』一书的270页，谈到了"想像力"概念的来历，他认为："想像力"是オランダ語"verbeeldingskracht"的直译，首见于1857年印行的《扶氏经验》，其意义与德语的phantasia相当。

二是惣郷正明和飛田良文在東京堂出版的『明治のことば辞典』，其324~326页列具了各种辞典对"想像"的翻译，其最早书证是庆应四年（1868年，明治元年）的《英法单语便览》有"imagination"一词，但并没有与"想像"对译；其后出现的书证都在罗存德《英华字典》"imagination——想像"对译之后，不具有首证的价值。因此，将"想像"归类于明治のことば，证据是有问题的，尚显得有些草率与仓促。

三是平林文雄在1983年4月明治书院出版的『講座日本語の語彙⑩』302~306页及在1985年5月和泉书院出版的『国語学研究論考』79~90页，以及1983年3月『群馬県立女子大学国文学研究』第三期11~29页，谈到了「想像」概念的来历。（参见"东洋文学观念中的"想像"的引入"部分）。

四是1992年渡部昇一编集代表第一法规出版株式会1992年12月出版的『ことばコンセプト事典』1016~1025页平野和彦撰写的"想像"部分。

---

① 沈国威：《近代中日词汇交流研究：汉字新词的创制、容受与共享》，中华书局2010年版，第107、128页。

平野和彦在『ことばコンセプト事典』中提供的书证时认为1862年印行的《英和对译袖珍辞书》中已经有了与"思考、想像"相对应的译语（渡部昇一编集，第一法规出版株式会，1992年12月，1016～1025页），但相对应的译语是"imagination"还是"image"他没有列具，『明治のことば辞典』324～326页也未列入，尚有待查证。但在平野和彦并未列举的1869年上海印行的《和译英辞书》中，确已把"imagination"对译为"考思、想像"了。平野和彦列举的1872年印行《和英语林集成》中"想像"相对应的译语则是：fany, imagination or image of any thing in the mind, idea.（平野和彦在『ことばコンセプト事典』1021页）。

伴随着日本"新汉语"的急剧增长，明治中后期又开始致力于"新汉语"的规范化，《哲学字汇》（1881年出版；以后又多次修订重版）等术语集便是人文领域"新汉语"规范化的实绩之一。东京大学教授、哲学家井上哲次郎（1855～1944）等人以英人威廉·弗列蒙（WilliamFleming）的《哲学字典》（The Vocabulary of Philosophy）为底本编纂而成，明治十四年（1881）由东京大学出版。明治十七年（1884），井上和有贺长雄（1860～1921）的改订增补版由东洋馆书店出版。大正元年（1912），丸善刊行井上和中岛力造（1858～1918）、元良勇次郎（1859～1912）修订的三版。《哲学字汇》是日本第一部哲学词汇集，虽只是条列译词，但范围不限于哲学，更遍及幕末到明治初期急速发展的思想、伦理、法学、政治、经济等人文、社会学科的专门用语，集理论性抽象语之大成，对近代语的成立有不可磨灭的功绩，在这本《哲学字汇》中，"imagination"与"想像力"是单向对应的。值得一提的是，日本1905年出版的《普通术语辞汇》用四页的篇幅对"想像"所对应的德语Phantasie, Einbilaungskraft英语Imagination详加解释，标志着"想像"作为一个重要的概念在日本的定型。

◎"想象（像）"是如何获得新的重要性的？

在诸多中国古代文论的类编中，在"想象（像）"的条目下排列着大量的名人名言，由此可知，"想象（像）"概念所指的普遍性。可这不过是颠倒的发现与回溯性整理，缺少对"想象（像）"作为概念能指历史——历时性建构的考察，这通常会模糊掉一个世纪以来，现代人前仆后继用"想象（像）"等概念来标识新文学现代性的努力。

用"想象（像）"等作为概念能指来解释文学，并不是自古就有的观念，也不是自然而然地发生的，而是被教育出来的，是20世纪初特定历史环境（中国传统知识，在急剧变迁的社会现实和外来压力面前失去解释世界、应对危机、提供价值标准和维护信仰的能力后）中人们吸收、借鉴东洋、西洋"literature"理论的结果。简单地讲，译词"文学"（literature）与汉语圈的原生诗文观念的区别就在于对创造性"想象（像）——imagination"复杂性（也许译为创意更合适）的认识与强调。汉语圈的原生诗文观念，强调声色性情，译词"文学"（literature）强调思想、情感、想象、形式。声色与形式相当，性情与思想、情感相当，唯独"想象（像）"，是新加入的标识。

当然，译词"文学"（literature）对创造性"想象（像）——imagination"复杂性的认识与强调也有一个长期的历史过程。

1. 西洋文学观念中的"imagination"

大体说来，英语、法语的"imagination"（イマジネーション）、法语fantaisie；（ファンタジー）和德语Einbilaungskraft（イリュージョン）来自于古希腊人的phantasia（ファンタシア）和古罗马人的imaginatio（イマーギナーテイオ）。

钱钟书认为"古希腊文艺理论忽视'想像'，……古典主义的理论家一方面承认'想像'是文艺创作的主要特征，另一方面又贬斥它是理智的仇敌，是正确认识事物的障碍，把它和错觉、疯狂归为一类。'家里的疯婆子'（lalocadelacasa）从十六世纪起就成为'想像'的流行的代称词……十八世纪初，维柯认为诗歌完全出于'想像'而哲学完全出于理智，两者不但分庭抗礼，而且简直进行着'你死我活'的竞争……到了十九世纪，随着浪漫主义运动的进展，'想像'的地位愈来愈高，没有或者很少人再否认或贬低它的作用了……'错误和虚诞的女主人'（巴斯楷尔语）屡经提拔，高升而为人类'一切功能中的女皇陛下'（波德莱亚语）。"①

而19世纪正是乔纳森·卡勒所说的"文学的现代意义的确立"的时期，乔纳森·卡勒认为："我们谓之曰文学作品的创作已经有两千五百年历史了，然而，关于文学的现代思想，仅仅可以上溯两个世纪。直到19世纪，'文学'以及欧洲其他语言的类似说法，总体上仅仅意味着'文章'，甚至'书本知识'。在莱辛（Lessing）自1759年起发表的《关于当代文学的通讯》一书中，'文学'一词才包含了现代意义的萌芽，指现代的文学生产。斯达尔夫人（MmedeStael）的《从文学与社会制度的关系论文学》（简称《论文学》）则真正标志着文学的现代意义的确立"②。而罗岗在转述乔纳森·卡勒的观点时，中间加了一句"然而现代西方关于文学是富于想象的作品的理解，是从18世纪德国浪漫主义理论家那里开始有的"③。

塞尔登编《文学批评理论：从柏拉图到现在》比较重视柯勒律治对想象和幻想的区分，第124页说：

"想像，从17世纪到20世纪，这个术语经历了许多发展阶段，其指涉含义也屡有变迁。然而，在通常的用法中，占主导的还是浪漫主义的想像观。柯勒律治关于想像和幻想的论述影响深远，本书将其有关选段置于前两个世纪发展的、基本上属于心理学范畴的历史语境当中。"

128～129页：塞尔登认为，柯勒律治的想象力实际上是给感官观察附加了自己的"格调"和"氛围"，柯勒律治对想象和幻想的区分是他得以提出想象具有神的创造力的主张，而幻想只是记忆的一种变化形式。

---

① 《外国理论家作家论形象思维》，中国社会科学出版社1979年版。
② 乔纳森·卡勒著：《问题与观点，20世纪，文学理论综论》，史忠义、田庆生译，河南大学出版社2010年版，第23页。
③ 罗岗：《危机时刻的文化想象——文学·文学史·文学教育》，江西教育出版社2005年版，第11页。

"如同记忆,'它必须从联想法则中获取所有的现成素材'。重新安排这些素材的艺术是诗歌的一种功能,但不足以解释天才。想像不仅仅意味着重洗一张张经验之牌。想像'分解、传播、消除,为的是进行再创造'。柯勒律治似乎心中牢记着上帝分解混沌,创造宇宙的事迹。为了证明自己的观点,柯勒律治只能引用那些假定读者已承认其真正想像力的鸿篇巨著。"

伊瑟尔在《虚构与想像:文学人类学疆界》第四章花了较大的篇幅讨论想象与其他范畴的关系,并对想象的历史发展过程进行了专门的讨论:"就想像的历史发展过程而言,对想像的认识,主要有以下三种类型:第一,认为想像是人的一种能力;第二,认为想像是一种行为;第三,把想像看做一种原始幻想。……想像并不是一种自为的潜能,它必须依靠主体(柯勒律治)、潜意识(萨特)、心理或社会历史(卡斯特里阿蒂斯)等因素起作用,这些因素并不包括发泄与刺激在内。"

20世纪初,法国学者李博在《论创造性想像》一书中,论述了创造性想象这种特殊心理活动的各个方面——它的能动性,它的理智的、感情的、下意识的诸因素,它由低级到高级的发展,它的发展规律和它的不同类型等等。李博还特别论述了感情在文艺创作中的作用——感情因素作为创作的原动力和感情状态作为创作材料的双重作用。至此,具有现代新义的"想像"(imagination)概念基本独立成型。(参见《外国理论家作家论形象思维》,中国社会科学出版社一九七九年第一版。)

创造性"想象(像)——imagination"复杂性(也许译为创意更合适)在于:它要从现象、具象(现实刺激物)出发经六根经验到心象、印象,再经分解、综合、简化、繁化、突出、变形、抽象、陌生化等手段形成新的意象、形象与象征,其中渗入了个性、直觉、灵感和天才成分。最后还要经过符号化,变成可供把握的文本。

2. 东洋文学观念中的"想像"的引入

(1)平林文雄的书证

平林文雄在1983年4月明治書院出版的『講座日本語の語彙⑩』

中，首先在汉语知识谱系中，考究了"想像"的来源，并举出楚辞、谢灵运、欧阳修的书证。其次证明明治以前的汉诗文里，同样有使用"想像"的书证。但同时平林文雄也认为，在现代意义上使用的"想像"，是幕末或明治时期输入西学的结果。这种说法是有证据可寻的，例如：西周的"美妙学说"中的"想像力"，中村正直的《西学一斑》中的"想像"，织田纯一郎译《花柳春话》（明治11年）中的"想像"就是"imagination"明确的对译；明治14年井上哲次郎的《哲学字汇》（1881年出版；1884年增补），"imagination"的译语就只剩"想像力"一个了。

毫无疑问，"想像力"是一个和制汉语，但如果说"想像"，是幕末或明治时期再生的新概念，则需要说明"想像"的现代意义是什么，新在何处，平林文雄提出了"想像"作为新概念的几个特征：第一，"想像"世界与现实世界不同，是超越现实的创造性的世界，在这个意义上与空想有相通之处。第二，"想像"与知觉、思考、记忆不同。知觉、思考、记忆接近现实经验并且被动地把握或再现这些经验，而想象完全是一种自由自发的创造性活动，注重直观性、个性与感情价值等。那么，在中国古代典籍七八千条的"想像"书证中，是否存在这样的新义，其实是需要审慎论证的。

（2）《日本文学史》的书证

明治二十三年（1890）十月，由三上参次（1865~1939）、高津锹三郎（1864~1921）合著的《日本文学史》，由东京金港堂刊行，这是日本第一本公开出版的国家文学史著作。作者根据西方"纯文学"（pureliterature）概念对"文学"进行重新定义：文学乃指以某一文体，巧妙表达人的思想、感情、想象者，兼具实用与快乐之目的，并传授大多数人大体上之知识者。①

（3）太田氏概论的书证

近代日本有关西方文艺理论的译介、输入，约始于明治十年前后。据日本学者自己的梳理，相继以西洋修辞学（西周、菊池大麓）、西洋美学（费诺罗萨；中江兆民；森鸥外、石桥忍月；高山樗牛、登张竹风、生田长江）、西洋文学论及文学史研究（贺长雄之、坪内逍遥、二叶亭四迷、金子马治、岛村抱月、内田鲁庵、高山樗牛、后藤宙外、夏目漱石、小宫丰隆、芥川龙之介、厨川白村、太田善男等）三个方向层累地推进，至明治二十年左右，才各自逐渐获得分途发展。

太田氏概论上编"文学总论"，将文学置于艺术美学总纲之下，藉将艺术定义为"通过想像，将自然理想化而成美的制作"，而为文学的性质、职能奠定基调；又通过对艺术生成过程的构拟，将艺术的构成设定为摹仿、选择、理想化、变形、创作五大要素，据此进而阐述文学的意义、特质以及内容与形式的区分、理想主义与写实主义描写态度的区分等。

（4）本间氏概论的书证：对包括想象在内的文学四要素的认可。

据毛庆耆、董学文、杨福生合著《中国文艺理论百年教程》考证，《新文学概论》前编1919年由章锡琛翻译出来，1920年分章刊载于《新中国》杂志上；1924年章氏又将后编译出，刊载于《文学》杂志上；1924年又有汪馥泉的译文载于《民国日报》"觉悟"栏目。《文学概论》1930年仍由章锡琛译出，并由上海开明书店出版，后多次再版。本间久雄的《新文学概论》（1925）是中国最早的一本文学理论译著。本书数年之内出了四个版本，且再版数累至六次，故影响较大。本间久

---

① 三上参次、高津锹三郎：日本文学史．东京：金港堂，1890；这里转述来自于《"文学"译名的诞生》湖北大学学报2009年第5期；另外，余来明；孟庆枢《在世界文化场域中的文学史建构——以近代日本文学史的建构为中心兼中日文学史比较研究》深圳大学学报2006年第5译为："所谓文学乃是某种文体，巧妙地表现人的生活、思想感情，想像兼有实用、娱乐之目的，对于大多数人来说又能传布大体的智识。"

雄《文学概论》的框架和材源都主要来自对温切斯特的《文学批评原理》和哈德森的《文学研究入门》两部西方著作进行借鉴、挪用以及融会的产物——虽然全书也点缀着一些当时流行的其他西方理论，如居友的文学社会学、丹纳的文学进化论、王尔德和沛特的唯美主义思想、鲍桑葵的表现主义美学等——这使得该书成为介绍西方文艺理论的大杂烩。

鲁迅在1927年就敦促青年学生，要"研究文学"尤其是新文学，就应该从本间久雄的《新文学概论》和厨川白村的《苦闷的象征》入手①。

3. 中国新文学观念中的"想象（像）"的引入

中国新文学观念中的"想象（像）"——引入、抵抗、强化、弱化，这是一个可以从近现代文学批评史、文学史学史、文学概论教材史、文艺争鸣史和近现代辞书史等方面一直作下去的大题目。限于篇幅，此处只列举最早书证。

鲁迅所谓"是从日本输入，他们的对于英文 Literature 的译名"的文学，按新村出编《广辞苑》的解释是：日本的"文学"概念，在明治西学输入之前，其义主要来自中国文化，用于泛指一般的学问、学术；西学输入后，逐渐演变为指以语言表达想像力和情感的艺术。②

（1）王国维《屈子文学之精神》：文学批评中"文学"与"想象（像）"相互解释的开端。

《屈子文学之精神》（1906）："由此观之，北方人之感情，诗歌的也，以不得想象之助，故其所作遂止于小篇。南方人之想象，亦诗歌的也，以无深邃之感情之后援，故其想像亦散漫而无丽，是以无纯粹之诗歌。而大诗歌之出，必须俟北方人之感情，与南方之想像合而为一，即必通南北骑驿而后可，斯即屈子其人也。"

（2）黄人《中国文学史》：文学史中"文学"与"想象（像）"相

---

① 《鲁迅全集》（第3卷）而已集·读书杂谈，人民文学出版社1993年版。
② 《广辞苑》"文学"条，东京岩波书店1993年版，第2288页。

互解释的开端。

黄人《中国文学史》的撰写时间大体与林传甲不相上下，但文学观却相距甚远。黄人《中国文学史》有关文学的定义取自太田善男的《文学概论》，太田善男把文艺定义为："通过想像，将自然理想化而成美的制作"。黄人《中国文学史》中有关文学定义的探讨，除起首一段追溯"文"之名词在中国早期历史上的义项演变出自黄人自述外，皆分别译自太田氏《文学概论》第三章"文學の解說"之第一节"文學の意義"、第二节"文學の特質"、第三节"文學の要素"。

（3）周作人的"意象"：文学概论中"文学"与"想象（像）"相互解释的开端。

如果把王国维的《〈红楼梦〉评论》（1904）视为中国现代文学批评——美学文艺学的开端，那么，周作人的《论文章之意义暨其使命因及中国近时论文之失》（1908）就应该被视为中国现代文学概论的开端。其中有言："原泰西文章一语，系出拉体诺文 Litera 及 Literatura 二字，其义至杂揉，即罗马当时亦鲜确解。挞实图用称文字之形，阔迭廉以文谱为 Literatura，而昔什洛则以总解学问之事。① 盖其来既久远，又本无精当之释义，故至今日，悬解益纷，殊莫能定。举其著者，则如倭什斯多（Worcestor）曰："文章者，学问（Learning）知识（Knowledge）意象（Imagination）之果，借文字为存者也。"②

周作人译自宏德的三层五因说值得文艺学研究者注意：

"文章中有不可缺者三状，具神思、能感兴、有美致也。思想在文，虽为宗主，顾便独在，又不能云成，如巴斯庚所前言是矣。夫文章思想，初既相殊而莫一，然则必有中尘（Medium）焉，为之介而后合也。中尘非他，即意象、感情、风味三事（即顷所举三状之质地）合为一质，以任其役，而文章之文否亦即以是之存否为衡。盖抽思为文，使不经此，则所形现者将易于混淆，更无辨于学术哲理之文矣。故文章

---

① 有日本论者根岸宗一郎据此认定周作人受了太田善男的影响。
② 《周作人散文全集》第一卷，第 94 页。

者,意象之作也。巴德勒又言,文章实合事迹灵明而成形。是犹言文字之中有一物焉,足以令读者聆诵之馀,悠然生其感想,如爱诺尔德云须有兴趣是也。以上所言,多关神思、感兴二状。至言美致,则所贵在结构,语其粗者,如章句、声律、藻饰、铭裁皆是,若其精微之理,则根诸美学者也。集是三者,汇为文章,斯为上乘,文人之流品亦视此而定之。夫世果有覃思善感之人,而不著之文,则不可见,或著之矣,无神思以为中尘,斯其业亦败。且文之有待于能感也,读书一过,泊如枯灰,无取焉矣,而风味调和之要,尚为之殿焉。苟其无是,虽他德既具,犹为未文,而况浇世寡情绝采之作乎?"①

◎几点看法:

(1) 近半个世纪以来,人们对作为近代意义上"literature"译词的"文学"概念已经熟悉到不言自明、自然而然的程度,但一段时期以来"literature"理论的发源地却不断发出"文学死了"的声音,有人惊愕、有人愤怒、有人不屑,争论与质疑也往往不在同一层面(体相用)进行,因此,现在到了将"自然而然的""不言自明的"还原为"人为的""建构的"时候了。我们讨论中国"文学"(literature)观念的现代性,是不能以 literature 汉译为"文学"为起点的,因为古代汉语语境里的"文学"与西洋语境里的 literature 都有太多、太复杂的所指。现代意义上"文学"(Literature)观念的重构来自于洋学对"想象"("imagination"以及虚构、创造、内指)与"想象性"(imaginative)异乎寻常的关注、重视与强调,"文学"虽然是中土固有的词汇,但用"想象""形象""象征"等概念来界定的"文学",却与洋学(西洋与东洋)密切相关。

(2) "文学"与"想象(像)"在中国文化中都成词较早,但并不相互解释,而相互解释是新文学观念转换的开端与关键。新文学"体制性德"之新,可以具体为三个层面:在性的层面,新在对总体性(民族国家、国民精神、国民性、时代精神、生活本质)的想象。在德

---

① 《周作人散文全集》第一卷,第 98 页。

的层面，新在对创造性想象复杂性的认识。在体制层面，新在对小说等想象性文体的重视。这三个层面都与"想象（像）"的概念密不可分。近年来文学之死话题的讨论，一般限定在性的层面才有价值，应该提倡性情之动、声色之美、想象之新的文学观。

（3）"想象（像）"概念的激发、引入、抵抗、强化、弱化过程，是中国现代文论发展史的缩影，渗透着意识形态的深度介入。在20世纪之交，一方面，由于亡国灭种的现实威胁所激发出的对"共同体"的想象，多承载于文学之中。另一方面，人们也多是通过文学与一个突然出现的"新"世界发生着想象性联系。所以，现代教育制度迅速将"想象"性写作构成的文献纳入其中，推动了学院文论的多元建构。本世纪之交，把作为文学性标识的"想象（像）"概念弱化为创作过程的阶段性概念，会加剧对中西文论交流理解的难度。

（4）"想象（像）"作为概念的所指，其成立、变化、分化有一个纠结复杂的过程，是汉字文化圈的共同创造，"想像力"是"和制汉语"，但将"想象（像）"纳入其中，则显得有些草率与仓促，证据是有问题的。然而"想象（像）"作为概念的能指进入中国学院文论的核心，与日本因素密切相关，这其中掺杂着被动接受、暗中置换、增殖变形、对话互动、主动选择、重新发现等文化现象，它浓缩了西－日－中的学术影响与选择模式（学西而借东，又常自我做主），展示了东学与西学、汉字文化圈内部复杂的文化交流景观。"象"及其衍生概念根植于自身文化的底蕴（性分名动、义兼心物），又架构于外来文论的知识体系，虽然避免了完全的"失语"与文化"断裂"，但也加剧了语义的纠缠和理解的难度。

（5）新汉语的复杂性在于它既非日本语言学所谓的"新汉语"——和制汉语，也非笼统的现代汉语，其构成成分比较复杂：有创造的、有改造的（形同义异），还有概念化的，以及被外力激发、借助外力普及定型的。高明凯、刘正埮《现代汉语外来词研究》（1958）、刘正埮等《汉语外来词辞典》（1984）中，包括"想象（像）"在内的相当一部分日源词归类需要重新思考。理想的中国文论"新学语"（关键词）的知识考古、概念史研究，涉及其在中—西—日—中的生成、传播与普及等诸多方面，它需要多语种的词汇史、文化交流史、学科史、社会思潮传播史等诸多方面的知识积累，需要跨学科、跨国境的大量书证。因此，全球视野的概念史和知识考古更需要接力研究与共同研究，特别是在中日文论同形概念方面。

二、兴：对艺境的激活

按照《汉语大字典》的解释，兴有三种读音（xīng、xìng、xìn），二十一个义项，其中发"xìn"音的兴通"衅"。发"xīng"音时，作副词和姓氏的，也与本文关系不大，可略而不论。那么剩下的义项则为：兴起；起身；升起；发动；办理、创办；建立；推举、选拔；昌盛；奋发；成功；征发；流行，时行（以上音 xīng）。象；譬喻；诗歌表现手法之一，以他事引起此事。（起兴）；兴致、情趣；高兴、喜欢（以上音 xìng）。其中《说文·舁部》中"兴，起也"的解释乃最基本的义项，在殷墟卜辞·前五·二二·一中，兴写作【※】，两个人用手抬起一样东西。

在中国诗文中，以"起"为基本义的"兴"，由于运用语境的不同，意义也有些差异。一般而言，作为创作论概念，兴有"兴感""兴会""兴喻""兴寄"之义，作为接受论概念，"兴"有"兴味""兴趣"之义。当赋比兴三者连用并提时，赋侧重即物即心，直陈与情感有关联的事物以表现情感，在整个看来客观的描述中不露痕迹地渗透着主体性情；比侧重心在物先，使用与情感相通相应的事物作类比以表现情感，明显地根据创作主体情性的变化和发展去描写和组织笔下的事物。兴则是物在心先，由客观的事物启发引导创作主体沿着某一思路去不断生发。通过描写事物激发情感的过程以表现情感，较之赋的直陈铺设，比与兴的关系更为接近，故古人多将"比兴"连用，以与赋对待立义，此时"赋"义为正言直陈，易于穷尽，而比兴则或托物寓情或托物讽喻，皆难以直指。当然，在很多情况下，比兴本身也是对待立义的，此时则又有比显兴隐，比狭兴广，比重选取物象，兴重感发过程之别。即使是同一"兴"，因其语境的不同，也有不同的意义。当孔子说："诗可以兴观群怨""兴于诗"时，兴应读平声，是动词，指一种吟诗起情明德的文艺功能。但当汉儒说"赋比兴"之兴时，则应读去声，是名词，指一种托物起词或触物起情的修辞方式。当然，这种区别也只能是相对的，"兴"在具体历史语境中还有更为夹缠的意义，如兴喻与兴寄；兴感与兴会；兴味与兴趣等。这里只是根据论题的需要，对其在本文中的意义进行一些限定。

我们认为，兴是对心物双向运动的激活，它具有心物交融、主客合一的理论品性，而这正是传统文化根本精神的集中表现，如果说"赋"和"比"可以与西方文学观念相对应的话，那么"兴"作为携带深厚而独特的文化基因的批评术语，是很难转译的，对此，在西方生活多年的叶嘉莹先生深有体会，她认为："西文诗论中的批语术语甚多，如明喻、隐喻、转喻、象征、拟人、举隅、寄托、外应物象等，名目极繁，其代表的情意与形象之关系也有了多种不同之样式，只不过仔细推究起来，这类术语所反映的都同是属于思索安排为主的'比'的方式，而并没有一个真正属于自然感发的中国之所谓'兴'的方式……对于所谓兴的自然感发之作用的重视，实在是中国古典诗论中的一项极值得注意的特色"。①

在释"兴"时有几种倾向值得注意，一是简单地把"兴"完全当作一种避免直说的比喻，如前文郑玄的观点，唐代人成伯瑜在《毛诗指说·解说》中也持这样的观点，认为"以恶类恶，名之为比……以美类美，谓之为兴。"二是强调兴与比喻完全无关，如宋代的苏辙。苏辙说："天下之人欲观于《诗》，其必先知夫兴之不可与比同"（《栾城应诏集》卷四《诗论》），相对于以上两种倾向而言，现代朱自清对比

---

① 《光明日报》，《比兴之说与诗可以兴》，1987年9月22日。

兴关系的认识比较圆融，朱自清在《诗言志辨》中说："《毛传》'兴也'的'兴'有两个意义，一是发端，一是譬喻，这两个意义合在一块儿才是'兴'"。另外，李仲蒙对赋、比、兴的区分影响较大，宋胡寅的《与李叔易书》和明杨慎的《升庵诗话》均有称引，其谓"叙事以言情谓之赋，情尽物也；索物以托情谓之比，情附物也；触物以起情谓之兴，物动情者也"。这种分法（即兴感说）简单明了，重点突出，但有时也难免简单化了，只言"物动情"，而不言怀情之人见应情之物而益倍起情的异质同构，就容易忽略心物双向交流互动的复杂性。宋代罗大经认为："盖兴者，因物感触，言在于此而意寄于彼，玩味乃可识，非若赋比之直陈其事也。"（《鹤林玉露》卷十《诗兴》）他从三个层次来论"兴"，从创作角度讲，要"因物感触"，从作品角度讲，要"言在于此而意寄于彼"，从接受角度讲，要"玩味乃可识"，这种看法比较细致周到，但却难以去解释"诗六义"中之"兴"。所以我们对"兴"的准确理解，只能历史具体地进行。陈廷焯在《白雨斋词话》卷六中对言"兴"之难深有体会，他说："若兴则难言矣，托喻不深，树义不厚，不足以言兴。深矣厚矣，而喻可专指，义可强附，亦不足以方兴。所谓兴者，意在笔先，神余言外，极虚极活，极沉极郁，若远若近，可喻不可喻，反复缠绵，都归忠厚"，把"兴"理解得更加玄妙神秘。尽管如此，我们还是大致为作为过程的"兴"归结出一些要点：首先，在构成要素上要心物兼具，缺一不可。其次，在产生之初要一触而发，自然天成，兴会无痕，再次，"兴"发的运动状态，要心物双向互动契合。明人黄曾在《诗赋》中说："感事触情，缘情生境，物类易陈，衷肠莫罄，可以起愚顽，可以发聪听，飘然若羚羊之挂角，悠然若天马之行径，寻之无踪，斯谓之兴。"（《古今图书集成》卷二百零一。）

现在我们立足于"以象兴境"的论述，从"兴"的功能角度进行一些新的探索，在这里，我们认为"兴"的功能就是激活，就是对艺境的激活，而艺境之所以有存在的必要，就在于它是一个能以"兴"（激活具体性并激活无限关联）为核心功能的多层次多方面发挥作用的系统。其第一层次是"兴"(激活具体性并激活无限关联);第二层次是以"兴"为基础而产生的其他功能,如"观"(认识功能、启蒙功能、预测功能、暗示功能等)、"群"(交流功能、教育功能、社会批评功能、抗衡异化功能等)、"怨"(耗散功能、补偿功能、移情功能、超越功能等);第三层次是由第一、二层次派生的受一定时空限制的工具功能,如宗教的工具、政治的工具、道德的工具、经济的工具等。艺境表现的关键,就在于对具体事物、具体对象的具体描绘,即具体性。具体化倾向是人类与生俱来的本性,但有序的需要作为人类的基本需要在历史发展中常常压抑人类的具体化倾向,而这种人类的具体化倾向在艺境的追求中会得到实现。一方面,人的大脑皮层上关于具象、情感、想象的兴奋点,随着人的出生、成长而逐渐建立、强化。另一方面,伴随着人们受教育程度的加深和求知程度的加深,这些兴奋点受到概念、抽象、理性的(舍象求质)抑制(负诱导),而对艺境的追求能够激活(兴)被抑制的具体化倾向,使之被唤起、解放,重新获得解放,促使接受心理产生一种接纳外物的心理定势。王夫之在《唐诗评选》中评孟浩然《鹦鹉洲送王九之江左》诗时说:"诗言志,歌咏言,非志即为诗,言即为歌也。或可以兴,或不可以兴,其枢机在此。"

三、境:眼中识见、心中想见、脑中洞见的世界

1. 境与镜:中西古典艺术的思维偏向

"镜"的隐喻在西方诗学中的热闹,可比"境"的使用在中国文论中的流行。笔者在这里将它们并联拈出,作为中西思维方式在古典艺术活动中的不同偏向,由此引发出一点对中国文论体系基本观念和核心范畴的思考。艺术思维偏向是决定艺术如何发育的一项重要因素,是人类艺术现象的深层本质,通过艺术思维偏向,能够说明艺术活动的许多内在联系。

艺术犹如镜子,在开始时只是"艺术摹仿自然"的形象提法。艺

术摹仿自然的观点最早出现在赫拉克利特的著作中,他认为:"自然是由于联合对立物造成最初的和谐,而不是由联系同类的东西。艺术也是这样造成和谐的,显然是由于摹仿自然"(《古希腊罗马哲学》P109)。那时的艺术是指由人工制作的技艺,其中包括我们现在所理解的狭义的诗学意义上的艺术。"艺术摹仿自然"这一命题的前提是:作为摹仿者的主体与作为模仿对象的客体之间的二元对立,作为中介的艺术品与主客双方都具有心理距离。这一前提,与作为整体的西方文化传统的根本特征相吻合,也正是沿此观点展开乃至分道扬镳的一切"镜子"说的共同特征。

柏拉图采取古希腊流行的摹仿说,承认客观现象世界是文艺的摹本,文艺是摹仿现象世界而来的。但他的哲学核心是"理念",柏拉图认为,现象世界是变动不居的,它是理念世界的摹本,理念是世界万物存在的原因和目的。根据"理念"说,艺术作为对现象界的摹仿,在柏拉图那里便只能处于最低层次了,柏拉图把摹仿艺术的作者比作举起一面镜子向四面八方照射,并用这种方式创造形象、制造幻想的人。在他看来,艺术的摹仿是一种镜子似的摄取事物的外相:"拿一面镜子四面八方地旋转,你就会马上造出太阳、星辰、大地、你自己、其他动物、器具、草木……"(《理想国》10卷)。作为摹仿者的诗人对于摹仿的题材并没有有价值的知识,摹仿只是一种玩意儿,并不是什么正经事。摹仿者如果对于摹仿的事物有真知识,他就不愿摹仿它们,宁愿制造它们,他就会宁愿做诗人歌颂的英雄,而不愿做歌颂英雄的诗人。所以,柏拉图的"镜子"说只是其哲学观点的延伸,并不侧重于艺术智慧。

自文艺复兴时期开始,不少艺术家从重视艺术智慧出发,从认识论而非本体论的角度,把做一面忠实自然的"镜子"作为艺术追求的理想。如达·芬奇认为:"画家的心应当像一面镜子,将自己转化为对象的颜色,并如实摄进摆在面前所有物体的形象。""他的作为应当像镜子那样,如实反映安放在镜前的各种物体的许多色彩。做到这一点,他仿佛就是第二自然。"他还劝画家:"将镜子拜为老师""若想考查你的写生画是否与实物相符,取一面镜子将实物反映入内,再将此映象与你的图画相比较,仔细考虑一下两种表象的主题是否相等"(《达·芬奇论绘画》)。16世纪至18世纪,诗画同一的观点十分流行,贺拉斯有关"诗情画意"的看法和西摩尼德斯有关"画是无声诗,诗是有声画"的格言赢得了广泛赞许。欧文·巴比特说:"十六世纪中叶到十八世纪中叶间创作的艺术或文学评论文章,几乎没有一篇不以赞许的口吻提及贺拉斯的那个比喻……[或]西摩尼德斯的相应说法"(《镜与灯》P46)。因此,从认识论而非本体论的角度,以"镜"释艺的观点在这一时期的整个文艺理论中占据了十分重要的位置。莎士比亚曾借剧中人之口指出:"该知道演戏的目的,从前也好,现在也好,都是仿佛要给自然照一照镜子,给德行看一看自己的面貌,给荒唐看一看自己的姿态,给时代和社会看一看自己的形象和印记"(《哈姆雷特》)。相传古罗马的西塞罗也曾说过:"喜剧是对人生的摹仿,是生活习惯的镜子,是真理的形象"(《欧美古典作家论现实主义和浪漫主义》)。莎士比亚戏剧的评论家约翰逊赞扬莎士比亚:"是一位向他的读者举起风俗习惯和生活的真实镜子的诗人"(《西方文论选》上卷)。在继19世纪30年代浪漫主义而兴起的现实主义文艺运动中,直接继承摹仿理论的再现说被反复提倡,它把文艺视为现实客观的忠实再现,强调文学艺术的客观性和真实性原则。我们仍然可以视之为"镜子"说的承继。别林斯基曾反复论述"艺术是现实的再现"的观念,他把"现实的诗"看成是"真实的、真正的诗歌"。认为"它的显著特色在于对现实的忠实;它不改造生活,而是把生活复制、再现,像凸出的镜子一样,在一种观点之下把生活的复杂多彩的现象反映出来"(《西方文论选》下)。现实主义绘画的开创者库尔贝提出:"一个时代只能够由它自己的艺术家来再现。我的意思是说,只能由活在这个时代里的艺术家来表现它"(《西方文论选》下)。车尔尼雪夫斯基认为:"艺术作品对现实中相应方面和现象的关系,正如印画对它所描绘的人的关系,印画是由原画复制出来的,并不是因为原画不好,而是正因为原画很好;同样,艺术再现现实,并不是为了消除它的瑕疵,并不是因为现实本身不够美。而是正因为它是美的。印画不能比原画好。它在艺术方面要比原画低劣得多;同样,艺术作品任何时候都不及现实的美或伟大"(《艺术与现实的美学关系》)。当时的许多艺术家都提出了"精心地摹仿自然",研究"自然本身的记号"等口号。初级阶段的"镜子"理论,所体现的主要是一种直观的反映论。一般来说,它比较忽视文艺家主观的能动性和创造性,否认艺术源于生活却可以高于生活,反映生活却又可以改造和创新生活。实际上,单纯直观地摹仿再现是很难产生真正的艺术的,就像黑格尔指出的:"靠单纯的摹仿,艺术总不能和自然竞争,那就像一只小虫爬着去追大象……所以尽管自然现实的外在形态也是艺术的一个基本因素,我们却仍不能把逼肖自然作为艺术的标准,也不能把对外在现象的单纯模仿当作艺术的目的"(《美学》第一卷)。

"艺术摹仿自然"是个很宽泛的命题,由于对"自然"的不同解释,就产生了"镜子"所反映的不同对象。事实上,在西方,仅抽象的规范意义上的"自然"就有六十种之多,① 连浪漫主义所要表现的"智慧""情感"也属"自然"。早在16世纪英国诗人马洛那里,就开始以"镜"为象喻,指出诗歌不仅反映周围生活,也要反映诗人心灵智慧,他说:"就像永不凋谢的花朵,从诗中我们可以看到人类智慧的最高成就,就像镜中反映的一样"(《镜与灯》)。19世纪初,欧洲浪漫主义文艺运动兴起,他们将模仿的对象——人性中的理性成分及其在外部世界的展现,转换成人性中的情感在作品中的对象化。"镜"所反映的内容有了新的侧重。德国诗人歌德笔下的维特感慨道:"我的朋友!每当我的视野变得朦胧,周围的世界和整个天空都像我爱人的形象似地安息在我心目中时,我便常常产生一种急切的向往:啊,要是我能把它再现出来,把这如此丰富、如此温暖地活在我们心中的形象,如神仙似

---

① 参见 C. Hugh, Helman:《文学手册》第4版"自然"条,转引自人大复印资料《文艺理论》卷,1993年6月,第95页。

的呵口气吹到纸上,使其成为我灵魂的镜子,就像我的灵魂是无所不在的上帝的镜子一样,这该有多好啊!"(《少年维特之烦恼》)欧洲的浪漫主义以表现主观的情感、情绪的理论代替了传统的摹仿再现的理论。华滋华斯曾多次把好诗定义为"强烈情感的自然流露"。"它起源于在平静中回忆起来的情感"(《西方文论选》下)。柯勒律治认为:"许多艺术评论家忽略了这样的事实:美的艺术起源于艺术家的内心活动"(吉尔伯特《美学史》下)。进而,雪莱赋予"镜"隐喻以新义:"诗是生活唯妙唯肖的意象,表现了它的永恒的真实,一个失实的故事有如一而镜子,模糊而且歪曲了本应是美的对象;诗歌也是一面镜子,但它把被歪曲了的对象化为美"(《文学批评与哲学批评》)。在雪莱这里,"镜子"已不再是直观的反映,而是不仅能"模糊而且歪曲了本应是美的对象",而且能够"把被歪曲的对象化为美"的能动的"镜子"了。显然,对这一观点我们还可以上溯到亚里士多德为诗人的辩护:"诗人的职责不在于描述已经发生的事,而在于描述可能发生的事"(《诗学·诗艺》P28~29)。因而,"诗所描述的事带有普遍性",诗不仅摹仿事物的外形,还能够深入地反映事物的本质。列宁称"托尔斯泰是俄国革命的一面镜子"就是从能动地反映这一意义上使用的,他说:"把这位艺术家的名字与他所显然没有了解,显然避开的革命联系在一起,初看起来,也许显得是奇怪和勉强的。分明不能正确反映现象的东西,怎能叫它作镜子呢?"这是因为托尔斯泰的作品里"反映出革命的某些本质的方面","的确是我们革命中的农民的历史活动所处的各种矛盾状况的一面镜子"(《列夫·托尔斯泰是俄国革命的一面镜子》)。

而皮亚杰的认识发生论则为这种能动的"镜子"理论提供了现代心理学的根据。早期的生物学家拉克马以生物感应为基础,提出"刺激——反应"(即 S——R)的公式,而皮亚杰则把这个公式改为"S——AT——R",即一定的刺激(S)被个体同化(A)于认知结构(T)中,才能产生刺激作出反应(R)。这里(A)也是人改造和吸取客体的知识(认知)结构,是同化作用的一种具体模式。所以 AT 结构是一个包含层次的动态系统，成为整个刺激反应活动的中介结构，它既反应了当下刺激的具体内容，也包含着深层的文化历史因素，还交融进了主体的生活经验、人格气质、个性特点、趣味爱好、具体心境以及某些生理因素。AT结构的存在能动地决定着刺激反应的路线、方式和结果，因此同一个反应可以来自不同的刺激，同一个刺激也可引发出不同的反应。这样，现代心理学的研究成果就证明了主体精神活动的创造性，说明艺术创造活动决非机械直观的映照，而是一个活跃着主体精神的积极、主动的心理活动过程，生活一旦进入主体的心灵之"镜"，就会在它本身的作用下发生各式各样的变化，出现各具特色的精神创造对象。钱钟书先生以其渊博的知识，在《管锥篇》中类集了古今中外写"镜"的许多故事：有"认人为我"的，有"认我为人"的，有"自观犹厌"的，还有"丑者自赏""自我离异"的，是由接受主体不同心态见出不同反映的例证，似也可作为主体之"镜"、艺术之"镜"决非直观之"镜"的例证。

艺术作为掌握世界的特殊方式，不只受动地摹仿世界，而且能动地再造世界。在艺术再造过程中，创作主体自身的感受、情感、想象是连同客观生活一起进入艺术这个精神创造系统的。因此，在一定意义上说，艺术之"镜"所观照反映的应是直观意会、整体圆融的社会生活。直观意会，在这里可理解为包含情感、理解、理想、想象等在内的对实际生活的复杂、强烈或深沉的直观感受体验。直观意会的社会生活，也即渗透着人作为活的创造主体的全部能动性的社会生活，它是集主体的心理、生理、实践等因素于一体，对现实社会生活选择、改造后的生活，已不等同于普通的实际生活。整体圆融在这里可理解为客观与主观、个别与一般、外形与内神、表现与再现、有我与无我、自然与人为的统一。整体圆融的社会生活，是进入主体体验的心物一体、情景结合的社会生活，它既不是纯粹的外在客观生活，也不是完全摆脱或超越社会现实的生活。显然，我们从这一层面上，找到了艺术活动中"镜"与"境"的内在同一，也正是在这一层面上，中国传统文论生发出许多以"镜"喻义的名句,如严羽在《沧浪诗话》中说:"诗者,吟咏情性也……如空中之音、相中之色、水中之月、镜中之像,言有尽而意无穷"。谢榛在《四溟诗话》中指出"诗有可解、不可解,若水月镜花、勿泯其迹也"。钱钟书先生曾以"以镜照镜"来比喻互为"层累"的艺术之境:"已思人思已,已见人见已,就犹甲镜摄乙镜,而乙镜复摄甲镜之摄乙镜,交互以为层累也"。① 他举了许多例子,如张问陶《梦中》:"已近楼前还负手,看君看我看君来";王国维《苕华词·浣溪沙》:"试上高峰窥皓月,偶开天眼觑红尘,可怜身是眼中人"。

我们把"镜"和"境"相互参照,可以发现它们在一定层面上的统一。同时,在这种统一的基础上,还应该看到,"境"与"镜"作为中西思维方式在艺术活动中的不同偏向,其差异也是明显的,它至少表现为:"境"式思维偏向象外或超象,"镜"式思维偏向形象或样态;"境"式思维偏向"味"的品评,"镜"式思维偏向"真"的判断;"境"式思维偏向虚实相生、神与物游,"镜"式思维偏向静观反映。

2. 境生象外

艺境的基础是艺象,艺象是狭义的意象,广义的意象乃意中之象,以象示意或意和象,举凡宗教、科学、哲学等都存在此意象,如宗教之神像、科学之图示、哲学之易象等等。艺象作为狭义的意象,一则为情感化和心灵化的物象,或物态化、形象化的情感;二则为此意此象,象变意变。艺境较之艺象更进一层,主要体现为:超象的弥散性、开放性和空灵性,经常表述为形神兼备、意象浑融。象外的体悟性、超越性和精神性,经常表述为:情景妙合;意境融彻;气韵生动;味外之味;虚实相生。

◎意基于言象

表情达意是人类交流或生存的必要,要表达必须借助于符号系统,而最好的符号表达系统一般认为是语言。语言文字是人类历史上最伟大

---

① 《管锥编》第一册,第115页。

的创造之一,它对人类进化所产生的作用难以估量。但是,如果同纷繁复杂的客观世界相比,同人类丰富幽微的思想感情和心理世界相比,语言又显得苍白无力、极度贫乏,特别是对于准确地传达或理解情事之精确者,此感受更深。钱钟书说:"语言文字为人生日用之所须,著书立说尤寓托焉而不得须臾或离者也。顾求全责善,啧有烦言。作者每病其传情、说理、状物、述事,未能无欠无余,恰如人意中之所欲出。务致密则苦其粗疏,钩深颐又嫌其浮泛;怪其粘着欠灵活者有之,恶其暧昧不清明者有之。立言之人句斟字酌、慎择精研,而受言之人往往不获尽解,且易曲解而滋误解。'常恨言语浅,不如人意深'(刘禹锡《视刀环歌》),岂独男女这情而已哉?'解人难索''余欲无言'叹息弥襟,良非无故。语文之于心志,为之役而亦为之累焉。是以或谓其本出猿犬之鸣吠,哲人妄图利用;或谓其有若虺蛇之奸狡,学者早蓄戒心。不能不用语言文字,而复不愿用、不敢用抑且不屑用,或更张焉,或摈弃焉,初非一家之私忧过计,无庸少见多怪。"① 基于对语言功能局限的认识,《周易·系辞上》提出了达意的两重符号系统,"言"与"象",并确定了这两重符号系统的等级秩序,即言以明象,象以显意。到了王弼的《周易略例·明象》又进一步提出"意以象尽,象以言著,故言者,所以明象,得象而忘言;象者,所以存意,得意而忘象。"此所谓"言明象"和"象存意"被认为是"言尽意"论。而反其意者,则认为:"理之微者,非物象之所举也。今称'立象而尽意',此非通于意外者也;'系辞焉以尽言'此非言乎系表者也。斯则象外之意,系表之言,固蕴而不出矣。"(《三国志·荀𫗱传》裴松之注引《晋阳秋》荀粲语)荀粲提出"意外""象外"之说,认为意内、象内可尽言,意外、象外不可尽言。魏晋时期的言意之辨,一般说来是哲学意义上的表达论,但它却对后来的文艺理论产生了很大的影响,它关于"得意忘象""得象忘言"和"象不尽意""意在象外"等等,还直接进入了文艺理论。陆机,刘勰关于言、意、物关系的感慨就说明这点。陆机认

---

① 《钱钟书论学文选》卷三,花城出版社1990年版,第244页。

为，作者构思中的"意"应当力求与所欲表现的外界事物相符合，而其文辞又应力求能达"意"。然而要正确地体会、认识外物的种种复杂微妙之处并不容易，即使心有所得，也未必能找到恰当贴切的言辞予以表达。陆机感到困惑苦恼的是"意不称物，文不逮意"。他写作《文赋》就是力图解脱这一困惑，尽管这种解脱是"巧而碎乱"的（刘勰语），但我们仍然不难从中发现一些真知灼见。在言、意、物的关系上，刘勰和陆机有着同样的困惑和感慨，《神思》云："方其搦管，气倍辞前，暨乎篇成，半折心始。何则？意翻空而易奇，言征实而难以巧也。"但在解脱"意翻空而易奇，言征实而难巧"的困惑时，刘勰显然比陆机深入详尽得多。

◎言、象归之于神韵

现代人关于美的类别有各种各样的分法，如"优美"与"壮美"、"悲剧美"与"喜剧美"、"社会美"与"自然美"等等，我们也可以把美划分为这样的两类：一是用感觉器官可以感觉到的、具体感性的、有限事物的美，如孟子所言："目之于色也，有同美焉"。一是用人的灵性才能体验到的、悠远无限的、生机勃发的美，如庄子所谓"天地有大美而不言"。显然，在传统的中国文论中，第一类美作为第二类美的基础和前提，始终存在着、发展着，但第二类美却展示了中国人独特的审美情趣和艺术追求，被历代的艺境创作者作为最高境界，也被历代的鉴评者规定为区别艺术的高下、优劣的重要标准，体现在艺境范畴上，就是对"神""味"等的标榜和推崇。

"神"在先秦哲学中，一般在三种意义上使用，一曰神灵；二曰精神作用；三曰神化之道，即天地万物变化发展之道。庄子明确地以"形""神"对举，以物之体为形，物中之道为神，其《庄子·在宥》中称："抱神以静，形将自正"，"神将守形，形乃长生"，以神为形的主宰、物的灵魂。魏晋以后以"神"论艺，其意义渐趋复杂，有时指作家在创作中的精神活动，如刘勰之所谓"神思"。有时指创作灵感涌现时的神奇状态，如杜甫《游修觉寺》所谓"诗应有神助，吾得及时游"。有时指天机自动而无迹可灵的技艺的最高境界,如严羽《诗辩》中所谓"诗之极致有一,曰入神"。但当形神对举时,形与象均为目之可见的外在表现、外在对象(但当形、象对举时,形为可执,象则为可见不可执),神则一般是指描写对象的精神,并与"韵""气"等词连属,构成"神韵""神气""气韵"等词语,并隐含着神贵于形的倾向。重神轻形的观念发端于庄子,他认为人的形体的生死、存灭、美丑,都是无关紧要的,关键是在他的精神能否与"道"合一,成为所谓"真人"或"畸人"。《大宗师》篇说:"以生为附赘县疣,以死为决肒溃痈。"提出人应当超乎生死,做到"外其形骸"不拘泥于物。《齐物论》篇说:"形固可使如槁木,而心固可使如死灰乎?"认为心和形体是可以分离的。一个人即使形体是残缺不全的,或形貌是十分丑陋的,但如果在精神上能与"道"相通,那么仍然是最高尚的、最美的。《养生主》篇中说:"公文轩见右师而惊曰'是何人也?恶乎介也?天与?其人与?'曰:'天也,非人也。天之生是使独也,人之貌有与也,以是知其天也,非人也。'"右师虽然只有一只脚,但是因为天生如此,虽然形体不美,而精神则是自然合道的,故仍是美的。庄子在《德充符》篇中还举了许多例子来说明形残而神全的思想。例如"恶人"哀骀它的故事。哀骀它相貌奇丑,然而男子见了愿和他相处,妇女见了愿作他的妾而不愿作别人的妻,国王见了愿托付以国事。故庄子借孔子之口说:"非爱其形也,爱使其形者也。"最早从绘画的角度强调神贵于形的是东晋大画家顾恺之。顾恺之之后,南齐的谢赫和王僧虔,同时从绘画和书法两个方面把他的观点进一步理论化、系统化了。谢赫在《古画品录》中论述绘画六法将"气韵生动"放在第一位,而把"应物象形"放在第三位。王僧虔《笔意赞》认为:"书之妙道,神彩为上,形质次之,兼之者方可绍于古人。"此后的书法家,大都继承了王氏的观点并有所延伸,如李世民说:"字以神为精魄,神若不和,则字无态度也"(见《佩文斋画谱》卷五)。张怀瓘也说:"深识书者,唯观神彩,不见字形"(见张彦远:《法书要录》卷四)。神贵于形的思想在这一时期的文学理论中也有反映。刘勰《文心雕龙·夸饰》云："夫形而上者谓之道，形而下者谓之器。神道难摹，精言不能通其极；形器易写，壮辞可得喻其真。"在晚唐之前，许多人虽认为"传神"是主导，但却并没有忽视形的作用，并不像老庄那样认为只有抛弃有形才能达到有神的境界，魏晋六朝的绘画理论中，也有不少关于"应物象形"的论述。晚唐之后，艺境理论的主流开始从客体向主体的转移，对"以形写神"的强调变成对"离形得似"的倡导。司空图在他的《二十四诗品》中，率先提出："离形得似，庶几其人"（《形容》）。"超以象外，得其环中"（《雄浑》），"不著一字，尽得风流"（《含蓄》）等。与司空图大体同时的画论家张彦远也认为："古之画或能移其形似，而尚其骨气，以形似之外求其画。此难可与俗人道也。今之画纵得形似，而气韵不生。以气韵求其画，则形似在其间矣。"（《历代名画记》卷一）到了宋代，"离形得似"的观点就成了画坛的主导。欧阳修《盘车图》中说"古画画意不画形，梅（尧臣）诗咏物无隐情。忘形得意知者寡，不若见诗如见画。"苏轼《书都陵王主簿所画折枝》说"论画以形似，见与儿童邻；赋诗必然诗，定非知诗人。诗画本一律，天工与清新。"清人王渔洋在《池北偶谈》拈出"神韵"二字自鸣得意，翁方纲并不以为然，其在《神韵论下》中说："诗人以神韵为心得之秘，此义非自渔洋始也，是乃自古诗家之要妙处，古人不言而渔洋始明著也。"虽然神韵说所主张的淡泊蕴藉是"自古诗家之要妙处"，但缺少理论的自觉，只有到了王士禛，"神韵"作为诗论的一个重要范畴，才具备了更明确丰富的内涵。具体而言，约有三端：重"虚"；重自然天成；重"兴"。王士禛以神韵为核心形成的诗歌美学体系，是对中国古代艺境创作的丰富艺术经验和审美传统的总结，体现了具有民族特色的特定创作原则和美学风貌，它存在于不同时代、不同作家的作品中，也存在于许多不同风格的作品中。

◎境兼虚实

虚实问题是研究中国文论经常碰到的问题,它也是一对相对圆转灵活的范畴。就文字本身而言,有词性的虚实和用字的虚实,如李东阳《麓堂诗话》中说:"诗用实字易,用虚字难。盛唐善用虚。"谢榛《四溟诗话》卷一也说:"律诗重在对偶,妙在虚实,子美多用实字,高适多用虚字。惟虚字极难,不善学者失之。实字多,则意简而句健;虚字多,则意繁而句弱。"有些人认为律诗要用填实来撑住气格,使之不致软弱,还有些人认为,律诗若不用虚字以通其转折之气,就易失之笨重。钱钟书认为:"诗文里的颜色字也有'虚'、'实'之分",并就苏轼咏牡丹名句"一朵妖红翠欲流"为例说:"诗里只有一个真实颜色,就是'红';'翠'作为颜色来说,在此地是虚有其表的。……写一个颜色而虚实交映,制造两个颜色错综的幻象,这似乎是文字艺术的独家本领,造型艺术办不到。"就景象本身而言,也有实景和虚景之别,《四溟诗话》卷一云:"贯休曰'庭花濛濛水泠泠,小儿啼索树上莺'。景实而趣无。太白曰:'燕山雪花大如席,片片吹落轩辕台。'景虚而有味。"现代人将此引申为生活真实与艺术真实之辨。就情景关系而言,则又常以写景为实,传情为虚,范晞文《对床夜话》卷二引《四虚序》云:"不以虚为虚而以实为虚,化景物为情思,从首到尾自然如行云流水,此其难也。否则偏于枯瘠,流于轻俗,而不足采矣。"以景传情,为化实为虚,以情表景,为化虚为实,情景交融也就是虚而实、实而虚。明代的焦竑则将诗的实虚与宗趣和名物相联系,其《诗名物疏序》中说:"诗有实有虚,虚者其宗趣也,实者其名物也。"(《澹园集》卷十四)。除此之外,人们还常以正面直接详写对象为实,以侧面间接映带或反衬为虚;以叙写为实,抒情为虚;以结为虚,以解为实;以直陈为实,以假借为虚等等。其实,就诗中虚实关系而言,人们更强调的是虚实相生,层变不穷。屠隆在《与友人论诗文》中曾说:"诗有虚,有实,有虚虚,有实实,有虚而实,有实而虚,并行错出,何可端倪!"这话就是针对有人认为"杜(甫)万景皆实,而李(白)万景皆虚"之说而言的。笪重光论画时亦曾言："虚实相生，无画处皆成妙境"。而现代人对艺术虚实的理解一般是这样的，以文艺作品中直接形象引发为实，而由联想或想象所得的间接形象为虚。这种理解虽抓住了问题的主导方面，但并不全面，且有些过执。本文所谓"境兼虚实"，则强调虚实的相对性，相对于实字、实象、实景、实意、（外意），则有所谓虚字、幻象、虚景、外意；相对于言为实，则有象为虚，相对于言象为实，则有神韵为虚，以将本节的第一、二项与第三项连接起来，并以圆融贯通之。

在艺境的虚实关系的有关论述中，意境关系、情景关系、意象关系所用概念虽不同，但思想实质常无异，一般都归结为"思与境偕""情景相兼"和"意象融彻"等。然而，我们要倡言艺境论而非艺象论（或"文学意象论"等），则要将境与象的些许差别作进一步探索，质而言之，即刘禹锡所谓"境生象外"，粗而言之，则需明白"意境"的五种用法：①心境、意之境。梁实秋主编的《最新实用汉英辞典》将其翻译为"frameofmind"；②艺术活动中的意之境；③意和境、情景交融；④象外之境；⑤抽象意境。① 我们可以对"境"进行多方面的理解，如：精神空间；心灵世界；心中之物；整体性情感体验；形象的体验；虚拟的现实；自发地加入主体性影响的世界；换一种眼光（非实用、认知、现存、真理的眼光）所看到的世界；体验着的存在；心灵的物化和外化；心物在此时此地此情此景的互相作用而形成的符号世界；圆融的组织效应；眼中实见、心中想见及脑中洞见的世界；对既定界域内因素及其关系的整体体验；意义生成条件的中和；主客体相互作用、相互圆融而形成的世界；生成意义的关系和条件等等。用"境"作为核心范畴的意义在于：它符合并确立了"关系"论，即境产生于关系，产生于主客体的关系；艺境是审美主客体相互作用、整体圆融而形成的世界，是虚静之心和形象之物相互作用、整体圆融而形成的世界。境是无限的象；象是有限的境；艺境的意义在于回答了"艺术的

---

① 参见牛月明《中国传统文论读解》，青岛海洋大学出版社2000年版。

意义是怎样产生的?"问题(在世界——作家——作品——媒介——读者的关系中产生)。艺境产生的哲学前提必须是：言不尽意论或言即意论，而不可能是"言尽意"。若言能尽意，则没有必要立象，立境。（直觉产生意义的前提：理性难以完全自觉把握事物的本质。）中国诗对"意境"的追求也与律诗的字数限制相关，它没有充分展开的可能，只能追求艺境的言外（言而重味为意境）象外（象而重神为意境）之意，同时，它与读者接受（求韵）和传统的文化积淀也密切相关。当然，要完全区分清楚意象与意境，并进行重新规定是相当困难的，它们经常是互藏其宅，相互包蕴，但就大体而言，仍可有些许区别，例如，相对于意象重真实生动，意境更重整体性，相对于意境重韵味，明大道，意象更侧重立象达意。相对于意象重视兴感的实在性和执着性，意境更侧重兴感的空灵性和弥散性。

3. 缘境・取境・造境

（1）缘境

"缘境"本为佛家语，指内心趋向事物之作用。唐代诗论家所谓"缘境"，一则谓诗人情志缘外境感发而起，仗境而生；二则谓诗人又可以在创生诗境的过程中生发出新的诗情。作为观念形态的情志的产生，在诗境创生的整个过程中，具有根本意义，中国古典文论关于文学创作发生的一个重要观点就是：情意的产生本于现实事物的感触，即"物感"说。这一观点经《乐记》《文心雕龙》《诗品》等专著的论及，已成为常识。

刘勰从情物交感的角度来论文学创生。他对构思过程中的心物交融、主客观统一的特征进行了初步分析和论述，但并没有要求表现时须意景相兼。最早提出诗歌描写上意景相兼的是王昌龄，他说"凡诗，物色兼意下为好。若有物色，无意兴，虽巧亦无处用之。如'竹声先知秋'，此名兼也。"[①] 他还对有的仅写物色而不表现诗人自我的诗篇提出了批评："……并是物色，无安身处，不知何事如此也。"情景交融

[①] 《文镜秘府论・论文意》，中国社会科学出版社1983年版。

是中国古代抒情诗创作艺术上的一个优秀传统。王昌龄首先在理论上作了具体明确的论述,并把这一观点融贯于以"境"论诗中。《文镜秘府论》引王昌龄言:"夫置意作诗,即须凝心,目击其物,便以心击之,深穿其境;如登高山绝顶,下临万象,如在掌中,以此见象,心中了见,当此即用"(《文镜秘府论·论文意》)。王昌龄认为诗人作诗,应以心击物,深入了解客观万象,他在这里用了"击""穿"这样非常有动感的词语,意在强调诗人缘境时的主观作用。

如果说王昌龄对"缘境"的认识尚不太明确的话,那么,到了皎然那里,就有意识地运用"缘境"一词来阐述诗境创生论了。其《秋日遥和卢使君游何山寺宿扬上人房于涅盘经义》一诗曰:"江郡当秋景,期将道者同。迹高怜竹寺,夜静赏莲宫。古磬清霜下,寒山晓月中。诗情缘境发,法性寄筌空。翻译推南本,何人继谢公。"此诗常为人们引用,并不是因其对谢灵运改译佛经的赞颂,而在于其提出了"诗情缘境发"的重要观点。诗中的"古磬清霜""寒山晓月"都是可以直接诉诸人的感官,即属于眼、耳、鼻、舌、身诸"识"的对象。在皎然看来,外界诸境是激发诗思的条件,不仅"境清觉神王",优美清雅的自然环境可以动人诗思,而且社会人生中的各种境遇,也是创作激情的来源,以《诗式》中注明为"情"的例句而言,班婕妤的《怨歌行》是对恩宠无常的感叹;古诗"文采双鸳鸯,裁为合欢被",是写享受爱情的喜悦;李陵《与苏武诗》是生离死别的哀吟;而古诗"回车驾言迈,悠悠涉长道。四顾何茫茫,东风摇百草",则是触目兴叹,鉴物感怀了。以上诸例,皎然均谓"情也",可以说明,作为诗思之源,诗情之本的"境",包括自然景物、社会人生的一切。

如果换一个角度,"诗情缘境发,法性寄筌空"还可以理解为:境之所造,乃为抒情,犹如"法性"之寄于言筌一般。"法性"本空,寄于言筌为可见;诗情本无形,托于境乃发生。这就是说,诗情寄托于境而存在。按照唯识理论,虽然"万法唯识",但缘境又能发生出新的"识"。外境作为"相分",又是产生新的认识的一种"缘",叫做"所缘缘"。意思是本是所缘虑的对象的"境"又成为一种"缘"。故王昌龄在谈到诗人情思与境的关系时说:"……思若不来,即须放情却宽之,令境生,然后以境照之,思则便来,来即作文。如其境思不来,不可作也"(《文镜秘府论·论文意》)。这里的"境",是指诗人构思之时的内心之境或称心象。这时的内心之境,对诗人的艺术构思有触动与引发作用。诗人若构思艰难,就应放宽情怀,调动起记忆里的各种意象,以它来促动诗情。相对于客观物境,艺术家的这种内心之境并非是真实的外在形象,而是经过艺术家加工过的"心象"。皎然不仅道出了"诗情缘境发"这一诗境产生的奥秘,而且还提出了"缘境不尽曰情"的审美标准,这使皎然在诗境创生论方面比王昌龄又深入了一步。诗情寄托于境而存在,缘境而又生情,如此反复,不但使得情境交融,而且在表达上也不断深化。因此,皎然提倡"重意",所以说:"两重意以上,皆文外之旨,若遇高手如康乐公览而察之,但见情性,不睹文字,盖诣(诗)道之极也"(《诗式校注》)。

(2) 取境

"取境"这一概念,出自瑜伽行派的理论①。皎然最先用于诗论,并在其诗论中占有重要的地位。《诗式·辨体有一十九字》中说:"夫诗人之思初发,取境偏高,则一首举体便高;取境偏逸,则一首举体便逸。"《诗式》还专门把"取境"列为一个条目,认为"取境之时,须至难至险,始见奇句"。这里所说的"取境"之"境"并不单纯指外在景物,如天地秋色之类,而是经过审美主体心灵化了的景物(意象),或在这种经过心灵化的景物中所寄托的审美主体的情愫(境界)。意象或境界是审美主体与客体相互激发、感应、交融的结果,离开了审美主体的情性,单纯的外物描写是不会有境界、意象的。冷漠地、客观地取景,既无所谓"至难至险"的问题,也无所谓影响到诗在风格上整体性的"高"或"逸"的问题。可见,他所说的"取境",乃是指诗人在构思时如何营造意象或境界。

---

① 参见孙昌武《佛教与中国文学》,上海人民出版社 1988 年版。

皎然的诗论，受王昌龄的影响比较明显。他论诗势标举十四例，当即受王昌龄论十七势的启发。王昌龄论作诗主张"苦心竭智"，皎然也主张苦思。皎然谓"取境"时"须至难至险"，和王氏提出诗人目击外物时"便以心击之，深穿其境"意思相近，都是说明诗人在构造意象或境界时，必须精心苦思、惨淡经营，始能写出佳作。诗人的审美创造，在睹物兴情的时候，往往是由象入境，因象成境。王昌龄有"诗有三格"之说（《诗格》）。"生思""感思""取思"，实际上讲的就是一个由象成境的过程。所谓"生思"，也就是"诗人之思初发"时，力图进入心物交融的创作状态，如果"久用精思，未契意象"，就要将精神放松，让精神进入一种"随机"状态，以便增加心与物自由契合的偶然性机遇（"放安神思，心偶照境，卒然而生"）。关于这一诗境初入过程，晚唐诗人徐寅在《雅道机要》中有个稍详的说法："凡为诗须搜觅，未得句先须令意在象前，象生意后，斯为上手矣。不得一向只构物象，属对，全无意味。凡搜觅之际，宜放意深远，体理玄微，不须急就，惟在积思，孜孜在心，终有所得。"他说的"意在象前"和"象生意后"，若非象征性表现，便有点勉强，但他意识到作诗之始必须搜觅"物象"的"意味"，就是由象入境的关键所在了。"三格"之二"感思"格在整个构思过程中并不起重要的作用，"寻味前言，吟讽古制，感而生思"只是借用前人成功之作作为一种参照、一种启示，如《文镜秘府论》所说："凡作诗之人，皆自抄古人诗语精妙之处，名为随身卷子，以防苦思。作文兴若不来，即须看随身卷子，以发兴也。"这是有助于前面所生之意的拓展和深化。在"取思"格，王昌龄将诗人心物感应、由象入境的递进、层次关系作了清晰的描述："搜求于象，心入于境"是对审美客体而言，诗人由"目击其物"而"深穿其境"，于是使物象向意象转化；"神会于物，因心而得"是对审美主体而言，"神会"是在诗人的意识、精神领域里进行的，多种已经主体化了的物象再在诗人心灵深处重新进行一番组合，于是便获得一首诗的整体境界。

皎然论"取境"之法，主要强调情性须真、立意须险等。他称赞李陵、苏武"天予真性，发言自高，未见作用"。邺中七子"语与兴驱，势逐情起，不由作意，气格自高"。谢灵运"真于性情，尚于作用，不顾词采，而风流自然"。皎然之所以特别重视真性情，和他对诗歌价值与功用的看法分不开。他认为：描写山水自然的诗人，其最根本的任务就是"与造化争衡"。"取由我衷，而得若神表，至如天真挺拔之句，与造化争衡，可以意冥，难以言状"，"精思一搜，万象不能藏其巧"（《诗式校注》）。因此，从表现对象上说，就要力求自然清新；从审美主体说，就要"真于情性"，从而使天人合一，心物冥契，创造出真切、精致的境界来。同时，皎然还认为，取境不能只求风韵正，天真全，不加修饰，任其丑朴。而应当把本质美与形式美统一起来，使之相得益彰。而要做到这一点，只有经过作者艰苦的创造性劳动才能够达到。《诗式·取境》条云："或云诗不假修饰，任其丑朴，但风韵正，天真全，即名上等。予曰：不然。无盐阙容而有德，曷若文王。太姒有容而有德乎？又云，不要苦思，苦思则丧自然之质。此亦不然。夫不入虎穴，焉得虎子？取境之时，须至难至险，始见奇句。成篇之后，观其气貌，有似等闲不思而得，此高手也。有时意静神王，佳句纵横，若不可遏，宛如神助。不然，盖由先积精思，固神王而得乎！"① 这段话讲得十分精彩，深得创作三昧。

（3）造境

诗人既是情志的获得者，又是情志的传达者。诗歌创作不只是抒发自己，更需要昭示他人，要把自己所得到的情志体验传达给接受者，让接受者也获得审美感受，就必须超越单纯的情志感发、意象或境界的营造，而进一步诉诸语言表达。

语言是人类伟大的创造，它的力量简直难以估量。然而，语言同人类丰富的感情、心理相比，同纷繁复杂的大千世界相比，又往往显得苍白无力。言不尽意的问题早在战国时代就已经提出来了。《周易·系辞

---

① 参见李壮鹰《诗式校注》，齐鲁书社1986年版，第268页。

上》《庄子·天道》《庄子·秋水》等中皆有相关论述。魏晋时期，言意之辨是玄学中主要的论题之一，它对中国古代文艺创作和理论发展，以及传统文艺特点的形成，产生了深远影响①。艺术作品就其存在方式来说是物质性的，但它只是借颜色、声音和语言文字这些物质材料来表现艺术家心中的观念。好的艺术作品，虽然通过"言"与"象"的媒介而诉诸接受者的感官，但它能在欣赏者的心中启示和诱发其丰富的想象，从而使之寻绎出那有限的"言""象"之外的无穷情味来。

　　皎然多次提到"文外""象外""言外"在造境中的重要地位。《诗式·重意诗例》有云："两重意已上，皆文外之旨，若遇高手如康乐公览而察之，但见性情，不睹文字，盖诣诗道之极也。"在《诗议》中，这"文外"就演化为"象外"了："或曰：诗不要苦思，苦思则丧于天真。此甚不然。固须绎虑于险中，采奇于象外，状飞动之句，写冥奥之思。"他还认为，诗人在诗中所要表达的意旨，不但不局限在言语之内，而且有时乍一看起来，似与表面的言辞相悖。如他评论王粲《七哀》中的"南登灞陵岸，回首望长安"二句，说它"察思则已极，览辞则不伤"意即表面上看起来并无感伤之辞，然而读了之后却能感到诗人的极度哀思。他认为谢灵运的"池塘生春草""抑由情在言外，故其辞似淡而无味"，也是说的这个意思。正因为如此，所以他才主张用"意冥""神诣"的办法来赏诗。

　　刘禹锡在《董氏武陵集记》中，一方面十分重视象的摄取和语言的锤炼，称赞董氏诗"心源为炉，笔端为炭，锻炼元本，雕砻群形，纠纷舛错，逐意奔走"。另一方面又特别指出："诗者，其文章之蕴耶？义得而言丧，故微而难能，境生于象外，故精而寡和。"诗之境并不是一个个象的总和，而是一种新的质，它会使我们感到在诗作本身的具体、有形的描写之外，还有一个存在于我们想象中的、无形的广阔而深邃的境界，它远远地超出了作品已经表现出来部分的范围，比如李白的《送孟浩然之广陵》："孤帆远影碧空尽，唯见长江天际流"。诗中表面

---

① 参见《中国诗歌艺术研究》，北京大学出版社1987年版，第75～105。

上所描绘的是眼中景象，孤帆、碧空、长江，但所传达的却是诗人在友人的帆影消失的一刹那所产生的怅然若失的心灵感触。

晚唐司空图论及诗境的创造，道出了与皎然、刘禹锡大体一致的体验，并进而提出"韵外之致""味外之旨""象外之象""景外之景"的观点，对诗境理论又是一个很大的推进。《与李生论诗书》中说："愚以为辨于味而后可以言诗也。……若醯，非不酸也，止于酸而已。若鹾，非不咸也，止于咸而已。华之人以饥而遽餟者，知其咸酸之外，醇美者有所乏耳。""噫！近而不浮，远而不尽，然后可以言韵外之致耳。""今足下之诗，时辈固有难色，倘复以全美为工，即知味外之旨矣。"《与王贺评诗书》中说："河汾蟠郁之气，宜继有人，今王生者，寓居其间，沉渍益久，五言所得长于思与境偕，乃诗家之所尚。"《与极浦书》中说："戴容州云：'诗家之景如蓝田日暖，良玉生烟，可望而不可置于眉睫之前也'。象外之象，景外之景岂容易可谈哉！"《诗赋赞》中还说："知道非诗，诗未为奇。研昏炼爽，戛魄凄肌。神而不知，知而难状。"

4. 兴境论与接受、解释、批评论相关

以象兴境：符号激活意象，意象生成境界。兴境论与接受、解释、批评论相关。强调意义的不可言说性，是中国文论的深处规则。故周有"比兴""立象尽意"，"得鱼忘筌"；汉有"文气"；六朝有"风骨"；唐有"象外"；宋有"兴趣""妙悟"；明有"神韵""意象"；清有"寄托""意境"；近现代有"象征"等等。

"象"要立足于物象与想象、语象与形象的圆融；"境"要立足于虚象与幻象、取境与造境的圆融；"以象兴境"要立足于眼中所见、心中想见、脑中洞见的圆融。符号激活形象记忆——解读、填空、异变、遇挫与顺应——艺术思维（情感、想象、理性）产生虚像（偏重具体生动而非抽象一般，不同于科学挂图）——虚像激活幻象，幻象生成境界，对幻象进行开拓与延伸，深入一个新世界。艺境就是以方便低耗的方式作用于心灵、情感、精神，实现"人文关怀"的人类活动。"人文关怀"由人文化成、文治教化、生存关注三部分构成,"人文化成"是"人文关怀"的根本功能:它关注人类利益和生命价值;"文治教化"是"人文关怀"的社会功能:它关注群体整合、秩序安定或伦理和睦;"生存关注"是"人文关怀"的个体功能:它关注关心个人的日常需要(利益、欲望)。

第四章

"为何?"和"如何?"

第一节 为何存在？可进可退

与审美无功利和结构决定功能的观点不同，按照中国人体用不二的思维方式，文学为何存在的问题是一个首要而根本的问题。当代人在讨论文学理论时，喜欢先定义文学是什么，似乎只有这样才科学理性。其实，在追问文学是什么的时候，已经预设了文学存在的事实。如果我们真的按理性的原则去追问，首先应该回答的是，文学为什么存在。

怎样探讨这个问题，可以有不同的角度，例如，从发生学角度来探讨，提出巫术说、游戏说、劳动说等等；从活动要素角度来探讨，提出作家为何写、读者为何读、媒介如何传播等等；从文体角度来探讨，提出小说为何存在、诗歌为何存在等等；从思潮角度来探讨，提出现实主义为何存在、浪漫主义为何存在等等；从文学应该以怎样的角度来探讨等等；追问这个问题可能出现诸多的偏差，如不结合具体的文学发展则流于空洞、片面，只结合具体的文学发展则流于琐碎、杂乱，只从作用功能讲则流于肤浅、不具体，只从发生起源讲则流于自说自话。当然，这样的探讨就会与文学是什么的判断有千丝万缕的联系，因此，也有人先判断文学是什么，然后再追问文学为什么存在；另外，还有一个比较特殊的角度，即从文学有什么负用，历史上人们是怎样否定文学的、文学是怎样在责难中发展的等方面来追问文学为什么存在等等；而按照中国人体用不二的思维方式，我们经常追问的是：文学的作用、功能、价值是什么。简单地讲，文学为什么存在？因为人类需要。不同的人类需要产生了不同的文学，如文概教材上所谓现实型、理想型、象征型的文学；如文化分类上所谓主导文学、精英文学、大众消费文学、民间可写文学等等，每一篇有一篇之用；每一部有一部之用；每一类有一类之用；每一体有一体之用；每一时代、地域的作品都有其具体针对之用，故难以去穷尽。那么，有没有一些更为根本的追问？笔者想从"人从何处来""人类活动的动力是什么"来看文学的存在。

一、从"人从何处来"看文学的存在

根据自然科学的研究成果，我们知道，从宇宙大爆炸到地球的形成，从地球的形成到生命的产生，从生命的产生再到人类的形成，经历了一个非常漫长的过程。人类文化的出现只是 40 多亿年中的偶然事件。人类形成的艰难、对人类毁灭可能性的忧虑，是以人为本的终极性、唯一重要性的基本依据，没有什么比人类的存在、人类文化的存在更重要的了，只有维护人类的存在、人类文化的存在才是最根本的，人的生存情状、人的心灵情感需要得到关注。而文学是一种社会存在，是以方便低耗（感性具体、以象兴境）的方式作用于心灵、情感、精神，实现"人文关怀"的人类活动。在现代汉语中，文学不是学，而是一种作用于心灵、情感、精神的活动。一种"以象兴境"的活动。它不是与其他学科相并列的学科，而是一种与一切学科（理性活动）相并列的心灵、情感、精神的活动。也许文艺学的第一原理并不是反映本质论、形象特征论或者审美意识形态等等，而是"人文"中心消解其他一切中心。什么时候有了"人"以外的"中心"迷失，例如：×××为核心（经济建设、科学技术、主义、上帝、君主、领导、老板），×××独

尊、×××第一等等，什么时候就应该有"人文"中心对其他一切中心的消解。

在专门探讨人与自然关系问题时，人类中心主义经常是贬义词，但在更多的层面上，它是我们不得不进行的选择，例如，在本体论层面，不管世界的本原被认为是物质、客观精神（如上帝）还是主观精神，人始终都处于由这种本体所建构的"自然"世界的中心。不管是在空间范围，还是在人和自然万物的关系中，人都扮演着中心地带的"守护者"的角色，即处于主人地位。在认识论层面，在历史的演变过程中，不管遵循的是唯物主义认识路线还是唯心主义认识路线，真理的建立及评判标准始终以一定阶段上人的科学认识能力为依据。在价值论层面，不论是处理人与人之间还是人与自然之间的价值关系或伦理关系，价值或伦理的评判标准或参照对象都是人。换句话说，一切社会秩序及人和自然之间的规范都是从人的利益和价值出发，以人为根本尺度建立起来的，正如普罗塔格拉斯所言：人是万物的尺度。

"人文"中心消解其他一切中心的提法，无疑会牵扯到"人文精神"和"人文素养"等概念。原来"人文精神"是与"宗教观念"对待立意的，关心的是个人的利益和欲望。现在"人文精神"是与"科学主义"对待立意的，关心的是人类的利益和生命的价值。我们很难容忍依据事实和理性而得出不利于人的结论，如爱情是精神疾病；人是瞎折腾、自取灭亡的动物等等。我们在谈论文学教育的主要目的时，最好不要笼统地讲"提高人文素养"，这样容易空洞无物，我们需要深入分析"人文素养"主要指向哪些层面。当然，对于这个问题，不同的人肯定会有不同的理解，但一般而言，作为文学教育主要目的的人文素养应该包括人文知识素养、人文关怀素养与读解鉴赏能力素养三个层面。人文知识是人类创造的一切知识，它可以在文学中得到，也可以在其他任何学科得到。而"人文关怀"由人文化成、文治教化、生存关注三部分构成，"人文化成"是"人文关怀"的根本功能：它关注人类利益和生命价值、关注人类文化的传承与创新；"文治教化"是"人文关怀"的社会功能：它关注群体整合、秩序安定或伦理和睦；"生存关注"是"人文关怀"的个体功能：它关注关心个人的日常需要（利益、欲望）。读解鉴赏能力主要包括母语阅读能力（通晓文字，消除语言障碍。把握组成文本的字、词、句、段之间的关系和相互作用，领会文本在特殊的词、句组合中包含的基本意思，乃至文本的基本主旨），理解能力（不离文字又不拘泥于文字。以一定的生活阅历和知识储备为基础。既要借助语境的理解去细心揣摩、领会特殊语境下语词特殊含义，还要能够综合运用我们已有的包括语言、文学、文史等等在内的各种知识，调用我们的生活经验、情感经验去加以参证），辨析能力（欣赏性观照已经结束，对象不再以方便低耗、感性具体、使人愉悦的形式存在。以明确的概念与观念为前提，进行接受、批评、批判的能力），评论能力（通过对文本说话实现对社会发言、对文艺问题的深度发言）。

　　如此看来，文学教育的功能是既宽又泛的，惟其宽泛，更不易立竿见影，更易被淡化和忽视。为效率计，大中小学的文学教育应有不同的重点，专业文学教育与通识文学教育也应有不同的侧重。中小学的文学教育主要侧重人文知识的获得、人类利益和生命价值、群体整合、秩序安定或伦理和睦的关怀，母语阅读能力、理解能力的培养。大学的文学教育则要在中小学文学教育的基础上，重视人类文化的传承与创新、关心个人的日常需要（利益、欲望）、培养有深度的辨析能力与评论能力。大学的文学教育也有专业与通识之分，二者都有关人文知识素养、人文关怀素养与读解鉴赏能力素养，但通识文学教育更重视获得一种"体验或者激情"；而对于专业文学教育而言，仅仅获得一种"体验或者激情"是不够的，更要把人文知识素养、人文关怀素养与读解鉴赏能力素养转为生存资本：通过知识信息的专业化、技能套路的专业化、概念术语的行业化的方式把人文知识素养、人文关怀素养与读解鉴赏能力素养转为生存资本。在现行体制下，它至少包括"文学作品教育""文学批评教育""文学史教育""文学理论教育"。大学文学院的专业文学教育，重点是"文学研究"（"文学批评""文学史""文学理论")。"文学作品教育"、基础文学教育的根本在于其人文性而非工具性，在于"以象兴境"，即以符号激活形象——解读、填空、异变、遇挫与顺应——艺术思维（情感、想象、理性），产生虚象——虚象激活幻象，幻象生成境界，对幻象进行开拓与延伸，深入一个新世界。而"专业文学教育"的根本还包括学术功底和思想深度。文学研究的成分远远大于"文学作品鉴赏"，文学研究的本性不仅要立足个案逐一分析，更要进行宏观的、整体的、历史的、规则性、普遍性的把握。

二、从"人类活动的动力"看文学的存在

荀子《礼论》说："礼起于何也？曰：人生而有欲，欲而不得，则不能无求，求而无度量分界，则不能不争。争则乱，乱则穷。先王恶其乱也，故制礼义以分之，以养人之欲，给人之求。使欲必不穷乎物，物必不屈于欲，两者相持而长，是礼之所起也。"这段话本来是解释先王制礼由来的，但在笔者看来，也道出了人类活动的动力和文学存在的根本。

人类社会发展的动力是什么？有欲。欲而不得，则不能无求，求而无度量分界，则不能不争。争就有可能乱，也可能乱中求治，理性地要求实现"人文关怀"，而文学就是以方便低耗（感性具体、以象兴境）的方式作用于心灵、情感、精神，实现"人文关怀"的人类活动。主导型文化文本以实行文治教化为目的，体现特定时代群体整合、秩序安定或伦理和睦的需要，高雅文化文本体现知识分子的个体理性沉思、社会批判或美学探索旨趣，民间文化文本体现普通民众的出于传统的自发的通俗趣味。同时，人生而有欲，欲而不得，则不能无求，人活着就一定有所欲求，而并不是所有的欲求都能得到满足，缺失是永恒的，欲求得不到满足容易郁结，需要理性耗散，而用文学的方式逃避现实；发泄不满；印证偏见；平衡心理；幸灾乐祸；获取特殊体验（性的、惊悚的……）、搜寻闲谈话题、赶时尚求同一；养眼等等，也是工业化和都

市化以来，大众传播媒介满足普通市民的日常感性愉悦需要的一种策略，当然，当商品由缺失到冗余时，一些自觉与不自觉的资本家走狗，也会利用文学的方式，刺激大众的商品购买欲望。

从文体角度讲，人生而有欲，欲而不得，则不能无求，求而无度量分界，则不能不争。争则乱，乱则穷。穷则思变，变则产生故事。用符号把故事讲述出来就出现了叙事性作品，而用符号虚构故事即纯文学；人生而有欲，欲而不得，则不能无求，人活着就一定有所欲求，而并不是所有的欲求都能得到满足，缺失是永恒的，欲求得不到满足容易郁结，需要理性耗散，而直抒胸臆的方式耗散或话语蕴藉的方式耗散就出现了抒情性作品（蕴藉的话语方式＋陌生化的话语方式即纯文学）。

五四时期所谓的纯文学，常讲四要素：美的、虚构的、抒情的、无功利的；20世纪30年代所谓的纯文学，常指体裁上属于小说、诗歌、抒情散文的文本；20世纪80年代所谓的纯文学，常指重形式、语言的文学（关注"怎么写"）；20世纪末的所谓纯文学，常指严肃文学、精英文学而非大众消费文化；21世纪初的所谓纯文学，常指语言文字的而非图像的。

三、关于文学存在的基本观念

文学为什么存在？因为人类需要。人类需要文学干什么？需要文学实现多种可能性。文学可能干什么？文学有哪些可能的功用？通过历史的考察人们进行了不同的归纳。

通常认为：文学的功能有三，即认识功能、教育功能和娱乐功能，此看法的理论依据：真、善、美的价值追求。把真、善、美作为文学艺术价值追求的基本原则是可以，而且应该的，但又是远远不够的（过于泛化）。要全面地揭示文学艺术的价值功能，就要从文学艺术史存在的实际、当代的文学创作及理论研究的实际出发，进行分析、探讨和概括。沃伦提出"甜美而有用"（"寓教于乐"）的见解："整个美学史几乎可以概括为一个辩证法,其中正题和反题就是贺拉斯(Horaee)所说的'甜美'(dulce)和'有用'(utile),即:诗是甜美而有用的",认为这是"对所有艺术的和艺术的所有功能"的"概括"。鲁迅在《摩罗诗力说》中所提出的"不用之用",这是对文学艺术之"用"与科学之"用"之区别的一个较好的概括。此看法的理论依据也许可以追溯到庄子的"大美无言。"和康德的"无目的的合目的"性;在康德体系中的非功利性超越日常的低级的功利,低于唯一人类尊严的伦理而占有中间地位。康德的审美超功利说,曾经遭到后人许多批评。因为它并不符合文学艺术发展的实际。在促进人类的进步和发展方面起过重大的历史作用而又具有重大的审美意义的作品,在人类文明发展的各个历史阶段都存在过。

苏联的美学家列·斯托洛维奇在《审美价值的本质》一书第七章《艺术价值的实质》中,曾经将艺术的价值概括为四个方面(评价、教育、游戏及符号)、十四种功用,即娱乐、享乐、补偿、净化、劝导、评价、预测、认识、启蒙、教育、使人社会化、社会组织、交际、启迪等。这未免有重复、繁琐之弊。例如"娱乐"和"享乐",难有严格的区别;"启蒙""启迪",区别也不大,"使人社会化"及"社会组织"功用,亦复如此。另外,如"教育"之与"劝导""启蒙"等等,实际上也都可以归之于教育一类。敏泽以审美价值为基础,提出八种价值功能:①教育的功能;②认识的功能。③娱悦的功能。④排遣和补偿的功能。⑤宗教的功用。⑥超越的功用。⑦审美价值。⑧市场商业价值。

在笔者看来,文学的价值功能具有多层次性,第一层次价值功能:兴;第二层次价值功能:在第一层次价值功能基础上产生:可以观,可以群,可以怨;第三层次价值功能:在第一、二层次价值功能基础上派生的、受一定时空限制的"工具"价值功能,其中包括政治的"工具"、经济的"工具"、宗教的"工具"、道德的"工具"、斗争的"工具"、时尚的"工具"等。

文学的价值功能又是多样变化的。文学的价值功能在不同的时间、地点、相对于不同的人是可以有所变化的。具有"可进可退"(一种互补的辩证关系)的多种可能性。所谓"可进",是指文学具有改造现实的可能性,它既可以记录个人体验,也可以进行非个人化表述(小我中有大我),还可以作为"社会工具"实现多种可能性:关怀人类利益和尊严;关怀人类的自由幸福和全面发展,作用于群体整合、秩序安定或伦理和睦等等,并进而发展为独立学科。

所谓"可退",是指文学具有"个体生存智慧"的多种可能性,具有调节人的生存体验、超脱现实的可能性,它既可以娱众(关心个体的利益和欲望),也可以自娱(逃避现实;发泄不满;印证偏见;平衡心理;幸灾乐祸;获取特殊体验、搜寻闲谈话题、赶时尚求同一等等)。

文学就是以方便低耗(感性具体、以象兴境)的方式作用于心灵、情感、精神,实现"人文关怀"的人类活动。

第二节 如何存在?不在文字,不离文字

文艺理论存在的根本依据有两条:①人类还有没有情感需要、心灵需要、精神需要?文艺是否要作为一门独立的学科而存在。②人类还有没有思考、追问的能力?是否要对文艺活动进行分析、阐释和研究;如果二者兼具,则文艺理论就不会消失。另外,是否要提高理论表达能力,是否一直要做理论的加工厂、批发商而非原创者也是国人重视理论的一个特殊原因。

文学理论的力量,既可以把一个常人以为很简单的文学问题复杂化,又可以把一个常人以为很复杂的文学问题简单化。把简单的问题复杂化,古代的传统是把一个常人以为很简单的问题放到历史语境中,注重考据、注疏、索隐、对比,现代的传统是把一个常人以为很简单的问题放到言语中,注重在概念、观念、体系内进行逻辑思辨和对比。把复

杂的问题简单化，古代的传统是对演绎的历史语境进行归纳与综合，注重感悟评点。现代的传统是对言语（概念、观念、体系、逻辑思辨）进行线性操作，注重体系化。

如果我们把文学为何存在的理由归结为可进可退的功能，那么，可进可退功能的根源就在于，"因情立体"，艺境是情况再现和情感表现的人类活动，"情"是情状、情感、情理和情结的多向互动；如果说为何存在要立足于"情"，立足于情状、情实、情况与情感、情理和情结的圆融的话，那么，如何存在就要立足于"体"，立足于本体与载体、个体与群体、体性与体用的圆融。

一、本体判定：工业时代的标准化要求

虽然我们称之为文学的作品古已有之，但是把这些文本与其他文献材料分离出来成为一种独立自足的"客体"，并赋予它如此崇高的价值，是现代社会的贡献。

现代汉语语境中（特别是现代文学理论语境中）的"文学"，其语源是西语"literature"，既非中国传统之"文学"，也非中国传统之"文"。而"literature"也有广义与狭义之分。广义的"literature"是指印刷或手抄的材料，其词根语源是 litera（文字）。米勒认为，"在西方，文学这个概念不可避免地要与笛卡尔的自我观念，印刷技术，西方式的民主和民族独立国家概念，以及在这些民主框架下言论自由的权利联系在一起。从这个意义上说，'文学'只是最近的事情，开始于17世纪末、18世纪初的西欧。"[①] 19世纪以后，"文学"作为一门"语言艺术"与绘画、音乐等共同分享一个本质（摹仿、审美）。西语语境下的狭义的"literature"，是建立在摹仿论、审美论和特殊言述基础上的，它通常是指一种具有形象性、虚构性、审美性、想象性的特殊文本言述，其外延包括叙事文学（小说）、抒情文学（诗与美文）、戏剧文学，

---

① 《文学评论》2001年第1期，第132页。

中国现代汉语语境中的文学观念,显然与西语狭义的"literature"的移植密不可分。对于19世纪西方的文学理论家和批评家而言,他们的研究对象显然不同于此前一般文学史家眼中的"文学",显然不是以一切文字文献和口头言述为研究对象,而是要研究作为一门艺术或具有审美品格的文学。这样,文学作为一门语言与其他艺术门类的差异就突显出来,又有别于科学言述和日常言述,所以,对文学性(诗性)的思考和具体文学(诗)体类的研究就成了文学理论(诗学)的必有之义。

中国文学性(诗性)研究的历程要在具体语境中进行辨析,如:在文献中分体,从"言志"到"缘情";由"文"而"丽",论用字造句、敷设文采及先决条件;文笔之辨;别才别趣;"神韵";"境界";诗文(书)之辨(文饭诗酒);文史之辨等等

西方文学性(诗性)研究主要是对文学作为"特殊话语形式"的特性进行的描述。文学性是俄国形式主义批评家、结构主义语言学家罗曼·雅柯布森(1891~1982)在20世纪20年代提出的术语,意指文学的本质特征。雅柯布森认为,"文学研究的对象并非文学而是'文学性',即那种使特定作品成为文学作品的东西。"在这里,文学性指的是文学文本有别于其他文本的独特性。对于雅柯布森和他同时代的俄国形式主义批评家来说,文学性主要存在于作品的语言层面。鲍里斯·艾肯鲍伊姆认为,把"诗的语言"和"实际语言"区分开来,"是形式主义者处理基本诗学问题的活的原则"。形式主义批评家进一步指出,文学性的实现就在于对日常语言进行变形,强化,甚至歪曲,也就是说要"对普通语言实施有系统的破坏"。一旦语言本身具备了某种具体可感的质地,或特别的审美效果,它就具有了文学性。

但寻找文学"客观性",对文学独立性进行辩护是一项十分困难,至今难以解决的问题,其原因在于,"文学"是一个开放性的、发展着的概念,其所指不停地流动。"文学"的亚概念也是开放的、发展着的概念。为"文学"下定义是形式逻辑所司;而文学活动却超越了形式逻辑进入辩证逻辑,故不能削足适履。很难为"文学"下一个完备的

定义，现存"文学"的定义通常有三类问题：太宽、太窄、太玄。事实上，"文学"内部的差异远远大于"文学"与其他文字文献和口头言述的差异；乔纳森·卡勒引述雅柯布森的话说："诗与非诗的界限比中国行政区划的界限还不稳定"（参见卡勒，28）。托多罗夫认为把文学当作客体分析有很大的"困难"，因为在文学内部，不同体裁之间的差异甚至比文学与非文学的差异还大。罗兰·巴尔特也认为，文学就是那些被文学教授讲授的东西。

如果说"文学的功能"是"可进可退"，那么，"文学的划界"则"可大可小"。有人认为：定义"文学"是什么时，采用逻辑学的方法；判断什么是"文学"时，根据经验与历史。判断文学文本（作为名词的文学）与文学活动（作为动词的文学）的区别在于是否"立体"，而传统的文学文本是"语言的艺术"，那么，判断文学文本的方法就只能在语言特征中求解。在语言特征中求解有两种方法：①自证式：文学语言就是文学作品中使用的语言。②他证式：把文学语言与其他语言相比较，找其文学性（文学语言的特殊用法）。按照有些教材的标准：文学语言的特征表现在话语层面和形象两个层面，话语层面：除形象性、生动性、凝练性、音乐性外，强调内指性、心理蕴含性、陌生化。形象层面：假定性和逼真性的统一、具体性和概括性的统一、表现性与感染性的统一。

在笔者看来，文学作品与非文学作品的判定尽管没有公认的唯一标准，但却最能考查人们对文学理论的理解和思考深度。文学作品与非文学作品的判定是困难的，但也并非不可探究的。探究文学作品与非文学作品的区别主要可以从两个方面入手：①从文学作为"话语形式"（体）的特性入手。文学作品"话语形式"的特性在于：陌生化、内指性、多义性、表现性；②从文学文本的功能入手。文学作品的功能特性在于：兴象和以象兴境。文学的边界并不是固定的，而其核心与根据具有相对稳定性。其相对稳定性主要表现在言、象、意三个方面：文学的"言"是特殊的"言"，其特性在于：陌生化、内指性、多义性、表现性；文学的"象"是特殊的"象"，其特性在于：兴象和以象兴境（虚像激活幻象）；文学的"意"是特殊的"意"，其特性在于：①象中见意"水中盐、蜜中花"，特别用心于二度能指。②形式化的情意。

　　兴象的内涵是对各种感官的激活，对具体性（具体心理表象）的激活。王夫之在《唐诗评选》中评孟浩然《鹦鹉洲送王九之江左》诗时说："诗言志，歌咏言，非志即为诗，言即为歌也。或可以兴，或不可以兴，其枢机在此。"王夫之《姜斋诗话》载：宋真宗大宴群臣，问唐酒价。晋国公丁谓当场奏道：唐酒价每斗三百，来之于杜甫"速宜相就饮斗酒，恰有三百青铜钱。"王夫之笑曰：崔国辅有"与沽一斗酒；恰用十千钱"句，就杜陵沽酒处贩酒向崔国辅，岂不三十倍获息钱耶？《渔洋诗话》中说："香炉峰在东林寺东南，下即自乐天草堂故址。峰不甚高，而江文通《从冠军建平王登香炉峰》诗云：'日落长沙渚，层阴万里生。'长沙去庐山2000余里，香炉何缘见之？孟浩然《下赣石》诗：'暝帆何处泊？遥指落星湾。'落星在南康府，去赣亦千余里，顺流乘风，即非一日可达。古人诗只取兴会超妙，不似后人章句，但作记里鼓也。世谓王右丞画雪中芭蕉，其诗亦然。如'九江枫树几回青，一片扬州五湖白'，下连用兰陵镇、富春郭、石头城诸地名皆寥远不相属，大抵古人诗画只取兴会神到，若刻舟缘木求之，失其指矣。"《带经堂集》中又说："夫诗之道，有根柢焉，有兴会焉，二者率不可得兼。镜中之象，水中之月，相中之色；羚羊挂角，无迹可求，此兴会也。本之风雅，以导其源；诉之楚骚、汉魏乐府诗，以达其流；博之九经、三史、诸子以穷其变；此根柢也。根柢原于学问，兴会发于性情，于斯二者兼之，又斡以风骨，润以丹青，谐以金石，故能衔华佩实，大放厥词，自名一家。"这才是他神韵说的本源，其境界之高，是无与伦比的。但正如他自己所云，"二者率不可得兼"。《宋元戏曲考·元剧之文章》中说"何以谓之有意境？曰：写情则沁人心脾，写景则在人耳目，述事则如其口出是也。"什克洛夫斯基在批判艺术即形象思维（这是俄国象征派的观点）时曾说："……那种被称为艺术的东西之存在，正是为了唤起人对生活的感受，使人感受到事物，使石头更成其为石头。艺术的目的是使你对事物的感觉如同你所见的视象那样，而不是如同你所认知的那样……艺术是一种体验事物之创造的方式。"

我们知道，在历时久远的原始时期，语言与表象及情感密切关联，语言的具体生动、富有情感等特点作为原始积淀仍遗留在人的本能中而成为一种心理倾向和深层模式，即语言的具体化倾向。人的大脑皮层上，关于具象、想象、情感的兴奋点，随着人的出生成长，而逐渐建立、强化。随着社会交流的扩大和人类思维的发展（受教育程度的加深，求知程度的加深），语言也向着抽象和概括的方向发展，就如维科所说："人们现在用唇舌来造成语句，但是心中却'空空如也'，因为心中所有的只是些毫无实指的虚假观念，以至近代人再也想象不出像'具有同情心的自然'那样巨大的虚幻的形象了。我们也同样没有能力去体会出那些原始人的巨大想象力了，原始人心里还丝毫没有抽象、洗炼或精神化的痕迹，因为他们的心智还完全沉浸在感觉里，受情欲折磨着，埋葬在躯体里。"① 而文学语言能够唤起（兴）被压抑的具象、想象、情感的兴奋点，使之解放、自由。语言中隐含着具体化倾向，这一倾向在日常运用中受到抑制。在文学语言中，语言空白则以语词、语句的缺席摆脱了语言规则和逻辑束缚，解放了语言与人的具体化潜能，令语言不再停留于概念平面而展露出有待具体化、图式化的空位，从而将人卷入到创造性想象活动之中。空白、空位使语言从不自由转化为自由，从有限转化为无限，同时也从精神的"牢笼"转化为存在的"家园"。

语言的具体化倾向在日常功利活动中受到抑制和弱化，特别是随着语言规则和语言逻辑的发展而遭受强制性压制，但在诗性语言中则受到鼓励、激发和强化。可以说，诗性语言就是运用种种手法，破除规则、逻辑等压制，使具体化倾向得以强化的语言，是使人潜在的具体化倾向得以发掘、解放的语言，或者说，诗性语言的根本特性就在于具备了一

---

① 维科：《新科学》，商务印书馆1989年版，第184页。

种得到强化的具体化意向。由于诗性语言吸引读者共同参与建构意向性客体，因而在作为概念的语言与意向性客体之间就必然存在着"空位"（直觉兴会的起点）。这一"空位"在科学语言、哲学语言中是不存在的，因为科学语言、哲学语言本身即从概念到概念的线性逻辑运演，尽管它也创造自己的意义，却完全不同于诗性语言，不像诗性语言必须首先建构意向性客体，并在建构过程中填补空位，生成意义，体验意义。

存在的"家园"（具体生动的感性印象）——精神的"牢笼"（有序化追求：语言逐渐被建构为抽象的概念和逻辑体系）——存在的"家园"（有序化追求+具体生动的感性印象），这就是兴象和以象兴境作为特殊的文学之"象"的根本。兴象和以象兴境与"形象性"的区别在于：对此时此地此情此景的强调；揭示了"形象性"的起点与根源：兴——象；登堂的标准而非入室的标准；话语权问题。

唐代殷璠的《河岳英灵集》特别提出"兴象"的概念。其评陶翰诗曰"既多兴象，复备风骨"，评孟浩然诗曰"至如'众山遥对酒，孤屿共题诗'无论兴象，兼复故实"。他所说的兴象，乃意与象之间的一种组合方式：象在意先，由象感发意，明代胡应麟所说的"声律之调，兴象之合"，清代纪昀所说的"兴象深微，特为精妙"等兴象，内涵当与此相同。实为"由象感发意"，而非本文"由文感发象"，语言之"兴象"不同于创作之"兴象"。兴境的可能性在对各种感官的激活，对具体性的激活之后，是否能体会语境中产生的含蓄丰富之意。

二、个体构成：作品层次分析

作品既是创作的定格，又是连接作者与读者的桥梁，还是读者了解作品内部世界的入口，基于对作品重要性的认识，人们提出了许多类似作品层次分析的思路。

传统的文学理论教材，通常把文学作品分成内容和形式两个部分。从文学创作来说，一般是由内容到形式；从文学鉴赏来看，一般则是由形式到内容。

文学作品的内容,是指作品所反映的、渗透着作者的思想感情和审美评价的社会生活。一是客观方面,作品中所描写的丰富复杂的生活现象;一是主观方面,是透过这些生活现象所表达出来的思想感情、审美评价。因此,文学作品的内容既不同于文学的反映对象,也不同于作家的思想评价。内容的构成要素包括题材、主题和情节。题材:描绘在作品中用以构成艺术形象、表现思想主题的具体生活现象,即作品中所写的特定范围内的完整统一的一组生活现象。主题:是通过题材,即作品中描叙的全部生活现象所显示出来的、贯穿全篇的中心思想或主导情感,也就是作品所蕴含的总的思想感情。情节:是叙事性文学作品中表现人物性格形成和发展的一系列生活事件的过程。它不同于"事件"。

文学作品的形式,是指表现作品内容的内部组织构造和外部表现形态的总和,包括体裁、结构、语言、表现手法等。内容和形式的关系是对立统一的关系。内容决定形式,形式有相对独立性及其反作用。

这种传统二分法没有从文学本身的角度去分析文学文本层面,容易导致主次性观念,西方现代文论都对这种传统二分法的截然两段表示了怀疑,并分别以形式——材料(形式主义)、构架——肌质(新批评)、材料——结构(韦勒克·沃伦)、表层结构——深层结构(结构主义)、内形式——外形式(德国的帕特)、材料——表现性(桑塔耶那)等不同分法取而代之。

在中国古代,对作品层次的分析法也有很多,比较重要的有《周易·系辞》的言、象、意三分,庄子的"言、意"二分和书、语、意三分,王弼的言、象、意三分和桐城派的三分或八分法。《周易·系辞》记载有"书不尽言,言不尽意"和"圣人立象以尽意"的观点,初步触及到文本的言、象、意三层面问题。庄子《外物》提出了"得意忘言"说:"筌者所以在鱼,得鱼而忘筌。蹄者所以在兔,得兔而忘蹄。言者所以在意,得意而忘言。吾安得夫忘言之人而与之言哉!"《庄子·天道》指出:"世之所贵道者书也,书不过语,语有贵也。语之所贵者意也,意有所随。意之所随者,不可以言传也,而世因贵言传书。世虽贵之,我犹不足贵也,为其贵非其贵也。"庄子在这段话里明确地区分了作品的"书"与"语"的不同,揭示了"书"这一文字媒体在他那个时代文学传输中的基本作用:"书"是传输语言的媒体。三国时思想家王弼将庄子的"言意"说进一步扩展为言、象、意三层面说。他在《周易略例·明象》中指出:"夫象者,出意者也。言者,明象者也。尽意莫若象,尽象莫若言。言生于象,故可寻言以观象;象生于意,故可寻象以观意。意以象尽,象以言著。故言者,所以明象,得象而忘言;象者,所以存意,得意而忘象。犹蹄者所以在兔,得兔而忘蹄;筌者所以在鱼,得鱼而忘筌。"这里已隐含着文本阅读三阶段论:观言、观象和观意。这里需要特别指出的是,所说的"象"乃是指"爻"所构成的图形,是古人象征自然现象和人事变化的一套符号,用以占卜吉凶,并不是专指文学文本中寓含的艺术形象。庄子的"言"与"意"也是在哲学层面讲的。无论是庄子、《周易》还是王弼,他们在分析文本层面时都只是从所设定的任何符号性文本这一总体上考察,还没有就文学文本层面作出专门的梳理。刘大櫆在《论文偶记》第13条里把文学文本区分为"粗"与"精"两层面:"神气者,文之最精处也;音节者,文稍粗处也;字句者,文之最粗处也。然论文而至于字句,则文之能事尽矣。盖音节者,神气之迹也;字句者,音乐之矩也。神气不可见,于音节见之;音节无可准,以字句准之。"这里虽然沿用了庄子曾用过的"粗"与"精"二层面说,但此处却不存在抑粗扬精之义。他相信文学文本由"粗"与"精"两层面构成:"粗",是指文学文本的外在可见的语言层面,即"音节"和"字句";"精"则是其不可见的内在意义或意蕴层面,即"神气"。但这一二层面说还过于简略,在文学文本分析中还难以具体操作,但已经是自觉地从文学本身的角度去分析文学文本层面。刘大櫆的弟子姚鼐在《古文辞类纂》中进而使上述二层面说具体化了:"凡文体类十三,而所以为文者八,曰神、理、气、味、格、律、声、色。神、理、气、味者,文之精也;

格、律、声、色者，文之粗也。然苟舍其粗，则精者亦胡以寓焉。学者之于古人，必始而遇其粗，中而遇其精，终而衔其精者而遗其粗者。"他把第二层面"精"细分为神、理、气、味四要素，而把第一层面"粗"细分为格、律、声、色四要素，这显然更有助于认识文学文本的具体层面构造。他还认为，读者在阅读古人留下的文学文本时，必然要经历起始（始）、居中（中）、终结（终）三个步骤：第一步"遇粗"，先接触文本的语言层面（格、律、声、色）；第二步"遇精"，由语言层面领悟其蕴含的意义层面（即神、理、气、味）；第三步"衔精遗粗"，一旦领悟意蕴就遗忘语言。这第三步可以说是庄子的"得意而忘言"说的翻版。

由上可见，中国古代文论中大体存在着两种文学文本层面观：一种认为文学文本由言、象、意三层面构成，另一种则认为由粗（言）精（意）两层面构成。这两种层面观稍有不同，但都是从"可见"（显示）与"不可见"（非显示）的分别上去立论的。这种文本层面理论传统对于我们今天认识文学文本的层面构造应是有启发意义的。①

在 20 世纪 80 年代以后，西方现象学家英伽登的四层分析法，逐渐被中国文论界广泛征引。也许英伽登对具体层次的划分并不尽可人意，但其直面"文学作品的存在方式"，排除先行习见的影响的方法，无疑给艺术作品的深入研究带来了新的视野。英伽登在《文学的艺术作品》（1931）中提出了著名的文学文本四层面说。文学文本由表及里形成四个层面：

（1）语音层面，是指字音及其高一级语音组合，这属于文学文本的最基本层面，是由语音素材来传达的携带可能的意义的语音组织，它超越语音素材和个人阅读经验而具有恒定不变的特性。（任何文本都必定包含的层面）。

（2）意义单元，是由字音及其高一级语音组合所传达的意义组织，它是文学文本的核心层面，与其他层面相互依存，但又规定着它们

---

① 参见童庆炳《文学活动的美学阐释》，陕西人民出版社 1989 年版，第 185~187 页。

（任何文学文本都必定包含的层面）。

（3）多重图式化面貌，是由意义单元所呈现的事物的大致略图，包含着若干"未定点"而有待于读者去具体化（任何文学文本都必定包含的层面）【相当于兴象标准】。

（4）再现的客体，是通过虚拟现实而生成的世界，这是文学文本的最后层面（任何文学文本都必定包含的层面）【相当于兴象标准】。

这四个层面都各有自身的审美价值，但又相互渗透和依存，共同组成文学文本的层面构造。任何文学文本都必定包含这四个层面。此外，英伽登又补充说，在某些文学文本中还可能存在着"形而上特质"。如崇高、悲剧性、恐怖、震惊、玄奥、丑恶、神圣和悲悯等。可以说，这种"形而上特质"并不属于文学文本必有的层面构造，而仅仅在"伟大的文学"中出现①。英伽登的文学文本四层面说明确、具体和细致地区分了文学文本的层面构造，并且通过认可"形而上特质"而为把握文学文本的深层意蕴留下了理论地盘。

而我们以为，"言"（媒体的代称）、"意"的二分法作为一切作品的最基本的层次分析法，诗文作品仍可划分为言、意两个层次，只是，诗文作品之言是一种特殊的言语——激活各种感官、激活具体心理表象的言语、文字、符号（境语·诗家语）；诗文作品之意也是一种特殊的意，即象中见意，在激活具体心理表象之后，语境中产生的含蓄丰富之意（"境象"）。

三、群体分类：不同类别的存在

人类要生存，就要了解、认识周围的世界，要了解、认识周围的世界，就要追求有序化。而分类就是有序化追求中重要的一步，故产生了分类的焦虑。但情况往往是：解决了分类的焦虑，却因简单而牺牲了复杂。获得了认识的清晰，却因简单而牺牲了复杂。但这毕竟比原始混沌

---

① 参见英伽登《文学的艺术作品》，埃文斯顿，1973年版。

进了一步。

文学的文体分类常见的有：体裁类别；风格类别；创作方法类别；文化倾向类别。

传统的文学理论教材认为，由文学作品话语系统的不同结构形式所决定，文学作品形成诗、小说、剧本、散文和报告文学等基本体裁。诗是一种语词凝炼、结构跳跃、富有节奏和韵律、高度集中地反映生活和表达思想感情的文学体裁。小说是一种侧重刻画人物形象、叙述故事情节的文学样式。剧本是一种侧重以人物台词为手段、集中反映矛盾冲突的文学体裁。散文有广义的散文与狭义的散文。报告文学是一种在真人真事基础上塑造艺术形象，及时反映现实生活的文学体裁。

对于风格类型的划分人们也有不同的看法。但是各种分类方法也只是从不同的角度进行的，因而也只是相对的。研究风格的审美价值，应该注意：风格美是可以超越时代、地域和阶层的限制的；风格的审美价值虽然可以超越时代，但它在多大程度上得到实现，却往往又受到时代的价值取向的影响和制约。黑格尔按照审美理想区分出严峻的风格、理想的风格和愉快的风格三种。威克纳格则从文体的角度区分出智力的风格、想象的风格和情感的风格。我国古代对风格的分类有简、繁两法：简分法是将风格分为"刚"和"柔"两类，或是"虚"与"实"、"奇"与"正"、"豪放"与"婉约"、"沉着痛快"与"优游不迫"等。繁分法如刘勰把风格分成四组八体；司空图在《二十四诗品》把诗歌的风格分为二十四类；陈望道在《修辞学发凡》中把风格也分为四组八种等。文学风格总在一定的文化氛围中形成和发展，渗透在一定的文化中，从而成为一定文化的表征。从文化学的角度来分析，文学风格由时代风格、民族风格、地域风格、流派风格和具体作家作品的个性风格等若干层面构成。文学风格的各个文化层面不是独立自足的，而是互相联系、互相渗透，构成为有机的统一体。无论是时代的、民族的风格，还是地域的、流派的风格，抑或是个性风格，最终都统一于作品的具体风格，并只有在作品风格的本体构成中得到实现。文学风格，是文学活动过程中出现的一种具有特征性的文学现象。文学风格主要指作家和作品的风格，既是作家独特的艺术创造力稳定的标志，又是其语言和文体成熟的体现，通常被誉为作家的徽记或指纹。文学风格既涉及作家的创作个性和言语形式，也与时代、民族、地域文化有关系。

根据文学创造的主体关系和文学作为意识形态对现实的不同反映方式，把文学作品分为现实型、理想型和象征型三种类型。现实型文学是一种侧重以写实的方式再现客观现实的文学形态。理想型文学是一种侧重以直接抒情的方式表现主观理想的文学形态。象征型文学是一种侧重以暗示的方式寄寓审美意蕴的文学形态。①

文化倾向分类别是中国目前的较具操作性的一种分类方法：一是主导文化，即以群体整合、秩序安定和伦理和睦等为核心的文化形态，代表政府及各阶层群体的共同利益，这是当前中国文化与西方文化不同的一个重要方面；二是高雅文化，代表占人口少数的知识界的个体理性沉思、社会批判或美学探索旨趣；三是大众文化，运用现代大众传播媒介制作而成，尤其注重满足数量众多的普通市民的日常感性愉悦需要；四是民俗文化，代表更底层的普通民众的出于传统的自发的通俗趣味。上面的四个文化层面往往会渗透或显示在具体的文学文本中，这就有文学文本的文化类型。具体说来，这四个文化层面有可能同时并存于同一个文本中，这要求我们细心分辨各种文化层面在文本中的存在状况及其相互关系。但是，更有可能的是，它们中的某一种会在文本中居于相对主导的地位，这就使得我们有可能划分出文学文本的文化类型：主导文化文本、高雅文化文本、大众文化文本和民间文化文本。②

也有按功能类别与趣味的好坏与高低分类的，如真实的、有用的、优美的、人类的、人性的、独创的③。

我们知道，任何一门学科都会有它所研究的对象，文学研究必须把

---

① 参见童庆炳主编《文学理论教程》。
② 参见王一川《文学理论》。
③ 参见葛红兵《文学概论通用教程》。

文学现象从整个文化现象中相对独立出来，作为一个相对独立的研究领域。只有这样，文学作为一门学科才可能成立。实际上，文学是一些文类共用名称的一个集合体；具体地说，文学是由各种各样的文本类别即文类组成的。像我们非常熟悉的"三分法"或者"四分法"——叙事文学、抒情文学和戏剧文学或者诗歌、小说、散文、戏剧文学——就是将文学现象具体划分为了不同的文学种类。每一文类都拥有其特殊标志，被赋予了某种足以使其相对独立的性质；这些标志试图指示出某一种文类独一无二的身份，以便让它的家族成员共享一种相似性。文类的划分带来了一系列理论问题。首先，人们的疑惑是：文类对于文学文本的区分是否可能？如果人们认可这种区分，那么，文类的范畴是怎样确定的？赖以划分文类的基本原则是什么？具体文本同文类之间是一种什么样的关系？文类怎样规定具体的文本，个别文本又是怎样服从或者反抗文类？文类传统是不是变化的？它是否随着文学的演变而演变？如何回答这些问题，这就是文类研究所面临的任务。文类理论已经构成了文学研究中最富于挑战性的部分之一，它占据着文学研究的重要位置，吸引了文学理论家极大的注意力。（参见南帆《文学理论》）

第三节 如何产生意义？对待立义

经常有人问：什么样的作品是最好的？这个问题很难一句话完整地回答。这其实可以转换成：什么样的文本最有意义？产生最有意义文本的途径：只能在文本与世界、作者、作品、媒介、读者的历史、现实关系中产生。决定最有意义文本的条件是此时此地、此情此景中的最优化。至少有两个原则：①身体原则：没反应的；激动一时的（身体激动）；震撼心灵的（身体激动且长期）；②进步原则：个人进步；（新情趣、新技巧）；文学史进步；（新情趣、新技巧）；人生境界进步；（新情趣、新技巧)。童庆炳认为,文学经典是一个不断的建构过程。文学经典建构的因素是多种多样的,起码要有如下几个要素:①文学作品的艺术价值;②文学作品的可阐释的空间;③意识形态和文化权力变动;④文学理论和批评的价值取向;⑤特定时期读者的期待视野;⑥"发现人"(又可称为"赞助人")。

客观世界是存在的,但却很难被绝对客观地认识,人只有通过符号来与客观世界打交道,只有通过符号才能认识客观世界,客观世界也只有通过符号才能为人所认识。这样,客观世界只能表现为符号世界,或称为境界。人所面对的也只能是符号世界、境界而非绝对的客观世界,甚至,当我们使用"客观世界"作为能指时,其所指其实就是境界或符号世界。

西方哲学自诞生以来,就以研究客观世界为其崇高目的,结果却发现人只能面对符号世界或境界而无法面对客观世界,哲学本身的严格性使其感受到失去崇高目标的困惑和迷茫。按照严格的标准,哲学只能研究符号世界本身,但一切符号世界都是建立在客观世界之上的,正因为有客观世界的存在,人才能创造自己的符号世界,并根据客观世界修正自己所进入的境界或符号世界。人只能面对符号世界,并不是说人没有面对客观世界,而是说人在面对客观世界的时候,必须使客观世界境界化、符号化,使其成为可以理解的世界、成为有序的世界,而这种"可以理解"和"有序"的形成就是一种符号体系的形成,就是境界的形成。在符号中,客观世界才成为为人所认识的世界。因此,我们可以把符号世界进行三分:①物(世界);②意(主体对世界的认识);③言(符号:主体对世界的认识的结果)。世界既是客观的又是符号的,只有存在一个客观世界,我们才能把它符号化,也只有通过符号化,我们才能认识客观世界。

在艺境符号化过程中,中国古代较早明确揭示符号世界三要素的是陆机的《文赋》。陆机在《文赋》小序中对其写作目的作了明确的表述,其云:"余每观才士之所作,窃有以得其用心。夫其放言遣辞,良多变矣。妍蚩好恶，可得而言。每自属文，尤见其情。恒患意不称物，文不逮意。盖非知之难，能之难也。故作《文赋》，以述先士之盛藻，因论作文之利害所由，它日殆可谓曲尽其妙。至于操斧伐柯，虽取则不远；若夫随手之变，良难以辞逮。盖所能言者，具于此云。"陆机在这里提出了"意不称物，文不逮意"的问题，并指出《文赋》写作就是要通过总结前人经验来解决这个问题。他认为要认识"意不称物，文不逮意"的问题是不困难的，困难在于从实践中如何去解决它。故《文赋》侧重于讲文学创作的构思和技巧问题。后来，苏轼在《答谢民师书》中也有类似的提法："孔子曰，'言之不文，行而不远'。又曰'辞，达而已矣。'夫言止于达意，即疑若不文，是大不然。求物之妙，如系风捕影，能使是物了然于心者，盖千万人而不一遇也，而况能使了然于口与手者乎？是之谓辞达。辞之于能达，则文不可胜用矣。"孔子的"辞达"只是强调文章要通顺、确切地表达作者的思想感情而已。后来苏轼从文学创作过程的艺术构思和艺术表现两方面来论"辞达"，运用《庄子·天道》篇的"得之于手，而应于心"来解释孔子的"辞达"，则是苏轼的创造性发展。这里的"意""心"、与"文""口"与"手"的关系又是中国哲学中的一个古老命题，即言意关系。基于对语言功能局限的认识，先秦以来人们就言、象、意关系进行了有益的探索。老子认为"道可道，非常道"，孔子提出"诗可以兴"，孟子要求读书时不要"以文害辞""以辞害志"而要"以意逆志"，"尽信书则不如无书"。《庄子·天道》："语有贵也，语之所贵者意也。意有所随，意之所随者，不可以言传也。"《庄子·秋水》："可以言论者，物之粗也；可以意致者，物之精。言之所不能论，意之所不能察致者，不期精粗焉。"《庄子·外物》："筌者所以在鱼，得鱼而忘筌；蹄者所以在兔，得兔而忘蹄；言者所以在意，得意而忘言。"尤其值得注意的是《周易》提出以象尽意问题。《周易·系辞》上："子曰：'书不尽言，言不尽意。然则圣人之意其不可见乎？'子曰：'圣人立象以尽意，设卦以尽情伪，系辞焉以尽其言。'"王弼《周易略例·明象》，以老庄解易，把言、象、意的关系深入了一步；而"意""心"与"物"的关系，中国古代艺境论中也有独到的探索（详见"外师造化，中得心源"篇）。

值得注意的是，陆机《文赋》中所谓"意不称物、文不逮意"之"意"，主要是指构思过程中的意，构思过程中微妙的审美感受。而在中国古典艺境论中"意"也常用来指读者之意，例如孟子讲"以意逆志"，把"意"与"志"并列对举，将读者之意突出出来。后汉赵歧说："志，诗人志所欲之事。意，学者之心意也。"朱熹《四书章句集注》中也说："当以己意逆取作者之意，乃可得之"。清代吴淇认为，"意"乃诗篇中之"意"。他在《六朝诗选定论缘起》中说："汉宋诸儒以一志字属古人，而意为自己之意。夫我非古人，而以己意说之，其贤于蒙之见也几何矣。不知志者古人之心事，以意为舆，载志而游，或有方，或无方，意之所到，即志之所在，故以古人之意求古人之志，乃就诗论诗，犹之以人治人也。即以此诗论之，不得养父母，其志也。普天云云，文辞也。'莫非王事，我独贤劳'其意也。其辞有害，其意无害，故用此意以逆之，而得其志在养亲而已。"这样，符号世界的三要素之一的"意"，在艺境符号化过程中又可以分化为"作者之意"和"读者之意"，艺境化的三要素就变成了四要素：物、言（手与口、文）、意（读者之意）、志（作者之意）。

当然，比较自觉而明确地运用此四要素研究艺术活动的理论专著是美国艺术理论家M·H·艾布拉姆斯的《镜与灯——浪漫主义艺境论及批评传统》，它指出"每一件艺术品总要涉及四个要点，几乎所有力求周密的理论总会在大体上对这四个要素加以区辨，使人一目了然。"[①]艾布拉姆斯把这四要素表述为：作家、作品、世界和读者，并设计了一个"方便实用"的模式：（图一）

---

① 北京大学出版社1989年版，第5~6页。

```
        世界
         |
        作品
       /    \
    欣赏者   艺术家
```

（图一）

艾布拉姆斯认为："几乎所有的理论都只明显地倾向于一个要素。……运用这个分析图示，可以把阐释艺术品本质和价值的种种尝试大体上划分为四类，其中有三类主要是用作品与另一要素（世界、欣赏者或艺术家）的关系来解释作品，第四类则把作品视为一个自足体孤立起来加以研究，认为其意义和价值的确不与外界任何事物相关。"他将第四类称为"客观说"，而其他三类分别为"模仿说"（侧重作品对世界的反映），"实用说"（侧重读者对作品的解读），"表现说"（侧重艺术家内心世界的外化）。

在艾布拉姆斯的四要素和三角图示中，我们可以引申出十种关系作为艺境理论的研究对象，它包括三个三角关系：作者——作品——世界的关系；读者——作品——世界的关系；作者——作品——读者的关系。三个线性关系：世界——作者关系；世界——读者关系；作者——读者关系。四个自身的关系，即作品本身；世界本身；作者本身；读者本身。在这十种关系中，存在有六项基本关系：作品自身的关系；作者自身的关系；读者自身的关系；作品与其他三要素的关系；作家和其他三要素的关系；读者和其他三要素的关系。在这里，"世界"作为一个独立的研究对象被悬置起来，交由社会学、人类学、心理学等学科进行研究，它发挥作用的途径只能在与作品、作者、读者的关系中产生，例如：什么样的世界最易激活作者的灵感；什么样的世界对作品的传播会产生多大的影响；什么样的世界会影响读者的接受等等。

刘若愚为了突出艺术活动过程的阶段性，将艾布拉姆斯的三角图示改造为环型图式，他认为："在艺术过程的第一阶段，宇宙影响、感发作家，作者对之作出反应。由于这种反应作家创作出作品，这就是艺过程第二阶段。作品与读者见面，立即对它产生影响，这是艺术过程的第三阶段。在艺术过程的最后阶段，读者因阅读作品的经验而对宇宙的反应有所调整改变。这样，整个艺术过程就构成一个完整的圆圈。"①（图二）根据艾布拉姆斯和刘若愚的图式，又有两种进一步的改造和引申：一种是类似艾的三角图式的有中心圆的内涵的三角关系，（图三）这样前述十大关系就可以明白地呈现出来。

另一种是类似刘若愚的环型图式的无中心圆的内部交叉关系（图四）。

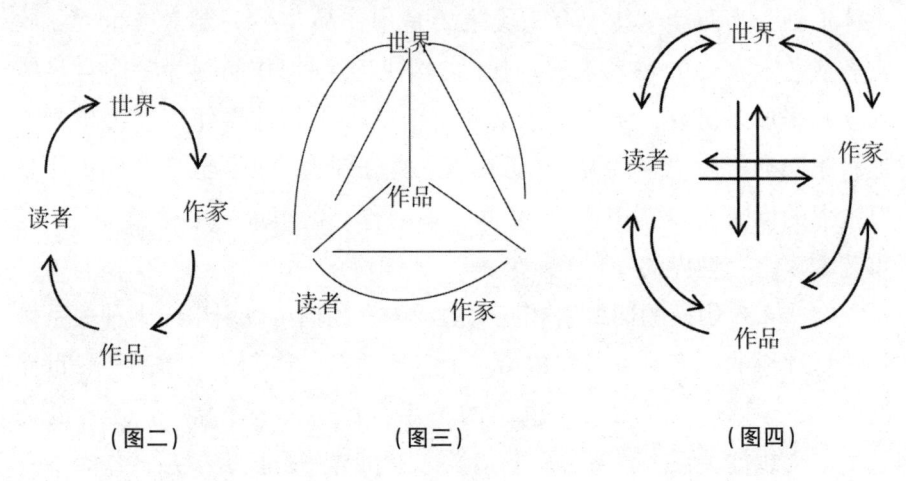

（图二）　　　（图三）　　　（图四）

其实一种被顺利接受或流行的观点，必然存在其先在的认识积累。从中国古代艺境论的角度而言，艺境活动的要素与关系是不断地分化与裂变而层层深入的。其基点应该是心物关系，心物关系相互作用产生了表达，于是就出现了言、意、物的关系，故《乐记》中说："凡音之起，由人心生也。人心之动，物使之然也。感于物而动，故形于声。声相应，故生变，变成方，谓之音。比音而乐之，及干戚羽旄，谓之乐"。《诗品序》中也说："气之动物，物之感人，故摇荡性情，行诸舞咏"。所以，创作时要遵循的基本原则，就是"随物宛转，与心徘徊""外师造化，中得心源"。一旦作品产生而被接受，"言、意、物"之

---

① ［美］刘若愚：《中国的文学理论》，四川人民出版社 1987 年版。

"意"就分化为作者之意（志）与读者之意。《左传·襄公二十八年》就有记载："赋诗断章，余取所求焉"；《周易·系辞》也说："仁者见之谓之仁，知者见之谓之知。"明确将作者之志与读者之意分开并用之解诗的是孟子，他认为："不以文害辞，不以辞害志，以意逆志，是为得之"。笔者认为，随着现代社会的发展和对传播要素的提倡，读者可能还将分裂为中介读者和最终读者，由出版、发行、检查、翻译、改写、市场为主要内容的中介读者将会成为艺境活动的第五要素而出现。这样我们完全可以将无中心的环型模式与中国的五行生克图联系起来，将艺境活动的模式改造成（图五）：

（图五）

这个模式的意义在于：①它充分考虑到艺境活动在现代社会中的存在方式，将中介读者放到了一个基本要素的地位。②它充分考虑到艺境活动的复杂性，艺境各要素之间的关系既不是一种以作品为固定中心的线性关系，也不是一种简单的相生和循环的关系。而是一种流动的、相生相克的相互对应和彼此制约的关系。显然，在这样一本小书里要阐明整个理论图式错综复杂的关系是不可能的，我们只能在此划定一个理论框架，然后转而探讨艺境作为一种符号化活动的基本特征。

文学意义的产生是一个整体过程，它包括作者赋意、媒介传意、读者（受众）释义三个阶段。

一、作者赋意（创作概论）

文学理论讲文学怎么写与作家讲文学怎么写是不同的。作家讲"文学怎么写？"要入体：体裁；具体：细致、个性化，目的在教人写，要有立竿见影的效果。文学概论讲"文学怎么写？"要总体：体裁总体，相关理论总体；大体：轮廓，教人认识"怎么写"的有关概念与观念，教人用有关概念与观念谈"怎么写"。高校体制内学习创作概论：不是为了创作（只为了创作不必学习创作理论；有"才+材"即可），而是为了解释、研究创作（解释、研究创作必须学习创作理论）。

在作者赋意阶段，有三个基本问题：谁来写？为何写？怎样写？

1. 谁来写？专才的构成

精神生产与物质生产的不同：首先，它发生在头脑中，而不是物质领域中；其次，它以符号为手段，而不是运用物质工具；第三，它富于个性和自由性。艺境创造者不仅需要经验之"材"，更需要体验之"才"，通才之外的专才。专才的构成有哪些，不同的论者有不同的看法。

叶燮认为创作主体方面主要有才、胆、识、力四个方面。他说："大凡人无才，则心思不出；无胆，则笔墨畏缩；无识，则不能取舍，无力，则不能自成一家。""四者无缓急，而要在先之以识，使无识，则三者俱无所托。""无识而有胆，则为妄、为卤莽、为无知，其言背理、叛道，蔑如也。无识而有才，虽议论纵横，思致挥霍，而是非淆乱，黑白颠倒，才反为累矣。无识而有力，则坚僻、妄诞之辞，足以误人而惑世，为害甚烈。""惟有识，则能知所从、知所奋、知所决，而后才与胆力，皆确然有以自信。举世非之，举世誉之，而不为其所摇。""惟胆能生才，但知才受于天，而抑知必待扩充于胆邪！""惟力大而才能坚，故至坚而不可摧也。历千百代而不朽者以此。昔人有云：'掷地须作金石声。'六朝人非能知此义者，而言金石，喻其坚也。此可以见文家之力。"按照叶燮的观点：才出心思、胆掌笔墨、识定取舍、力达久远。但在笔者看来，专才的构成至少需要四个要素：经验；兴会；技法；胆识。

经验主要指个人的耳闻目睹、遭遇经历等生活积累。王夫之认为：身之所历，目之所见，是铁门限。诗和戏剧被亚里士多德理解为是一种对外在世界的摹仿，是物质世界的再现和摹本，因此，对外在世界和物质世界的经验就成了第一位的。在20世纪50年代到80年代的文学概论教材上最流行说："社会生活是文学创作的唯一源泉"，其命题的推理过程一般是这样：第一，从哲学上讲，存在决定意识，社会存在决定社会意识。文学作为一种社会意识形态，当然不能离开客观存在的社会生活。第二，从发生学上讲，文学起源于劳动，文学的源泉也只能是社会生活。第三，文学作品中的一切因素（包括题材、主题、人物、情节、结构、语言和技巧等）都来自于生活。第四，以往的文学作品，只是"流"不是源，不能作为后代创作的源泉。第五，只有深入生活，到唯一的源泉中去，才能创作出优秀的作品来。应该说，以上几条都是有道理的，但也有简单、片面、僵化的情况。就第一点而言，似乎只是在终极（最终源泉）意义上来看待文学的存在，与此相类似，我们也可以说，宇宙是文学的唯一源泉，世界是文学的唯一源泉，人类活动是文艺的唯一源泉，是不是也可以说空气、土地、水、食物、性欲等也是最终的源泉？如此一来，严肃的理论问题就会变成无聊的诡辩。就第二点而言，人们更倾向文学起源的多因素说。就第三点而言，它忽视了反映主体的复杂性和认识过程的双向逆反性。就第五点而言，几十年的创作实践提供了大量的反例。例如：沈从文与苏童。唯有第四点其合理性早已被关注，特别在宋代后期，江西诗派所提倡的"点铁成金""夺胎换骨"之法，日现"剽窃"之嫌，以陆游、杨万里等人为代表诗人，悟入到"诗外"工夫的重要性。陆游《九月一日夜读诗稿有感走笔作歌》写道："我昔学诗未有得，残余未免从人乞，力孱气馁心自知，妄取虚名有惭色。四十从戎驻南郑，酣宴军中夜连日……诗家三昧忽见前，屈贾在眼元历历。天机云锦用在我，剪裁妙处非刀尺。"他曾以这种切身创作感受告诫儿子："汝果欲学诗，功夫在诗外"。杨万里的学诗历程与创作态度和方法的转折与陆游极为相似，其《荆溪集序》说："予之诗始学江西诸君子，既又学后山五字律，既又学半山老人（王安石）七字绝句，晚乃学绝句于唐人。学之愈力，作之愈寡……戊戌三朝时节，赐告少公事，是日即作诗，忽若有悟。于是辞谢唐人及王、陈、江西诸君子，皆不敢学，而后欣如也。试令儿辈操笔，予口占数首，则浏浏焉无复往日之轧轧矣。自此每过午，吏散庭空，即携一便面步后园，登古城、采撷杞菊、攀翻花竹，万象毕来献予诗材、盖麾之不去，前者未酬而后者已迫，涣然未觉作诗之难也。"陆杨二人的共同点是将悟入的目光投向"诗外"，虽所自述的诗歌创作的感受多来自然景物、山程水驿、烟波风月，而未涉及社会治乱，国家安危、民生苦乐，比六朝感物兴情之说并不是什么新鲜见解，但在当时的具体时代背景下，却有着不可忽视的扭转诗风的意义。

当我们把经验主要阐释为文学创造的材料时，材料的第一起点（端点）和第一要素地位就凸显出来，材料，指作家有生以来从社会生活中有意接受或无意获得的一切生动、丰富却相对粗糙的刺激和信息。材料的获取过程不是直线式的简单收受，而是记忆机制在其中发挥举足轻重作用的复杂的心理活动过程。从心理学角度看，可描述为：刺激——感觉——感觉缓冲器——短期记忆——长期记忆。材料获取途径有如下方式：从作家精神专注的趋向和程度看，分为无意获取、有意获取；从渠道看，分为书本获取、实践获取。只有那些进入作家大脑并且在记忆中留下深刻印记的刺激和信息，才可能成为文学创造的真正材料。因为笔记或卡片上再整齐的东西，如果没有转化为记忆因子，就很难在作家创作中发挥作用。

在西方有人认为：早期的故事，基本上是一些水手讲的，水手是最有资格讲故事的一部分人，他们漂洋过海到过不同的国家，见过不同的民族的人，路上的道听途说，逸闻趣事，回来以后他当然就是一个故事的权威。在过去一个讲故事的人,一个合适的作家,能够当作家的人,就是具有丰富经验的人(伯亚明《讲故事的人》)。罗曼·罗兰在《托尔斯泰传》中认为:"丰富的遗产,双重的世家(托尔斯泰族与伏公斯基族),高贵的、古旧的,世裔一直可推到吕李克,家谱上有随侍亚历山大大帝的人物,有七年战争中的将军,有拿破仑诸役中的英雄,有十二月党人,有政治犯。家庭的回忆中,好几个为托尔斯泰采作他的《战争与和平》中的最特殊的典型人物:如他的外祖父,老亲王鲍尔康斯基,嘉德琳二世时代的伏尔泰式的专制贵族代表;他的母亲的堂兄弟,尼古拉·葛里高利维奇·伏公斯基亲王,在奥斯特里兹一役中受伤而在战场上救回来的;他的父亲,有些像尼古拉·洛斯多夫的;他的母亲,玛丽公主,这温婉的丑妇人,生着美丽的眼睛,丑的脸相,她的仁慈的光辉,照耀着《战争与和平》。"(商务印书馆1995年版,第7~8页)。但是,对有些小说家而言,没有什么特殊的经验可以虚构,经验变得不太重要了。特别是当代的写作,经验开始贬值了,大家的经验经常是彼此渗透的,你中有我,我中有你,作家知道的东西别人也知道,甚至更多,作家的自信心和支撑点在哪里?笔者认为,应该在兴会和发现中。

兴会主要指对各种感官的激活,对具体心理表象的激活,是兴象和以象兴境的能力。艺术兴会需要独具慧眼,善于发现生活之美,深刻的艺术鉴识力,在习见的事物中觉察出非凡意蕴。艺术兴会的特殊性在于:能否对主体发生情感和形象关系;能否激活作家的情感反应和具体心理表象;能否在激活作家的情感反应和具体心理表象之后在大脑中打开一个世界(以象兴境)。如果动物体验与日常体验大多是:刺激——反应的话,那么,艺术兴会大多是:刺激——内处理(兴象和以象兴境)——反应。兴会讲究"触物起情",萌发情思;讲究"随遇发生,随生即盛"。陆游说:"诗凭写兴忘工拙"(《初晴》)。杨万里论"兴"曰:"我初无意于作是诗,而万物是事适然触乎我,我之意亦适然感乎是物是事。触先焉,感随焉,而是诗出焉,我何与哉?天也。斯谓之

'兴'"。王夫之在《唐诗评选》中评孟浩然《鹦鹉洲送王九之江左》诗时说:"诗言志,歌咏言,非志即为诗,言即为歌也。或可以兴,或不可以兴,其枢机在此。"《渔洋文》中又说:"夫诗之道,有根柢焉,有兴会焉,二者率不可得兼。镜中之象,水中之月,相中之色;羚羊挂角,无迹可求,此兴会也。本之风雅,以导其源;诉之楚骚、汉魏乐府诗,以达其流;博之九经、三史、诸子以穷其变;此根柢也。根柢原于学问,兴会发于性情,于斯二者兼之,又斡以风骨,润以丹青,谐以金石,故能衔华佩实,大放厥词,自名一家。"这才是他神韵说的本源,其境界之高,是无与伦比的。但正如他自己所云,"二者率不可得兼"。什克洛夫斯基在批判艺术即形象思维(这是俄国象征派的观点)时曾说:"……那种被称为艺术的东西之存在,正是为了唤起人对生活的感受,使人感受到事物,使石头更成其为石头。艺术的目的是使你对事物的感觉如同你所见的视象那样,而不是如同你所认知的那样……艺术是一种体验事物之创造的方式。"

童庆炳先生把这种"兴会"看作艺术体验,认为:体验是经验中的一种特殊形态,是经验中见出深义、诗意与个性色彩的那一种形态,有一定的道理。有些文学理论书籍将艺术兴会称之为艺术发现,认为艺术发现是文学创造发生的契机,没有它,不可能进入创造过程。艺术发现只有产生在作家积累了一定的生活材料的基础上,是作家依据自己的理想、审美原则,观察并审视外在事物时所得到的一种独特的感知。艺术发现的形式,往往表现为作家在习见的事物中独具慧眼地觉察出蕴涵于其中的非凡意蕴。其心理特征表现为:①它是作家心理的蓦然顿悟;②它是作家独特眼光和非凡观察力的凝合;③它是外在机缘的某一突出质点与作家某一内心体验的契合;④它并不改变原来事物,只是把新成分注入其中,在知觉中出现一个新的创造物。曹文轩讲《艺术感觉与艺术创造》,认为艺术感觉应该是敏锐的、丰富的、特殊的、精微的。其实也是在谈艺术兴会。钱钟书说:"刻薄人善为文字";"文人的暗于自见与眼高手低";"文学家的敏悟理解往往超过经生";"山水美原是不得志者的发现";"笔健口吃——补偿反应"等，都在一定程度上揭示了艺术兴会的奥秘。

技法主要指表现技巧和艺术方法。钱钟书说："性情可以为诗，而非诗也。诗者，艺也。艺有规则禁忌，故曰'持'也"。任何艺术创作都离不开技巧方法，古人对此十分重视但有不同的态度，这种态度大致有四：一是死法说。死法指诗人创作时可以死守且一成不变的创作方法，文学史和文论史上主张死法者寥寥无几，明代前七子李梦阳曾主张"尺尺寸寸"摹仿古人，但在晚年也有觉悟悔改之意。死法与创作规律是相悖的，但对初学者有一定的意义。二是定法说。定法即创作过程中作家必须遵守的基本方法、技巧，如律诗和词的一定格律要求，文的布局谋篇方法等。很多古代文论家承认这种定法的存在，如：《文心雕龙·总术》篇"才之能通，必资晓术，自非圆鉴区域，大判条例，岂能控引情源，制胜文苑哉！是以执术驭篇，似善弈之穷数；弃术任心，如博塞之邀遇。……若夫善弈之文，则术有恒数，按部整伍，以待情会，因时顺机，动不失正。数逢其极，机入其巧，则义味腾跃而生，辞气丛杂而至。视之则锦绘，听之则丝簧，味之则甘腴，佩之则芬芳，断章之功，于斯盛矣。"任何体裁的文学作品，总都有一定的基本格式必须遵守，如诗歌创作必须使用诗歌语言，而不能用散文语言，应该讲究音韵声律，否则，不成其为诗。特别是对于初学者来说，这些基本格式、方法技巧的掌握使用，往往是他们步入诗歌王国的重要途径。古代一些诗人往往开始就是从这些定法学起，如陆游、杨万里、范成大等人学诗便是从师法江西派的诗法开始。但这种定法只是诗人所应掌握的基本技巧，并非是诗歌创作最根本的所在。诗人掌握这些基本技巧必须善于运用，为表情达意服务，因而，古代诗论家虽承认定法的存在，却不主张固守定法，而主张活用其法，这就是对于法的第三种态度，即"活法"说。"活法"，即活用其法，"活"即灵活、圆活、活脱。"活法"与"死法"完全对立，"死法"为一成不变之法，呆板、拘滞、机械，而"活法"则流动、灵活，富于变化，不主故常，不拘一格。"活法"最初由吕本中拈出,他在《夏均父集序》中云:学诗当识"活法"。所谓"活法"者,规矩备具,而能出于规矩之外;变化不测,而不背于规矩也。是道也,盖有定法而无定法,无定法而有定法,知是者,则可以与语"活法"矣。吕本中的"活法"说其本质是要求诗人创作能够"出于规矩之外",这在精神实质上是对苏轼"常行于所当行,常止于不可不止","随物赋形"等思想的继承。但是,吕本中的"活法"说较准确地概括了创作技巧、方法的灵活圆通的特点,因而,被后人广泛接受,并形成了势力浩大的"活法"说之潮流。

中国古代文学理论史上还有一派反对"法",认为文学创作根本不需要"法","法"是创作的桎梏。如苏轼《答谢民师书》云:"大略如行云流水,初无定质,但常行于所当行,常止于所不可不止,文理自然,姿态横生。"石涛《苦瓜和尚画语录》云:"无法而法,乃为至法。"主张"无法"者,一方面多是对成熟的作家而言,这些作家一般都有丰富的艺术经验,高超的艺术修养,基本技巧、法度早已透熟于心,他们创作时不必斤斤计较法度技巧,而是自由挥洒,恣意运用,不为法度所羁,达到了一种对技巧驾轻就熟的"人化"境界。另一方面,主张"无法"者多是强调文学创作的情感自由流露特征,认为创作是作家情感的流淌,作家情思满怀时,只需奋笔疾书,根本不必考虑法度技巧,一任内心情思流泄。作品是作家情感生命的外现,"无法"而作,天成自然,虽无雕琢之功,却如"清水芙蓉",有天然之美。这种创作是一种"化境",它使作家超越了技巧法度,而所创作的作品又"文理自然,姿态横生",无不合乎艺术法度。这种"无法"是对"活法"的超越,古人又称之为"至法"(参见吴建民《中国古代诗学原理》)。

不同文体对技法的要求不同,但"名作往往破体"。无论如何,善于"应变":随人变,随动机变;善于抓"兴会";善于选词用字、提炼、推敲;能写人心中所有、笔下所无,都是技法中不可缺少的,其具体问题当不应在此论列。

胆识主要指作者赋意过程中的价值追求,还包括坚持的勇气、怀疑的勇气、改善的勇气(慎)。

2. 为何写:因情——创作动机

人的行为动机是在需求的基础上产生的,创作的动力也是出于人的需求。人的需求是多方面的,从性质上看,有理性精神之需求、宗教信仰之需求、世俗欲望之需求等;从形态上看,有功名荣誉之需求、地位权力之需求、金钱利欲之需求、性爱情欲之需求、人伦天乐之需求等。不同的需求都可以构成支撑文学家从事创作的内在动力。(参见吴建民《中国古代诗学原理》)

刘勰《文心雕龙·诸子》篇云:"君子之处世,疾名德之不章(彰),唯英才特达,则炳曜垂文,腾其姓氏,悬诸日月。"《序志》篇云:"岁月飘忽,性灵不居;腾声飞实,制作而已。……形同草木之脆,名逾金石之坚。是以君子处世,树德建言,岂好辩哉?不得已也。"作家"疾名德之不章",要"树德建言","腾其姓氏,悬诸日月",这种创作动力来自作家对功名荣誉的渴求追慕。

《荀子·赋篇》云:"天下不治,请陈佹诗",白居易《与元九书》云:"仆常痛诗道崩坏,忽忽愤发,或食辍哺,夜辍寝,不量才力,欲扶起之……""天下不治","诗道崩坏",欲拯救天下、安民富国的理性精神,构成了诗人创作的内在动力。

理性精神又有不同的性质,如爱国之心,思乡之情,对社会状况、政治昏暗的种种不满及愤恨等。甚至美女姿色、金钱地位等亦可构成诗人创作的动力。女性美是人类自身之美的最佳呈现,是人类不可缺少的审美对象之一,古代文学作品中有不少是描写女性美的,如《诗经·卫风·硕人》、宋玉的《神女赋》、曹植的《洛神赋》等,这些作品的创作很难说没有女色的动力作用。南朝徐陵编艳情诗集《玉台新咏》,在《玉台新咏序》中,徐陵对历代美女作了极尽绮丽靡艳的形容描写,俨然是一篇美女赋,从中不难看出美女姿色对徐陵编此书的动力作用。古代宫廷有大批御用文人,他们靠博取帝王将相、达官贵人的欢心而求得生存，他们的作品或歌功颂德，或粉饰太平，或酬答应和等。这些人为获取金钱地位而创作，其动力来自金钱地位的引诱。

美国人本主义心理学家马斯洛将人的需要分为五个层次，即生理需要、安全需要、归属和爱的需要、尊重需要和自我实现的需要，其中自我实现的需要为最高层次的需要。这五种需要可以归为两类，即以维持生命生存为基本的低层次物质需要，和以满足精神需求为基本的高层次精神需要，这两种需要都可以构成诗歌创作的动力。但是，不同需要所构成的不同的创作动力，带来了质量不同、品貌不同、价值不同的作品，而对诗歌创作能起到最根本的支撑力量，使诗歌作品能达到最高审美等级，并且具有永恒艺术魅力的，则是诗人的生命精神力量、意志冲动力量及情感需求力量。以这种力量支撑而创作的诗歌，是诗人生命的写照和复现，闪烁着诗人生命精神的熠熠光华，包孕着诗人对人生宇宙的深深体验，因而，能以其博大精深和雄健沉浑而激动、吸引着每一时代的读者。黑格尔论古代希腊艺术时曾说："希腊人的艺术并不只是一种装饰，而是生命攸关的必须满足的一种急需，才使希腊艺术具有如此永恒的诱人魅力和不朽价值，并为后来欧洲文学的创作提供了重要母题和丰富的材料。"

实际上，中国古代文学也同样如此。诚然，中国古代文学史上也有一些"装饰"文学，如御用性颇强的汉代大赋、六朝时的宫体诗、初唐流行的上官体诗、宋初的西昆体及明初的台阁体等，但这不是古代文学的主流，且不为古人所重。正是那些出于"生命攸关"的作品，构成了中国古代文学大厦的主体。《诗经》中的国风及小雅、《楚辞》、汉代乐府诗、建安诗歌、以李、杜为代表的唐代诗歌、宋词元曲中的上乘之作，以及古典名著小说，无不是出于作家"生命攸关"的成果。作家以生命需求为创作动力，创作出的作品具有最高的品级和价值。古代文学理论家评论作品时，也总是把出于生命需要所创作的作品放在第一位。如韩愈《柳子厚墓志铭》云："然子厚斥不久，穷不极，虽有出于人，其文学辞章，必不能自力，以致必传于后，如今无疑也。"韩愈认为，柳宗元以"文学辞章""传于后"，远远胜过那种"得所愿于一时"的仕途亨通，因为柳宗元的作品是他生命的结晶，是生命需求——最高层次需求的结晶。屈骚、《史记》、建安诗歌及李、杜诗歌等都是作者生命需要的产物，受到历代人们的肯定。

真正有价值的文学作品总是得到作家生命力的支撑，这也说明作品价值与作家生命是紧紧联系在一起的。中国古人论作品价值，总是将其与人的生命联系起来考察。考察诗歌创作的动力，应该首先考察诗歌与诗人生命的关系，诗人把诗歌创作看做生命需要，因而，诗歌创作的真正动力源于生命。

首先将文学创作看做作家生命需要，从而强调作家应以全部生命投入创作的理论家是曹丕。他在《典论·论文》中说："盖文章，经国之大业，不朽之盛事。年寿有时而尽，荣乐止乎其身，二者必至之常期，未若文章之无穷。是以古之作者，寄身于篇籍，不假良史之辞，不托飞驰之势，而声名自传于后。故西伯幽而演《易》，周旦显而制《礼》，不以隐约而弗务，不以康乐而加思。夫然则古人贱尺璧而重寸阴，惧乎时之过已。而人多不强力，贫贱则慑于饥寒，富贵则流于逸乐，遂营目前之务，而遗千载之功，日月逝于上，体貌衰于下，忽然与万物迁化，斯志士之大痛也。"

曹丕之后，陆机在《文赋》中提出创作是一种精神愉快和生命享受。其云："伊兹事之可乐，固圣贤之所钦，课虚无以责有，叩寂寞而求音，函绵邈于尺素，吐滂沛乎寸心。言恢之而弥广，思按之而愈深，播芳蕤之馥馥，发青条之森森，粲风飞而焱竖，郁云起乎翰林。""兹事之可乐"，即文学创作是愉快可乐之事，这种愉快来自构思想象、表情达意和遣辞用字、造句谋篇诸方面，作家借想象而于"虚无"处"责有"，通过虚构而想象出优美的意象，这确实能给作家带来极大的快乐和享受。

钟嵘在《诗品·序》中对诗歌创作与人的生命需要之关系作了新的论述，其云："使贫贱易安，幽居靡闷，莫尚于诗矣。故词人作者，罔不爱好。"又云:"至若诗之为技,较尔可知,以类推之殆同博弈。"钟嵘是从诗歌功用的角度来分析诗歌是人的生命需要的。

人的需要是多方面的,有维持生命生存的低层次的物质需要,有满足生命享受的高层次的精神需要。不同的需要构成人类行为活动的不同动机,人的活动动机是一个庞大的系统,需要的复杂性构成了动机的复杂性。诗歌创作的动力也是一个复杂的系统,就动力来源看,可分为外部动力和内部动力。外部动力指由外部需要或压力而构成的动力,如古代宫廷御用文人为博取帝王欢心或满足帝王娱乐需要而创作的应制诗文,宫廷文人、公卿贵族相互应和酬答而创作的作品,以及一些低等文人为求得高官名士赏睐提拔以谋求功名利禄而创作的"干谒"之作,或为迎合世俗口味而创作的"媚俗"之作等。由于外部动力大多来自物质金钱需要或名誉地位需要,其需要的性质卑俗低下,因而,出于这种需要而创作的作品一般也价值不高。古代文论家对于这种卑俗动机及庸俗之作是不屑一顾的。他们所肯定和尊重的,是那种出于高尚动机和生命攸关需要而创作的不朽之作。这种作品是由内部动力驱动而创作的,内部动力也是多种多样的,古代文论家论述甚多,这些动力主要包括"情动言形"说、"发愤著书"说、"不平则鸣"说、"自娱""自足"说以及"不得已而作""有为而作"等。

3. 怎样写:立体——过程与关系

作为创作过程的"怎样写",在许多文学理论教程中都有大致相似的论述,主要分发生阶段、构思阶段、物化阶段三个部分。

在发生阶段,有材料储备、艺术发现和创作动机等三个相互渗透的环节。首先是材料储备,主要阐释文学创造的材料、材料来源、获取过程、途径、作用等问题。其次是艺术发现,主要阐释艺术发现及其形式、心理特征、作用等问题。第三是创作动机,主要阐释创作动机及其心理轨迹、类型、作用等问题,创作动机可分为远景动机、近景动机,主导动机、非主导动机、高尚动机、卑下动机、有意识动机、无意识动机等多种类型。一种创作动机中可能有几种子动机的冲突,叫做动机簇现象。动机冲突造成文学创造过程的多种复杂行为模式，并给作品打上深重的冲突印记。

在构思阶段，主要阐释艺术构思的心理机制及其方式，艺术构思的心理机制主要有回忆与沉思、想象与联想、灵感与直觉、理智与情感、意识与无意识等内容。艺术构思的方式主要有综合、突出和简化、变形和陌生化等方式。

在物化阶段，主要阐释作为创造主体的作家如何将基本酝酿成熟的意象、意念转换为文字符号、形成作品（即由心到物）的过程。包括从形之于心到形之于手，语词提炼与技巧运用，即兴与推敲等等。（参见童庆炳主编《文学理论教程》）

笔者在这里提出的是作为创作关系的"怎样写"，包括四种基本关系：物我关系、言意关系、主体关系、文本关系。

（1）物我关系

物我关系：包括情感与情况的关系、材与才的关系等；情感与情况的关系其实也是"文学写什么？"的问题，历史上有所谓题材决定论，认为题材决定文学作品的价值和意义。其合理性是看到了题材之间价值的差别。其局限性在于常会导致题材的狭隘与单一，整体化的主体暴力为外力干涉提供了方便，忽视或排斥了文学创作主体的创造性、文学的个性和丰富性。因此，也有人主张题材无差别论，认为"文学写什么"不重要；重要的是怎么写。其合理性是看到了文学创作主体的创造性、文学的个性和丰富性，其局限性在于常会导致随意性，跟着感觉走，导致题材的芜杂与飘忽，甚至价值判断的丧失。

"文学写什么"是否重要的命题又经常演变成：文质之争；文道之争；内容形式之争；思想性与艺术性之争；这些问题必须放到具体历史环境中进行分析。

"文学写什么？"的一般说法：社会生活（风情）；思想感情。"文学写什么？"的简洁说法："情"，包括情感与情况。问题在于"情"字能否涵盖社会生活与思想感情？在《辞源》中，"情"的义项共有六种，分别是：情感、情绪；爱情；真情；情况、实情；情态、姿态；趣味。这六种义项大致可分为两类，一类是偏重客体生活方面的情况、情实、情态，一类是偏重主体心灵方面的情感、情绪、爱情、真情、趣味。在"情"字的两类用法中，人们显然习惯了"情即情感"的用法，但本文立足于艺境理论的周延性，重新对"情即情状"的用法进行开掘，当然，"情即情状"的用法并非某个人或某些人的主观猜测，而是自古以来一直在社会生活中发挥着作用，它是一种也很普及、也许更古老的用法，只是有些人在释"情"时忽视了它而已，现在我们有必要对它进行重新认识。现有的甲骨文和金文中没有出现"情"字，《尚书·康诰》中出现了一次，曰："天畏棐忱，民情大可见。"但因成书年代的争论，姑且存而不论。《易经》《春秋》《老子》亦不见此字。《论语》（14次）、《易传》（14次）、《左传》（12次）、《孟子》（12次）、《墨子》（26次）、《庄子》（54次）、《荀子》（100多次）中都有多处可见。但考诸其用法，其"情实"的意义似乎要多于或早于"情感"的意义（陈良运语）。例：《左传》采用了春秋时代的大量史料，用"情"字处，"情"常被赋或"真"或"实"之义，如：

小大之狱，虽不能察，必以情。（《庄公十年》）

吾知子，敢匿情乎？（《襄公十八年》）

鲁国有名而无情。（《哀公十八年》）

宋，公闻其情，复皇氏之族。（《哀公十八年》）

第一、二例皆指真实情况，第三例犹说"有名而无实"，第四例犹言事实、真象。既然以"情"为"真"，那么"情"必与"伪"相对，这样的语例在《左传》有：

（晋国公子重耳流亡国外十九年）"险阻艰难，备尝之矣；民之情伪，尽知之矣。"（《僖公二十八年》）

"民之情伪"，杨伯峻先生释曰："情，实也；情伪犹今言真伪。"（注：《春秋左传注》第1册，中华书局1981年版，第456页）晋公子重耳因兄长被他父亲的宠姬陷害而被杀，他被迫在国外流亡十九年，从而离开了高层接近于民间，了解了民心向背，什么是真实的，什么是虚假的，早已心中有数了。由"真"而"诚"，又赋予"情"的初义即"真"，这对于"真"以后转移到美学、文学艺术领域，开通一条捷径，具有特别意义。

《论语·子张》："上失其道，民散久矣。如得其情则哀矜而勿喜"。先秦典籍所用之"情"多数都具有"实"（事物的实际情况）的意义，故人们常将"情"与"貌"相对举，如《国语·晋语五》载宁赢氏言："夫貌，情之华也。"《荀子·礼论》中说："故情貌之变足以别吉凶"；《礼论·乐记》中说："合情饰貌者，礼乐之事也"。实又与"真"相联系，与"伪"相对立，故古代典籍中，又常将情伪相对举，如《左传》僖公二十八年："民之情伪、尽知矣"，《易传·系辞上》："设卦以尽情伪"，《系辞下》："情伪相感而利害生"。

重新开掘"情"的"情实"涵义的价值在于，把艺境与社会实际生活建立起广泛的联系，超越唯情感论的偏狭与肤浅。

文学写什么样的"情"？情实与客观现实的区别：能否对主体发生情感关系；能否激活作家的情感反应（兴）；能否成为诗意形象（以象兴境）；艺术情感与日常情感的区别：日常情感：刺激——反应；艺术情感：刺激——内处理（志思蓄愤）——反应。

心理学把情分为情绪和感情，把它们定义为"人对客观事物是否符合其需要所产生的态度的体验"[①]。

中国大百科全书释"情绪和情感"（emotion and feeling）说："人对事物的态度和体验，是人的需要得到满足与否的反映。"

李泽厚：多种多样的性（道德）欲（本能）不同比例的配置与组合。

艺境之情并非心理学意义上的"感情"。情感人人皆有，但决非人人都是艺术家，即使是艺术家的情感也决非时时都能演变为艺境之情。

艺境之情只能在心物交融中而"兴"，它是特定的主体（心）和特

---

① 车文博主编：《心理原理》，黑龙江人民出版社1986年版，第516页。

定客体（物）相互触发而又融为一体的那一种感受和体验。

韦应物《听嘉陵江水声寄深上人》一诗说："水性自云静，石中本无声。如何两相激，雷转空山惊！"艺境之情之系于特定的主、客体相接，正如涛声之系于水石相击。

同样的意思，苏轼在《咏琴》中也有所体悟："若云弦上有琴声，放在匣中何不鸣？若云声在指头上，何不于君指上听？"琴音系于指弦相触，犹艺境之情系于心物相触，所以《文心雕龙》说诗人观物应"目既往还，心亦吐纳"（《物色》）"情以物兴，物以情观"（《诠赋》）。

总体上讲，人心感物而生情，但①感物的基础是什么？感受物之前所形成的稳定心理结构和情感类型，又常常成为作者感物的前提和基础。有学者将儒家的心理结构归结为乐感文化和实用理性（李泽厚），有学者将情感类型分为：心境、热情、激情（成复旺）。登临抒怀，对流叹逝，伤春悲秋，其实都是"借物理，抒我心胸……然则物非物也，一我之性情变幻而成者也。性情散而为万物，万物复骤为性情，故一捻髭搦管，即能随物赋形，无不尽态极妍，活现纸上"（廖燕《二十七松堂集》卷八《李谦三直九秋诗题词》）。正是由于"物以情观"，古人进一步提出了"托物"的概念，杨载《诗法家数》中说："咏物之诗，要托物以伸意"。沈德潜《说诗晬语》卷下说："事难显陈，理难言罄，每托物连类以形之；郁情欲抒，天机随触，每借物引怀以抒之。比兴互陈，反复唱叹，而中藏之欢愉惨戚，隐跃欲传。其言浅，其情深也。倘质直敷，绝无蕴蓄，以无情之语而欲动人之情，难矣。"这里的"托物"与西方的"象征"也是通而不同的，其关键在"天机随触"，也就是说，托物并非主体一意寻找托情之物，而是怀情之人适会此可寓情之手，自然凑泊，天人合一。②人心之感物，总要带上自己的感情色彩，这是中国古典诗艺境论中常常强调的。黄庭坚在《和陈君仪读太真外传》中言："人到愁来无处会，不关情处总伤心"。葛立方在《韵语阳秋》卷16中曾载，欧阳修有两首《啼鸟》诗，第一首写于被贬滁州之时，忧郁的心情恰与鸟之啼声相应，故颇爱其声；第二首写于升官还朝之后，此时便不爱其啼了："可怜忱上五更听，不似滁州山里闻。"故葛立方说："盖心有中外，枯菀之不同，到对境之际，悲喜亦随之耳。啼鸟之声，夫岂有二哉？"明人李开先在《悼内同情集序》中说："均一邻笛也，惟怀乡之心独感焉；均一秋雨也，惟愁人之耳偏入焉。"

艺境之情可从我起但非唯我，明人李梦阳在《梅月先生诗序》中说："情者，动乎遇者也……遇者，物也，"这似乎与钟嵘的观点较为接近，但他接着说："（梅月先生）身修而弗庸，独立而端行，于是有梅之嗜；耀而当夜，清而严冬，于是有月之吟。故天下无不根之萌，君子无无根之情，忧乐潜之中而后感触应之外，故遇者因乎情，诗者形乎遇"（空同集卷五十）。进一步，中国古人又提出"以物观物"的观念。因为在他们看来，观物不仅要观形，更重要的是观神，是观察和摄取对象之神，而主观前见和自身认识往往会影响对对象精神的摄取，单纯的耳目之观很难得物之神，因此，需要心观，需要用心灵观察，需要去情去欲，情景都忘，需要超越主观前见和认识障蔽，需要虚静无欲。老子说"常无欲以观其妙，常有欲以观其缴"，邵雍《皇极经世书》卷二《观物内篇十二》云："圣人之所以能一万物之情者，谓其圣人之能反观也。所以谓之反观者，不以我观物也。不以我观物者，以物观物之谓也。既以物观物，又安有我于其间也。"以物观物与"物化"相通，都是不主己意，不著己见，它表明了主体真正拆除了人与物的对立，走向了对物之神理的摄取。但"以物观物"仍执著于一个"物"字，终究又落一实相，苏轼又提出"不可留意于物"的观物法，观物的主体不是努力追求泯灭物我，而是心中本来就无物我区隔的观念，无物无我，应物而不滞，流观而不系，从而达到真正全方位地拥有物的本相本质。明代谢榛深得此观物法之三昧，其《四溟诗话》卷三中说："夫万景七情，合于登眺，若面列群镜，无应不真，忧喜两无色，偏正惟一心。偏则得真正，正则得其全。镜犹心，光犹神也。思入杳冥，则无我无物，诗之造玄矣。"王夫之《古诗评选》卷四称曹植《七哀诗》："明月照高楼,流光正徘徊","可谓物外传心,空中造色,结语居然在人意中,而如从天陨,匪可积寻,当由智得。"

艺境乃心灵世界的艺术体现,艺境创作乃心灵创造活动,所以中国古代文艺批评中有"心源"的说法。张彦远《历代名画记》卷十载唐代张璪语:"外师造化,中得心源",郭若虚《图画见闻志·论气韵非师》中说:"本自心源,想成形迹"。唐顺之论诗有"洗涤心源"的说法,李贽则以"童心"说名闻后世。"心源"语本佛学义理,禅宗尤重,以为"一切法皆从心生"(《五灯会元》卷三),"三界无别法,唯是一心作"(卷二),特别强调"心"的地位与作用,这种观念随着禅宗与文人联系的密切而深入艺境论,使文人们更加强调主体心灵的作用。与"心"范畴字面不同,然意指相同、且同具本原意义的尚有"志""情""性""意""道""理"等范畴。情实:即人们感受到的所谓"客观真实"(自以为是)。它是针对"真实"而言的。

(2)言意关系

言意关系是形式创造中的基本问题,也是中国文论与中国哲学的一个常见问题。《周易》从认识论出发认为语言的表达功能是有限的,"书不尽言,言不尽意"(《系辞上》)。言不尽意的原因在于《易经》大意的深奥和《易经》形式的特殊。《周易》中的言不尽意涉及语言表达功能问题,但它并不否定语言的作用,它论述的中心是象而不是言。言不尽意是为了突出"立象以尽意"。老庄所代表的道家主要从本体论出发谈言意问题,在道论的前提下论言意。道具有玄远、精微、博大、渊深、恍惚等特点,它以无为本,道的特征决定了它不可能与任何具体事物相对称,"言"作为人类的表意符号系统具有高度的概括性和广泛的应用性,但和道相比它仍然是一种具体的存在,有很大的局限性,不能尽道的。"道可道,非常道;名可名,非常名"(《老子》一章),"大道不称,大辨不言"(《庄子·齐物论》),"道不可闻,闻而非也"(《庄子·知北游》)。对于道"知者不言,言者不知"(《老子》二十五章)。老庄的言不尽意主要指道之难尽,是为了突出道的特征而不是否定语言的功能。在古代文论中言不尽意论的提出是在魏晋南北朝时期。

文学创作中的言不尽意论与哲学命题中的言不尽意是相通的。哲学上的言不尽意主要指"道""无"等无法用对等的语言形式把它们完整清楚地表达出来；文学上的言不尽意指出了创作中的情、志、意、理、趣、思等内心世界及心理活动无法用语言具体生动完整地表达出来。但是哲学和文学对言不尽意的认识是不等同的。哲学所论重"意"，文学创作中的言不尽意不仅重"意"也重"言"，以及言和意相互间的关系，言不尽意不仅在意之难尽，还在于言的不尽意性。同时文学创作理论中因为对言不尽意的充分认识，使它能够超越于言不尽意而积极地去追求言外之意。这样既可以把言不尽意看做文学创作中一种局限，更应该把言不尽意视为文学创作的一种特征。在哲学的阐释中是不允许有什么言外之意的，它要求以严密的逻辑推理和哲学思辨把问题说清楚，虽然《庄子》中的寓言及禅宗里的故事往往寓理于故事之中，给读者充分地思考玩味的余地，但这只能说是它们借用了文学表达方法，而不能说明哲学论述中有意去追求言外之意。言外之意论是言意论的一部分，也可以看作言不尽意论的延伸和发展。它的提出为言不尽意找到了合理的解决途径，即利用寓言外之意于言内之意，扩展有限的语言表达能力，使之在所达之意的基础上更富有深层含义。刘勰、钟嵘等人对此已有约略的认识，但真正明确提出"意外之意"的则是在隋唐及其以后。隋唐以来的作家理论家已经在言不尽意论的基础上集中、明确地把言外之意作为创作中的言意问题加以论述。

第一，创作审美标准的言外之意。言不尽意存在于具体的创作中，与之相应作家在创作中有意追求言外之意。司空图以"韵外之致""味外之旨"(《与李生论诗书》)"象外之象""景外之景"(《与极浦书》)，从韵、味、景、象等方面来论言外之意，并认为那种"可望而不可置于眉睫之前""不知所以神而自神""近而不浮、远而不尽"的言外之意才是作品的最高境界，由此司空图把"不著一字，尽得风流"视为创作的最高品格。宋代把"言有尽而意无穷"作为创作目标。梅尧臣说:"诗家虽率意,而造语亦难,若意新语工,得前人所未道者,其为善也。必能状难写之景如在眼前,含不尽意见于言外,然后为至矣"(欧阳修《六一诗话》)。姜夔从含蓄的角度提出"若句中无余字,篇中无长语,非善之善者也;句中有余味,篇中有余意,善之善者也"。"东坡云:'言有尽而意无穷者,天下之至文矣'"(《白石道人诗话》)。严羽从兴趣出发认为盛唐诗的妙处"莹彻玲珑,不可凑迫,如空中之音,水中之月,镜中之象,言有尽而意无穷。"唐宋时代已明确了言外之意在创作中的地位和作用。明代以来,如徐渭《南词叙录》、袁宏道《叙陈正甫会心集》、袁中道《淡成集序》《吴表海先生诗序》、李维桢《来使君诗序》、李渔《闲情偶记》、梁廷楠《曲话》、刘熙载《艺概》、王夫之《古诗评选》,以及冒春荣、吴雷发、王士祯、吴乔、郑板桥、况周颐、章学诚等人都不同程度地论述了诗、文、词、曲中的言外之意。

第二,以有无言外之意作为评判作品的标准。文学评判标准是与创作标准相应对的,所以隋唐以来许多评论者在评判作品时都以有无言外之意为标准。皎然《诗式》中以"两重意"论曹植的"高台多悲风"。以四重意论《古诗》中的"行行重行行"。苏轼《书黄子思诗集后》评韦应物、柳宗元的创作"发纤秾于简古,寄至味于淡泊。"张戒《岁寒堂诗话》认为"爱而不见,搔首踟蹰"等句"其词婉、其意微,不迫不露,此其所以可贵也"。魏庆之《诗人玉屑》中认为《长恨歌》等"语少意足,有无穷之味"。吴可《藏海诗话》评《贫女》诗"含不尽之意,见于言外"。在隋唐以来的许多论诗评文的著作中都可以找到相应的例证。

第三,文学欣赏中的言外之意。创作的追求决定了欣赏的追求,评判、欣赏又反作用于创作。因此人们在欣赏作品时自然地把言不尽意的因素考虑进去,在理会言内之意时更寻求对言外之意的理解,欣赏活动中重视心领神会,而不注重咬文嚼字。《六一诗话》中欧阳修认为"作者得之于心,鉴者会之于意,殆难指陈以为言也"。这说明作者的心得难以言尽，只好存于言内显于言外，读者欣赏时也只能把语言视为工具，力求在语言之外去体味作者的本意，因此欧阳修指出作者与读者之间"不相语而意相知"（《书梅圣俞稿后》）。章学诚《文史通义·文理》中说"文学之佳胜，正贵读者之自得，如饮食甘旨，衣服轻暖，衣且食者之领受，各自知之，而难以告人"，欣赏作品"得意文中，会心言外"。一般说来欣赏作品时对字面意义的理解往往分歧较少，对言外之意的理解往往会融进更多的个人因素，而这些融进去的个人因素也许正是读者的独得。因此言外之意需要读者的心领神会，同时也为读者的心领神会提供了可能，而真正的文学创作就应该为读者留下余地。言外之意的存在正反映了文学创作的特征和价值。

正因为"辞不达意"或"言不尽意"，也诱使无数文人墨客对语言文字千锤百炼，精益求精。"吟安一个字，念断数茎须"。追求以一目尽传精神，着一字境界全出的艺术境界。抒情文本如此，叙事文本亦如此。刘知几论历史写作。即言："夫国史之美者，以叙事为工；而叙事之工者，以简要为主"。他主张"省字""省句"。这些，都无疑增加了汉语语汇的涵量与魅力，使许多字词充满历史、文化的"深度"，似乎像"一个潘朵拉的魔箱，从中可以飞出语言潜在的一切可能性"（罗兰·巴特）。诗人作家应有意在言与意之间踩钢丝，即有意在符号之能指与所指之间制造一种差异，"言在此而意在彼"，如西人所言"复义（含混）""悖论语（翻案语）""反讽""双关"等，从而扩大其所指，造成意义之延伸。

当然，这种分离与引申，不宜太过，过则"疏之千里""言不及意"。总之"言意之辩"其实是一种辩证关系，一种"张力"；不即不离，若即若离，密与疏、分与合，对立而统一。文学语言首先是"象"（image）的符号（sign），而非"意"（meaning）的符号（sign），它是一种象征符号（symbol on sign of image）。也就是说，文学语言的能指与所指的关系，不是一种直接关系，而是一种间接关系，它们的中介物即是"象"，意象，或形象。象同时也是言、意之间的平衡物，它控制着能指与所指不即不离,既不"名实两乖",也不一览无余,形成文学语言特有的一种弹性和张力。因此,要准确或较为准确地理解文学语言的意义,就必须先把握文学语言所描述出的意象或形象。文学欣赏也不能像悟道一样"得意忘象","舍象忘言,是无诗矣"(钱钟书)。哲学之象与所喻之理是"临时搭档",可以取代;而文学之象与所蕴之旨浑然一体,不可剥离。哲学之象旨在明理,象是手段,过河舍筏可也;文学之象旨在审美,象是目的,买椟还珠不可也。

文学语言是一种多重符号,它"一语双关"——它的所指有"象"也有"意";又因"象"的具体可感性所致,"意"也具有相当的模糊性和不确定性——当然也就具有了一种增殖性。它往往"言在此而意在彼",既有"言下之意"——我们把它解释为"字面意义""象"的层面;也有"言外之意",即所谓"文外曲致、言表纤旨",甚至"韵外之致""象外之象"(司空图),这是隐含意义。前者,其语词是一般意义上的、辞典意义上的,这一层面亦可包括读者对文学形象的直观把握;后者则是作者有意识或无意识赋予语词的新的意义,特定的、具体的语境中的意义,或者特定的、具体的文学形象中蕴含的审美意趣。文学语言把语言自身的局限性变为一种积极的因素,变抽象性为具体可感性,变模糊性为"有意的含混""虚涵两意",大大增加了语言的表现力和魅力。

我国古代对言意关系的认识由三部分构成;一是言以达意论;二是言不尽意论;三是言外之意论。由言以达意、言不尽意到言外之意,既承认了言和意的一致性,又指出了它们的矛盾与冲突,同时也找到了解决冲突的途径和方法,这样形成了具有民族特色的言意论。

(3)主体关系

主体关系(主体间性):在这里主要指自我主体与对象主体的交互关系,这与胡塞尔为摆脱唯我(先验自我)论的困境所提出主体间性概念有相通之处。也可以称之为情境。情境一般包括两个方面的内容,其一是情感主体与情状主体的交互关系,在艺境活动中,作家不是把自己的意志强加于世界,而是把社会生活由客体变成主体,即把现实的人变成文学形象,并与之共同生活。

艺境对象不是死的现实或文本,而是活的文学形象,不是客体,而是另一个我。就海境诗的情境形态而言,具有以下几种典型的形态。①众流入海情境;②海阔天空情境;③惊涛拍岸情境;④变幻莫测情境;⑤神奇诡异情境;⑥海市蜃楼情境;⑦波澜壮阔情境。[1]

那么,情境之与现实生存,有何关联呢?艺境活动是一种生存方式,是自我主体与对象主体间的交往活动,即主体间的生存方式。在现实生存中,囿于现实关系的狭隘性(比如利益需求),人与人不可能完全摆脱主体与客体的关系,他人在自我的眼里就成为有用或无用的客体,而不是与自我一样的人;而人类以外的世界则更成为利用的对象、死的客体。主客对立的生存方式是不自由的生存方式,只有在主客对立消失,主体间充分和谐的世界中,才有自由。艺境彻底克服了现实世界中主体与客体间的对立,把主客关系转变为主体与主体间的关系,从而进入了真实的存在。在艺境活动中,艺境形象不再是与我无关的客体,而成为与我息息相通的另一个自我;并且没有自我与对象之分,最终与我合为一体,他的命运成为自我的命运,我们在共同经历人生。这种主客同一不是认识论的一致,也不是主体征服客体,而是在审美同情的基础上的充分的交流而达到的自我主体与对象主体的融合。

在艺境中,世界(包括自然界)已经不是客体,而是主体了;情感主体把世界当作人格化的对象主体,与其进行情感的交流,并且达到主"客"同一、"物"我两忘的审美境界,世界成为自我的化身。事实上,艺境活动就是一个由主体性到主体间性、或者说由不充分的主体间性到充分的主体间性的转化过程,也就是主体性被克服和超越的过程。我们一开始是把形象当作客体,就像在现实生活中把他人或世界当作客体一样;同时还保留着主体性和自我意识,即以一种外在的立场在"看"形象。但随着艺境活动的深入,自我意识变成了对象意识,我自

---

[1] 牛月明:《汉魏六朝赋中的海境》,《海洋文化研究》2000年第二卷。

身就成为艺境的一部分。同时，艺境的客体性也消失了，成为另一个主体，并且通过与自我的交谈进入自我之中，对象意识变成了自我意识，对象就成了自我的化身。这时，主体不是在"看"对象，而是与对象共同成为文学活动的主体，进入新的生活。这也许就是海境游仙诗的根本所在，也是一切游仙诗的根本所在。另外，在现实世界中，由于主客关系制约，个性与社会性常常是对立的，社会性压制个性。但在艺境中，作者主体超越了现实主体的局限，变现实个性为审美个性，即解放了的、充分发展的个性形式。它不但不限制个性，而且成为个性实现的前提和手段。艺境越有个性，就越有审美价值，从而就越有普遍性。艺境既是主体间的充分交流、沟通，也是个性的充分发展。每一个作品作为审美个性的体现，都是独特的，同时又具有最大的可沟通性，它向一切主体开放，获得了最普遍的理解。最优秀的文学作品，都获得了最普遍的认同，同时每个人又保留着自己最独特的理解。在这个意义上，艺境是自由个性的创造，是开放的个性化体验。①

（4）文本关系

如果我们把情境与胡塞尔提出的主体间性概念相联系。那么，语境的第二部分内涵就应该与巴赫金或克里斯蒂娃提出互文性这一术语相联系，互文性主要指一个文本与它所引用、改写、吸收、扩展、改造的其他文本之间的关系。例如：要理解白居易的【海漫漫—戒求仙也】，就应该知道它所引用《史记·封禅书》和《史记·秦始皇本纪》的有关内容。《史记·封禅书》中说："自威、宣、燕昭使人人海求蓬莱、方丈、瀛洲。此三神山者，其传在渤海中，去人不远；患且至，则船风引而去。盖尝有至者，诸仙人及不死之药皆在焉。其物禽兽尽白，而黄金银为宫阙。"《史记·秦始皇本纪》中说："齐人徐市等上书言海中有三神山，名曰蓬莱、方丈、瀛洲，仙人居之。请得斋戒，与童男女求之。于是遣徐市发童男女数千人，入海求仙人。"要理解【相和歌辞·登高丘而望远海】不仅要知道它所引用《史记·封禅书》和《史记·秦始

---

① 杨春时：《文学理论：从主体性到主体间性》，《厦门大学学报》2002年第1期。

皇本纪》的有关内容，还要知道它所改写的精卫填海，轩辕氏乘龙出鼎湖的传说；要理解僧齐已【相和歌辞·善哉行】"大鹏刷翻谢溟渤，青云万层高突出。下视秋涛空渺瀰，旧处鱼龙皆细物。人生在世何容易，眼浊心昏信生死。愿除嗜欲待身轻，携手同寻列仙事。"和李白【古风】三十三"北溟有巨鱼，身长数千里。仰喷三山雪，横吞百川水。凭陵随海运，燀赫因风起。吾观摩天飞，九万方未已。"就应该知道它所吸收的文本《庄子·逍遥游》等等。

互文性产生的第一步是选择，是作者对前文本的选择。第二步是联系与结合，作者要把前文本的种种内容与他自己的意图、他所想象和虚构的内容不断地进行联系，进行取舍，把选中的东西结合入他新创作出的文本之中。根据伊瑟尔的看法，这种行为包含三个层次："第一，关于在本文（即文本——笔者注）之内选择本文外的传统、价值、引喻、引语等进行联系的过程；第二，在本文内组织具体语义内容的过程，或者说通过联系纳入本文的外部事物而产生本文内部参照系的过程；第三，词的互相关系或语言的特殊运用过程，包括打破词意限制，占有语义内容，重新安排规则和改变规则。"①

语境的第三部分内涵是指同一作品中的上下文关系，它主要是指语言的上下文关系而非情景的上下文关系。同一作品中的上下文关系是理解作品意义的关键，例如，韦庄的《送日本国僧敬龙归》："扶桑已在渺茫中，家在扶桑东更东。此去与师谁共到？一船明月一帆风。"

诗中首联极力夸张敬龙家乡的遥远，用"扶桑"暗藏古代神话传说东方"日所出处"，其"远"已在渺茫中，但敬龙的家乡还在扶桑东更东，是那样遥不可即，正因为上文有了"已在渺茫中"，下文的"东更东"才显得遥不可即。如此遥远的海上航行，在那个年代是充满风险或枯燥乏味的，在这样一次充满风险的航行中，诗人只能祝愿友人一帆风顺，怎么祝愿才能真挚而新奇？韦庄用了一个"到"字，在送别之际，先言到，其中一帆风顺的祝愿就巧妙地暗含其中了。进一步，诗

---

① 程锡麟：《互文性理论概述》，《外国文学》1996年第1期。

人还祝愿友人在遥远的海上生活得美好雅致、愉快顺利，一船明月一帆风，道出此行即美妙又舒畅，诗意颇足。正因为首联对朋友家乡遥远的极力夸张，才有了下文的美好祝愿，正因为一船明月一帆风和"到"字的提前设想，才显现了诗人对朋友的真挚情感。密切注意上下文的关系，是解读诗歌文本的关键所在。

语境也包括三方面的内容，文化传统、文本之间的关系和上下文关系。

阅读唐代海境诗，如果没有语境的考量与想象，简直寸步难行，从唐代海境诗的整体来看，语境的重要性首先体现在整个文化传统这一宏大文本的影响上，文化传统的语境使唐代海境诗多与隐逸、游仙、送别等相关。

意境与情境和语境密切相关，经常是难于区分，这里为了突出读者解读的个体性和创造性，将意境规定为以文本为依据而存在于读者阅读经验中的世界，是象与象外的互相发明。如果说情境是侧重于以作者主体为中心来与读者主体发生交互关系的话，那么，意境则是侧重于以读者主体为中心、以文本为依据来与作者主体发生交互关系，意境接受不是对文本固有意义的认知或构造，而是读者把作品描述的生活由客体变成主体，并与之共同生活。

二、媒介传意（传播论）；传播产生意义

文学是必须以物质媒体形态（体）为标志的。文学是一种符号组合，只有借助特定物质媒体的传输，才能与读者见面。而读者要阅读文学作品，必须首先接触文学媒体。

1. 文学媒体概念（第一媒体与第二媒体）

《庄子·天道》指出："世之所贵道者书也，书不过语，语有贵也。语之所贵者意也，意有所随。意之所随者，不可以言传也，而世因贵言传书。世虽贵之，我犹不足贵也，为其贵非其贵也。"庄子在这段话里

明确地区分了作品的"书"与"语"的不同,揭示了"书"这一文字媒体在他那个时代文学传输中的基本作用:书是传输语言的媒体。

在传播学中,所谓媒体,是指传播信息的物质载体及其相应的组织,例如,广播、电视、报纸、杂志和互联网、手机等是传播信息的媒体。有人按其形式划分为平面、电波、网络三大类。其实,我们常说的"媒体"(Media)应该包括两方面的含义。一是指信息的物理载体(即存储和传递信息的实体),如书本、挂图、磁盘、光盘、磁带以及相关的播放设备等;另一层含义是指信息的传播形式,如文字、声音、图像、动画等。文学媒体是指文学得以传播的物理载体及传播形式,它包括口语媒体、文字媒体、印刷媒体、大众媒体和网络媒体等类型。文学作品的存在是以物质媒体形态(体)的呈现为标志的。诗文的第一载体是语言文字符号,第二载体是指传输语言文字符号的物质媒体,如甲骨、金石、竹简、纸张、电波、磁盘、光盘等。

2. 文学媒体在文学活动中的位置:(特点+作用)

首先,文学作品的存在要依托特定的物质媒体。物质媒体的传输是文学作品存在的必要条件。诗文只有借助特定物质媒体的传输,才能以声色的形式与受众见面,所以,如果离开了物质媒体,诗文就无法存在。如果只是强调诗文在心中,而不以物质媒体形态的出现为标志,则会让我们失去判断文学作品存在的标准。

其次,特定媒体是读者主体进入作品世界的物质依托。受众要接受诗文作品,必须首先接触物质媒体,受众阅读文学作品时首先接触的未必是它的语言,而是语言得以存在的具体物质形态——媒体。物质媒体的传输是读者了解作品内部世界的入口和第一环节。

第三,特定媒体是作者主体创作行为的定格与物质结果。作家的写作只有物化,才能进入社会的传播过程,否则就只能是内心想想而已。而写作一旦诉诸媒体,就可能因进入社会的传播过程而具有独立性。

因此,了解文学媒体的变迁、特点和作用,了解文学媒体与文学文本之间关系,对了解文学如何产生意义也是不可缺少的一环。

3. 文学媒体与文学文本的关系

文学媒体与文学文本的关系，简单地说，就是渠道与流水的关系，文学媒体好比渠道，而文学文本则如渠道之流水。文学媒体是传输的工具，而文学文本是被这工具所传输的信息。但是，有时文学媒体也会关涉文学文本意义，美国传播学者麦罗维茨认为：媒体的作用取决于媒体所造成的信息情境，这种信息情境犹如谈话的地点场所一样，可以影响到信息的传播，进而影响人的行为。文学媒体关涉文学文本意义，可以从两方面加以理解：

其一，不同的媒体运用同一文本可以导致文本的意义发生变化。例如《围城》的改编。

其二，媒体改变语境，语境改变文本。加拿大学者英尼斯认为：一种新媒体的优势将成为导致一种新文明诞生的力量；施拉姆举例说，书籍和报纸同18世纪欧洲启蒙运动联系在一起，参与了17~18世纪所有的政治运动和人民革命。文学媒体往往依托特定的社会文化状况而发生作用，我们需要在与文化语境的依托性联系中看待文学媒体的作用，例如，从口传媒体的文化语境中看原始文学；文字媒体的文化语境中看先秦至唐代文学；手工印刷媒体的文化语境中看宋代至清代文学；大众媒体的文化语境中看晚清至20世纪80年代文学；网络媒体的文化语境中看90年代文学。

4. 文学媒体的演化：口头、笔头、镜头。

"不是我不明白，这世界变化快"。我们似乎刚刚淡化政治意识形态的强制操控，要聚精会神地对文学理论自身进行本体建设时，视觉文化时代便迎面走来了。我们的周遭充斥着视觉信息和图像，我们经常需要通过图像认知对象，感受和理解所面对世界，激活人们对生存环境和心灵境界体验，视觉化生存成为我们生存环境中比文字更为重要的部分。

在人类认知对象，感受和理解所面对世界，激活人们对生存环境和心灵境界的体验的过程中，始终存在着有序性追求与具体化追求的本能抗争。在人类文明的初始阶段，人们通过面对面的口传和具体化的图画认知对象，感受和理解所面对世界，激活人们对生存环境和心灵境界体验。当人类文明进化到一定阶段，有序性本能追求战胜具体化的本能追求时，人类就进入了通过文字认知对象，感受和理解所面对世界，激活人们对生存环境和心灵境界体验的"字境文化"时代。当具体化的本能追求在现代科技的帮助下，战胜了有序性本能追求时，人类就进入了通过图像认知对象，感受和理解所面对世界，激活人们对生存环境和心灵境界体验的"图境文化"时代。

自从有了人类，就有了语言。人类文明的进化过程大致是先有语言而后有文字的。口头的语言随风而逝，而记录口头语言的文字，要达到约定俗成的共识，确实需要历经一个十分漫长的过程。结绳记事，仓颉造字，出自八卦等说法，都表现了后人对文字起源的一种理解。在文字发展史上一向有"书画同源"的说法，唐代张彦远的《历代名画记》中曾指出，在原始人那儿，"文字"同"绘画"是在同一个根基之上萌生的。张彦远曰："图载之意有三：一曰'图理'，卦象是也；二曰'图识'，字学是也；三曰'图形'，绘画是也。又周官教国子以六书，其三曰'象形'，则画之意也。是故知书画异名而同体也"。又说："是时也，书画同体而未分，象制肇创而犹略"。在历史上"表意"文字创生之前，还存在着一个"前文字"的阶段，也可称为"绘画文字"的阶段。从大量的考古发现中可知，运用图画符号进行思想记录、表述和交流的能力，在很早以前就已明显地表现出来，但要具体地判定这些是个性化的图画或一般化的原始文字，是偶然刻画还是有意识写字则是非常艰难的。

在人类创立文字之前，图画往往不得不负担着文字才能负担的功能。它虽不是文字，原始人却要把它当作文字来使用。一般说，"表意"文字的产生（真正严格意义的"表意"文字：其一是它已成为一个比较确定的视觉"符号"，有其较稳定的形式；其次，正因其形式较为固定，它才能"约定俗成"地通行于人与人之间以传递信息），标志着人类的文明时期的开始。有了文字，就突破了语言在时间和空间上的限制，扩大了语言的交际功能；有了文字，才产生了书面语言，使语言更加精密和丰富。从此以后，人类文明进入了通过文字认知对象，感受和理解所面对世界，激活人们对生存环境和心灵境界体验的"字境文化"时代。

"字境文化"时代的文化运作方式与文化生活形态主要是由语言—文本的活动与运作来构成，相对而言，"图境文化时代"的文化运作方式与文化生活形态主要是由图像的呈示与观看来构成。图像是最具视觉直观性和交流直接性、当下性的一种信息呈示方式，以图像认知对象，感受和理解所面对世界，激活人们对生存环境和心灵境界体验，实际上是人类一直没有放弃过的追求。人类的文化生存一直是与图像文化相伴随而演化而发展的。但只有当人类社会进入了信息时代、电子时代、数码时代、网络时代，图像作为社会现实主导形式的"图境文化时代"才真正来临。

所谓的"图境文化时代"，是指通过图像认知对象，感受和理解所面对世界，激活人们对生存环境和心灵境界体验的现象异常突出的时代。在"图境文化时代"，图像信息在我们的文化生活中密集地涌现，构成了我们的视觉化生存，成为了社会现实的一种主导形式，成为我们生存环境中比文字更为重要的部分。在西方，这种文化现象通常被称作"图像时代""视觉文化时代""读图时代"等等。这里使用"图境文化时代"的称谓而不使用其他称谓，隐含着笔者对这种文化现象的个人理解，"图境"，既不是一种物质的或客观的实体性存在，也不是一种精神的或主观的实体性存在，而是一种意向性、关系性、价值性的存在，是眼中识见、心中想见、脑中洞见的图像世界。"图境"时代应该是相对于传统的"字境"时代而言的，佛家认为眼能见色而出现色境界，而我们认为眼能通过图像和文字认知对象而激活"图境"和"字境"，那种把通过文字认知对象的活动排出"视觉文化"的提法是不严密的，"图像时代""读图时代"的提法也忽视了主客体之间的意向性、关系性和价值性，故本文使用了"图境"的称谓。如果说"图像时代"的提法侧重于认知的开始，"读图时代"的提法侧重于认知的过程，那么"图境时代"的提法侧重于认知的结果。

朱自清称"诗言志"为中国诗论"开山的纲领"，最早的"志"应该是"记忆"，最早的"诗"应该是为了记忆而"喊"出的文学。文字产生以后，"诗言志"的"志"应该是"记录"，"记"下来的文学突破口语媒体时代的人员和时空限制而获得新的表达自由。印刷媒体使批量复制和发行成为可能，这逐渐地促成了文学的大众化进程和白话长篇小说的繁荣。电子媒体在表意上的广泛性、时间上的永久性、空间上的迅速性、受众的平等性等方面都呈现了以往任何一种传播媒体都无法比拟的强大威力。

三、读者（受众）释义

1. 读者（受众）论

读者（受众）就是接受刺激物（信息）的人。传播研究者曾将受众比作消极被动的"靶子"。如今，又有传播者把受众看作是能决定媒介命运的"上帝"，这两种看法皆不乏片面之处。在文学活动中，读者（受众）既是文本信息的接受者，又是文本信息的译码者、参与者、反馈者、消费者乃至二次创造者。

读者（受众）每一人都有自己的形貌、个性、兴趣、立场，有自己对作品信息的选择、理解、判断与阐述，并据此进行再传播。

读者可划分为不同的类型。如：积极选择者和随意旁观者；终极读者与"二传手"读者；预期读者、现实读者、潜在读者；俯视型读者、仰视型读者、平视型读者等等。

传播学者一直试图弄清受众的接受需要、接受动机和心理倾向等问题，以便指导传播者和媒介将讯息内容用恰当的形式安排在能唤起受众接受欲望的范围之内，从而既满足受众的需要又实现传播的目的。

从宇宙大爆炸到地球的形成,从生命的产生到人类的形成,这是一个漫长的过程。人类社会形成后,其最终的发展动力是"欲"(需要),人类有各种各样的"欲"(需要),如:认识需要、教育需要、娱乐需要;实用需要、夸耀需要、休憩需要、逃避需要;环境监测需要、自我确认需要、寻找代理需要;同一的需要、控制的需要、情感的需要等等,文学的方式除具有满足以上需要的可能性外,还具有满足以下需要的可能性:逃避现实;发泄不满;印证偏见;平衡心理;幸灾乐祸;获取特殊体验(性的、惊悚的……)、搜寻闲谈话题、赶时尚求同一;养眼等等。而马斯洛(Maslow,1908~1970)的将人类需要分为五个层次(生理需要,安全需要,社会需要,尊严需要,自我实现需要)的说法被广泛引用。也有人细分为十大具体需求,即:求真、求善、求知、求新、求美、求和、求乐、求安、求慰、求富。但名利权情的需要似乎更根本一些。

那么,受众是如何通过选择信息来满足自己的需要的呢?施拉姆(1994)曾设计了一个数学公式来说明这一问题。这个公式是:选择的或然率=报偿的保证÷费力的程度。意思是说,预期报偿(满足需要)的可能性越大,而费力的程度越低,选择某种传播渠道讯息的或然率越高;相反,预期的报偿很小,而费力的程度很大,那么选择的或然率就很低。他说:这个公式是相当灵验的。

传播学的研究证明:受众在不同历史时期对权利的追求是不同的。例如,在大众传播媒介出现的初期,受众所争取的只是知情权;待到传播媒介进入发展期,受众又开始追求表达权;再到传播媒介进入繁荣期,人们又提出了反论权;进入信息社会,如今的受众又在争取监督权和免知权。受众的基本权利有:选择权、知情权、表达权、反论权、监督权、隐私权。

2. 接受过程论

接受过程论包括眼中所见、心中想见、脑中洞见三个组成部分,眼中所见重在可辨识(感)和可品味(召唤结构)。可辨识(感)包括语音辨识、语义辨识、形象辨识和情感辨识等组成部分。可品味（召唤结构）包括意象与意境的品味。文学作品具有意义空白和含义不确定，召唤读者去填充和确定。召唤结构具有动力性和开放性。

心中想见重在如何处理前经验、成见与偏见（期待视野），接受动机和接受心境。心中想见是语象与幻象的合一，虽然离不开作品的诱导作用，但具有强烈的个人色彩，要求读者有独特的理解和认识从而丰富作品的意义。心中想见与读者再创造密切相关。读者再创造的特点在于填空、对话与兴味。读者再创造的结果包括还原与异变两种趋向。遇挫与顺应、理解与误解是再创造过程中的重要问题。《春秋繁露·精华》："所闻《诗》无达诂，《易》无达占，《春秋》无达辞。"谢榛《四溟诗话》有"诗有可解、不可解、不必解，若水月镜花、勿泥其迹可也。"叶燮认为诗"引人于冥漠恍惚之境"，不可"一一征之实事"。"诗无达诂"的科学依据在于人类思维的模糊性。文学反映的世界，从纵向、横向结构上具有多层次性。决定了读者、作者的艺术思维，必然活动在一个无限广阔的领域，虽然经常转换角度，但仍然有的现象模糊、有的情景清晰，有的事物可作定量定性分析，有的事物无法一下子明白表述。生活本身既有它清楚的一面，又有其模糊性。即使"反映"说，也要求一定的"模糊"性，何况"言志""缘情"的诗。"诗无达诂"在后世又被引申为审美鉴赏中的差异性。这一点在中国古文论中也有很丰富的论述。例如宋人刘辰翁在《须溪集》卷六《题刘玉田题杜诗》中所说的："观诗各随所得，或与此语本无交涉。"其子刘将孙所作王安石《唐百家诗选序》说的"古人赋《诗》，独断章见志。固有本语本意若不及此，而触景动怀，别有激发"（《永乐大典》卷九〇七《诗》）。"各随所得"，"别有激发"，就是讲的艺术鉴赏中的因人而异。此外，象王夫之在《姜斋诗话》卷一所说的"作者用一致之思，读者各以其情而自得。……人情之游也无涯，而各以其情遇，斯所贵于有诗。"以至常州词派论词所说的："初学词求有寄托，……既成格调求无寄托；无寄托则指事类情，仁者见仁，知者见知"（周济《介存斋论词杂著》);谭献《复堂词话》所说的"所谓作者未必然,读者何必不然",及《复堂词录序》所说:"侧出其言,傍通其情,触类以感,充类以尽。甚且作者之用心未必然,而读者之用心何必不然。"

文学批评鉴赏应超越单纯训诂文字的领域,注重诗歌的意象、境界,并把它放到特定条件中去作灵活的理解。不要只受到语言文字与事物之间有形的直接联系,更要看到它们之间无形间接的联系,作者、读者在创作欣赏时相互启迪,符合创作的艺术思维特点。字面所表现的有形的直接联系,可以"达诂",但无形的间接联系则常是反映了事物之间深层结构中那无形的本质的联系,很难一下子"了然口与手"。因此,对那些神气浑融、自然的诗篇,就不能仅是机械训诂文字,勉强牵合事实,而应该根据作品本身所提供的意象与境界,按照自己的生活体验去驰骋想象、用心灵去体会。一旦"顿悟",则豁然贯通,得到无尽的美的享受。在艺术鉴赏中,又由于诗的含义常常并不显露,甚至于"兴发于此,而义归于彼"(白居易《与元九书》),加上鉴赏者的心理、情感状态的不同,对同一首诗,常常因鉴赏者的不同而会有不同的解释。可能的局限、流弊在于往往远离、根本违背原诗意旨,主观穿凿,随意附会,以合其"教化"理论的需要。结果把一篇古诗肢解、歪曲得面目全非。导致文学批评、美学欣赏的盲目性、随意性,从而破坏了正常的文学审美活动。承认审美鉴赏中的差异性,是必须的,却不能因此否认审美鉴赏的共性或客观标准的存在,不承认前者是不符合审美鉴赏实际的;不承认后者则会导致审美鉴赏中的绝对相对主义,同样是不符合艺术鉴赏的历史实际的。艺术的鉴赏中存在着审美差异性:同一部作品,鉴赏者可以仁者见仁,智者见智,各以其情而自得,这在艺术鉴赏中,是常见的事实。即西方所说的一千个读者,即有一千个哈姆雷特。这也就是法国诗人瓦勒利所说的"诗中章句并无正解真旨。作者本人亦无权定夺","吾诗中之意,惟人所寓。吾所寓意,只为己设;他人异解,并行不悖"[1]。"其于当世西方显学所谓'接受美学'、'读

---

[1] 转引自钱钟书《也是集》,第121页。

者与作者眼界溶化'、'拆散结构主义',亦如椎轮之与大车焉"(《也是集》),实质上是完全相通的。

脑中洞见重在幻象的开拓与延伸。心中想见以"先见""认知结构""先前的意义""历史文化视野"为主。脑中洞见在心中想见的基础上,经过艺术思维(情感、想象、理性)对幻象进行开拓与延伸,深入一个新世界。

脑中洞见与中国的妙悟论、神韵说和西方的视野融合论密切相关。南宋严羽的《沧浪诗话·诗辨》:"大抵禅道在妙悟,诗道亦在妙悟。……惟悟乃为当行,乃为本色。然悟有浅深,有分限,有透彻之悟,有一知半解之悟。"严羽以"妙悟"论诗,把妙悟看成是诗人把握"兴趣"的关键,是学诗作诗的途径。钱钟书《谈艺录》说:"夫悟而曰妙,未必一蹴即至也。乃博采而有所通,力索而有所人也。学道学诗,非悟不进。"严羽的"悟",实际上兼有佛家顿、渐之义,以"熟参"古代的优秀作品,作为妙悟的不二法门,而熟参的核心内容就是养成对不同时代诸家体制的辨识能力。严羽对体制的重视是开卷可见的,《诗辨》"五法"中第一法就是"体制",《沧浪诗话》并专列《诗体》一章,专门区分并说明了历代诗歌的各种体制,他在《答出继叔临安吴景仙书》中说:"作诗正须辨尽诸家体制,然后不为旁门所惑。今人作诗,差人门户者,正以体制莫辨也。"严羽对自己辨体的能力是相当自负的,认为"于古今体制,若辨苍素,甚者望而知之"。其所说的"体制",意义是宽泛的,既指作品的体裁样式,也指作品的体貌风格。具体来说,《沧浪诗话》中的"体制",主要指历史上宋代及其之前各个时代、流派和重要诗人诗作的艺术风貌和特色,也包括了各种诗歌体裁的特点。通过辨体认识到诗歌的抒情艺术特征,洞晓了诗歌创作的诀窍,这就是"悟"或"悟人",这是创作达到左右逢源、得心应手的必要条件。宋代禅学在知识分子中盛行,禅宗术语也就成为一种时代话语,被广泛借用,以禅喻诗,遂成风尚。即使严羽大力抨击的苏轼和黄庭坚,也常用禅语来论诗。如苏轼《送参寥师》说:"欲令诗语妙,无厌空且静。静故了群动，空故纳万境。"韩驹《赠赵伯鱼》诗说："学诗当如初学禅，未悟且遍参诸方。一朝悟罢正法眼，信手拈出皆成章。"至于吴可的三首《学诗诗》更以"学诗浑似学参禅"起句，在当时就引起了诗人们的注意，屡有和作。所谓"悟"，指掌握诗歌创作的规律；所谓"参"，指钻研和体味诗歌的审美情趣。由于禅宗本身极富艺术性，故与诗歌确实存在着许多相通的地方，借用禅宗的某些语言作为譬喻，也确实能把深奥的诗歌理论说得更为清楚明白，更易于为当时的理论界和创作界所接受。

"神韵"一词，早在南齐谢赫《古画品录》中已出现。谢赫评顾骏之的画说："神韵气力，不逮前贤，精微谨细，有过往哲。"这里以"神韵"与"气力"并举，并未揭示出"神韵"的意蕴。谢赫还说过："气韵，生动是也。"这里以"生动"状"气"，对"韵"也未涉及。唐代张彦远在《历代名画记·论画六法》中所说"至于鬼神人物，有生动之状，须神韵而后全"，也未超出谢赫的见解。唐代诗论提到的"韵"，大多是指诗韵、诗章的意思，不涉诗论。如武元衡《刘商郎中集序》说："是谓折繁音于弧韵"，指诗韵；司空图《与李生论诗书》所说"韵外之致"，即指诗章。他的《诗品·精神》中所说"生气远出"，却可以看作是对"韵"的一种阐发。今人钱钟书说："'气'者'生气'，'韵'者'远出'。赫草创为之先，图润色为之后，立说由粗而渐精也。曰'气'曰'神'，所以示别于形体。曰'韵'所以示别于声响。'神'寓体中，非同形体之显实，'韵'袅声外，非同声响之亮澈，然而神必托体方见，韵必随声得聆，非一亦非异，不即而不离"（《管锥编》）。这段话对"气""神"和"韵"的概念以及它们的关系，作了很好的说明。在范温的《潜溪诗眼》中就有论"韵"的内容（《永乐大典》807卷《诗》字引《潜溪诗眼》佚文，钱钟书《管锥编》予以钩沉、阐述），洋洋上千言，从各个方面对"韵"作了精辟而周到的分析，不仅表征了从齐梁开始的由画"韵"向诗"韵"的重大转变，而且"融贯综核，不特严羽所不逮，即陆士雍、王士禛辈似难继美也"。"范温释'韵'为'声外'之余音遗响,及言外或象外之余意,足徵人物风貌与艺事风格之'韵',本取譬于声音之道"(《管锥编》)。这是非常值得注意的。王渔洋以神韵为核心形成的诗歌美学体系,是对中国古代文学艺术创作的丰富艺术经验和审美传统的总结,体现了具有民族特色的特定创作原则和美学风貌,它存在于不同时代、不同作家的作品中,也存在于许多不同风格的作品中,但是,王渔洋并没明确说明"神韵"的确切内涵,根据其有关论述,其主要特点是重"虚";重自然天成;重"兴"。

视界融合是接受理论与读者—反应批评的术语。意指在任何阅读活动之前,读者的全部经验已经使其具有一定的"前理解",从而形成其特定的"期待视野"。这就是海德格尔所谓的"先有""先见"和"先概念"。加达默尔在海德格尔的基础上论及"期待视野"的问题,认为不同的"期待视野"并不是各自封闭的,而是不断形成、相互融合的。这种"视野的融合",恰恰是"意义"产生的关键。后来姚斯等人对此问题的重申,代表了接受理论与读者—反应批评的基本取向。

只要还存在文学阅读,任何人都不能拒绝对话。正是由于以往作品的长期审美实践和文化观照所形成的历史视野,每一位读者才能在过去艺术和现在艺术,传统评价和今天评价之间进行调节,进行比较,进行视野间的融汇贯通。一种新的艺术视野,新的意义理解就是在当代读者对过去的审美价值观进行不断修正和转换中得以确定的。换句话说,一部文学作品不会因为意义的更新而抛弃先前的意义,因为先前的意义总是为后来的意义铺平道路并与后来的意义保持着一种同一性和对话性的。时间不仅没有使意义与意义相互割裂,相反,它使意义融为一个整体,并以一个整体的方式更新变异着。

(1) 眼中所见:

A. 刺激物在场——感知——物象;

B. 刺激物不在场(语言在场:能指在场,所指不在场)——语象(虚象、心象、映象、表象、意象、表征、记忆)——幻象眼中所见主要是指其可辨识性，具体到语言文字的可辨识性则包括语音辨识和语义辨识。

（2）心中想见：

A. 在眼中所见的基础上，以"先见""认知结构""先前的意义""历史文化视野"为主。经过解读、填空、异变、遇挫与顺应——艺术思维（情感、想象、理性）——幻象（打开一个新世界）。

B. 在眼中所见的基础上，以"先见""认知结构""先前的意义""历史文化视野"为主。经过解读、填空、异变、遇挫与顺应——理性思维，被抽象为概念与观念——文学批评与理论（分途）。

与心中想见相关的文论术语有：情感、形象、文体把握、召唤结构、期待视野（前经验、成见与偏见）、接受动机、接受心境（沐浴更衣、洗耳恭听）等。

（3）脑中洞见：在心中想见的基础上，经过艺术思维（情感、想象、理性）对幻象进行开拓与延伸，深入一个新世界（意境2）。

与脑中洞见相关的文论术语有：再创造、"兴味"、理解与误解、正误与反误、视野融合、妙悟、神韵、意境、永久的艺术魅力等。

3. 接受效果论

文学就是以方便低耗（感性具体、以象兴境）的方式作用于心灵、情感、精神，实现"人文关怀"的人类活动。

按照刺激—反应理论，文学效果像匕首投枪，是立竿见影的。但它忽略了接收者的个人差异，一个大众传播的内容不可能对所有人都产生同样的效果。更多的人认为，文学效果是潜移默化的，要"化"：教化；净化；寓教于乐；熏陶；长久性影响……

孔子"巧言令色鲜矣仁"，从品德修养角度来反对没有诚意的花言巧语。总倾向崇尚"文质彬彬"；老子认为"信言不美，美言不信，善言不辩，辩言不善"，从自然无为角度反对美言巧辩。更高境界是"大巧若拙""大辩若讷"。韩非文艺观的实际影响在于鄙弃文艺为无用，要求文艺直接为功利服务而不顾其艺术性。曹植在著名的《与杨德祖书》中对文章的价值发表了和曹丕不一样的看法。他说:"辞赋小道,固未足以揄扬大义,彰示来世也。昔扬子云先朝执戟之臣耳,犹称壮夫不为也。吾虽德薄,位为蕃侯,犹庶几戮力上国,流惠下民,建永世之业,流金石之功,岂徒以翰墨为勋绩,辞赋为君子哉!"

曹丕、梁启超都坚持文学的强大效果论,但也有一些人从否定的角度看待文艺的作用。如:老子、庄子、墨子、商鞅、韩非等。

关于文学效果的产生机制,就个人而言,它与领悟、共鸣、净化、韵味相关;就社会而言,"文治教化"的操作原理是:①直接作用于个体;②通过个体形成集体意志;③最终对民族精神、民族性格的形成产生推动作用(改造国民性)。

第五章

基于"新学语"及其根词的中国文论话语体系建构

第一节 "文学"所指的纠缠

毫无疑问,以"文学"为学科能指的现代所指,经过几代人的努力,已有相当稳定的界域,即指包含情感、虚构、想象等综合因素的语言艺术。随着文学所指在现代的相对稳定,当人们认真地以此所指重新审视文化史时,一些原来被称为"文学"的东西被分离出去,一些原来不存在或不显要的文体有了重要位置。由此,形成了我们现代的文学史写作格局,但当所指相对稳定后,我们又会进一步发现"文学"作为能指的局限和误导,特别是作为学科能指,至少应该考虑三种因素:①约定俗成;②文化传统;③学科发展。如果是一个纯粹的新事物,它的命名就应该是纯粹的约定俗成的,如用"手机"或"大哥大"作为能指,指称一种新兴的通信工具一样。但问题的复杂性在于:有现代稳定所指的"文学"早已存在,即被人们称作"诗""词""赋"等等的那些东西,且其能指也早就有其他约定俗成的所指,如"诗言志""诗缘情而绮靡""诗史"等。在这种情况下,我们就不能不注意两点:一是能指的话语权,二是尽可能的贴切、恰当。"文学"作为一个语言符号,是能指所指的约定俗成,但"文学"作为一门学科,它需要分治的是与道德、科学等不同的知识领域,是与经、史、子等不同的知识领域,它的所指只能由与其他知识的关系来决定,因此,在同一能指中,由于与其他知识的关系不同,不同的历史时期又赋予了它不同的所指,现在,我们一般认为:文学的所指是情感的、想象的、形象的世界,在所指大致确定的情况下,对能指的选择就不仅是一个命名权问题,它还关涉到本学科的识记和发展,它应该尽量排除能指与所指之间的矛盾与混乱,尽量适应社会文化视野的发展变化,正是在这种意义上,我们说,"文学"作为学科能指,它已到了重新思考的地步,产生了内在危机。

一、能指与所指之间的歧解

"文学"作为语言符号,是能指与所指的约定俗成,作为历史生成的概念,其所指又是在同一能指下不断流动变化的。在先秦汉语语境中"文学"一般指文章博学,如《论语·先进》;魏晋南北朝时期,"文学"概念所涉范围逐渐缩小,晋陈寿《三国志·魏志·王粲传》有:"粲……善属文,……及平原侯植皆好文学。"这时的"文学"与"文章"同义。梁萧子显《南齐书·文学传》,传主主要是文章之士。这与汉代用"文学"主要指儒生相比,又有了具体的进步。当然,"文章""文学"的内涵与我们今天所说的文学仍不一致,它们不仅包含诗赋,还常指章表书记等应用文体,由此确立了延用至明清的杂文学观念。尤其值得注意的是,魏晋以后,诗赋在文学中的地位逐渐突出起来,萧统编选《文选》以是否经过深思、是否综辑辞采、错比文华,作为选文标准。把经书、史书、子书都划到"文"的范畴之外。30卷文章,有文体30余种,其中诗、骚、辞、赋四种文体,所占篇幅在一半以上。《文心雕龙》所论文体虽多,但认为最重要的是诗歌、辞赋和富有文采的各种骈散文。《体性》篇论述作家个性与作品风格的关系,列举了12人,代表了两汉魏晋各代"文"的最高成就。《时序》篇论述历代

"文"与时世的关系,自先秦至东晋,其中除东汉外,其他各代均以评述诗赋作家作品为主。《南史·颜延之传》中记载刘宋时期的颜延之,以有韵为文,无韵为笔。宋齐时以韵区分文笔已成普遍认识。刘勰说:"今之常言,有文有笔"(《总术》)。到了萧绎,"文"就只限于诗和辞赋了。其《金楼子·立言》说:"古之学者有二,今之学者有四。夫子门徒,转相师受,通圣人之经者,谓之儒。屈原、宋玉、枚乘、长卿之徒,止於辞赋,则谓之文。今之儒,博穷子史,但能识其事,不能通其理者,谓之学。至如不便为诗如阎纂,善为章奏如伯松,若此之流,泛谓之笔。吟咏风谣,流连哀思者,谓之文。……学者不能定礼乐之是非,辩经教之宗旨,徒能扬榷前言,抵掌多识,然而挹源之流,亦足可贵。笔退则非谓成篇,进则不云取义,神其巧惠,笔端而已。至如文者,唯须绮縠纷披,宫徵靡曼,唇吻遒会,情灵摇荡。而古之文笔,今之文笔,其源又异。"在这里,不仅经、史、子已排除在"文"之外,章奏一类的应用文也被排除。"文"的特征被概括为抒写性情、以情动人;文采华美;讲究声律。这的确是非诗赋莫属了。

六朝及唐初骈文大盛,不但促进了今天所谓的"纯文学"的发展,也影响到了一般应用文的语言表达方式,当人们把骈文的形式绝对化,过分追求词藻华艳、典故堆砌、格律严密时,就会束缚思想的交流,妨碍流畅的表达,形成华而不实的文风,所以,中唐以后,文与道的关系被历代文人特别是文章家所重视,虽然各道其所道,然义"百虑而一致,殊途而同归"。人们不再强调文笔之分,也不再重视文学与文章的区别,"文学"又回到了文章与博学合一的路子上来。由于唐代诗歌创作极盛,人们便以"诗文"并称,成了诸体制中最主要的两种体裁,并在以后的文坛上占据了主导地位。至清代乾、嘉以学为文的风气又有了进一步的发展,再加之桐城派理论及创作的巨大影响,文学观念的辨析又显得必要了,阮元不满于自唐宋八大家以来,把经、史、子、集统称为"古文"的提法,着眼于改变古文创作中的平直疏浅、音韵失和的习气,针对桐城派雅洁有余、文采不足的创作倾向,以南朝文笔说和

《文选》的观点为基础,提出"专名为文,必沉思翰藻而后可也,"(《书深昭明太子文选序后》),认为"文"要区别于"笔""言""语",就应在文韵、偶对和词采方面下功夫,这为当时的人们思考文章中的艺术精神问题提供了有益的提示,但距现代所谓"文学"的观念还相差甚远。

现代汉语语境中(特别是文学理论语境中)的"文学",一般定义为"语言的艺术",应该属"美的艺术"的一个门类,但由于"文学"中的诗词在中国传统社会生活中的重要地位,"文学"中的小说在现代社会生活中的特殊地位,现代社会的人们经常把"文学"与"艺术"并举,又简称"文艺"(非"文艺学"之文艺)。现代汉语语境中(特别是现代文学理论语境中)的"文学",其语源是西语"literature",既非中国传统之"文学",也非中国传统之"文"。而"literature"也有广义与狭义之分。广义的"literature"是指印刷或手抄的材料,其词根语源是 litera(文字)。近代欧洲的文学史写作者,多是历史学家和文献编纂者,在他们看来:"文学研究不仅与文明史的研究密切相关,而且实在和它就是一回事。在他们看来,只要研究的内容是印刷或手抄的材料,是大部分历史主要依据的材料,那么,这种研究就是文学研究"①。而狭义的"literature"则与"诗"(希腊语:poiesis;英语:poetry)和"艺术"(希腊语 tekhne;英语:are;拉丁语:Ars)"美学"(Aesthetika)密切相关②。在古希腊的神话信仰时代,"诗"不同于"艺术"(技艺):①诗属神灵凭附的神圣产品,艺术是人为技能的世俗物。②诗人的创作所凭借的是神力,艺人的制作所凭借的是人智(知识)。③诗人在迷狂状态下代神立言,艺人在清醒状态下按一定规则、技巧制作产品。所以,诗高于"艺术"。但到了柏拉图那里,诗的神性价值遭到怀疑,柏拉图要将诗人驱逐出理想国,是因为诗不能给人们提供理念知识,而只能给人以非理性误导,诗人要么凭借感观经验去摹仿个别事物

---

① [美]韦勒克和沃伦:《文学理论》,三联书店1984年版,第7页。
② 参见余虹《中国文论与西方诗学》,三联书店1999年版。

的外观，要么凭借神灵附体的迷狂而胡言乱语。诗诱发情欲的放纵，导致理性的迷失，破坏了正常的人格和谐。尽管诗人的言词非常美妙动听，然而"吾爱荷马，但吾更爱真理。"理想国的大门是不应对诗敞开的。作为柏拉图学生的亚里士多德，声称吾爱师更爱真理。他对艺术（技艺）进行过两种不同的分类，一种是继承早期智者的分类法，将技艺划分为"实用性技艺"和"娱乐性技艺"（《形而上学》第3页）。另一种是继承"摹仿说"的分类法，将技艺划分为"补充自然技艺"（生产和制造自然中所没有的东西的技艺）和"摹仿自然的技艺"。正是"摹仿技艺"的属性，使诗（包括音乐、舞蹈、戏剧、史诗、抒情诗）与绘画、雕塑走到一起，成为后世的"艺术学"和文学理论（诗学）的开端。引发出"诗性"（文学性）的话题。然而亚氏的"摹仿技艺"分类法因《诗学》手稿在中世纪的埋没而未进入当时的思想，人们通常将人的技艺（艺术）分为七种"自由的技艺"和"机械的技艺"。七种自由的技艺包括：语法学、修辞学、逻辑学、音乐、算术、几何学、天文学。七种机械的技艺包括：烹饪术、裁剪术、造屋术、造车术、医药术、经商术、兵术（或裁剪术、防御术、航海术、农术、商术、医术、剧场术）①。在这时，人们对现代的"艺术"概念所包括的诗、雕塑、绘画等艺类是视而不见的，也许能从另一个角度说明"诗非艺术"的观念仍很流行，而绘画、雕塑仍属于边缘性的实用活动。文艺复兴时期，人们开始将"美的艺术"与实用工艺，画家、雕塑家和匠人区别开来。"16世纪佛朗西斯科·达·赫兰在谈到视觉艺术时就曾选用了'美的艺术'这个表达"。1747年，法国的查里斯·把托把绘画、雕塑、音乐、诗歌、舞蹈、建筑与修辞纳入七种"美的艺术"，其共同的属性是对现实的摹仿，这样，"美的艺术"就与"摹仿艺术（技艺）"联系起来，狭义的艺术（美的艺术、摹仿的艺术），终于从广义的艺术（技艺）中分离出来，但这种分离又常将艺术看做一种科学（如达·芬奇）。真正将艺术与科学加以区别，而最后确定现代

---

① 参见余虹《中国文论与西方诗学》，三联书店1999年版。

的艺术概念的是美学。鲍母嘉登认为科学知识是基于纯理智的,而审美艺术则基于感官和理智的混合。康德在纯粹感性领域和纯粹理性领域之外确证了艺术独特的活动领域,并将天才、独创性、想象力等概念列入艺术,从而在"摹仿艺术"之外确立了"审美艺术"的思路;黑格尔把艺术看作是"典型的审美活动",将艺术空间确立为:诗(抒情诗、戏剧诗、史诗)、绘画、雕塑、音乐、建筑,从而最终确立了现代的"艺术"概念。18世纪,弗·施莱格尔(1772~1829)在《古今文学史稿》中将人类的知识活动分为学术、宗教、哲学、文学,"文学"获得了现代意义的诠释。米勒认为,"在西方,文学这个概念不可避免地要与笛卡尔的自我观念,印刷技术,西方式的民主和民族独立国家概念,以及在这些民主框架下言论自由的权利联系在一起。从这个意义上说,'文学'只是最近的事情,开始于17世纪末、18世纪初的西欧。"[1] 19世纪以后,"文学"作为一门"语言艺术"与绘画、音乐等共同分享一个本质(摹仿、审美)。这里的文学其实相当于亚里斯多德、黑格尔的所谓"诗",文学理论其实也就是"诗学"。对于19世纪西方的文学理论家和批评家而言,他们的研究对象显然不同于此前一般文学史家眼中的"文学",显然不是以一切文字文献和口头言述为研究对象,而是要研究作为一门艺术或具有审美品格的文学,这样,文学作为一门语言与其他艺术门类的差异就突显出来,又有别于科学言述和日常言述,所以,对文学性(诗性)的思考和具体文学(诗)体类的研究就成了文学理论(诗学)的必有之义。由此可见,西语语境下的狭义的"literature",是建立在摹仿论、审美论和特殊言述基础上的,它通常是指一种具有形象性、虚构性、审美性、想象性的特殊文本言述,其外延包括叙事文学(小说)、抒情文学(诗与美文)戏剧文学,中国现代汉语语境中的文学观念,显然与西语狭义的"literature"的移植密不可分。

---

[1] [美]J·希利斯·米勒:《全球化时代文学研究还会继续存在吗?》,《文学评论》2001年第1期,第132页。

"文学"观念是历史生成的，只有变化，难分高下，20世纪中国文学观念的创新性变更主要体现在两个方面：①小说、戏曲等虚构文学从传统文学的边缘进入现代文学的中心；②大众化的提倡。中国现代纯文学观念的完成是在20世纪的前三四十年。1903年的《新小说》第七号署名"楚卿"的文章里曾说："吾昔见东西各国之论文学家者，必以小说家居第一，吾骇焉。"而到1932年出版的《新著中国文学史》中，胡云翼明确地说："我们认定只有诗歌、辞赋、词曲、小说及一部分美的散文和游记等，才是纯粹的文学。"而这期间是不同的文学观念杂语共生的，可总归为三类：①功利主义文学观：这种文学观念中其实又存在着对立的两极，一极是持"诗教""文以载道"观点的，其中又包含视小说为"闲书"，视作者为"文学弄臣"陈腐观点。一极是以文学为变革社会、研究人生的启蒙工具的。这一极成了中国现代文学史描述的主流。②实证主义文学观，这种文学观念也有广狭两类，广义的文学观念从文字出发认识文学，否定情感与想象在文学中的特殊地位，如章炳麟认为："文学者，以有文字著于竹帛、故谓之文，论其法式，谓之文学""论文学者，不得以兴会神旨为上"；而胡适则持狭义的文学观念，认为文学不过是最能尽职的语言文字，他说："文学有三个条件：第一要明白清楚，第二要有力能动人，第三要美。"并明确表示："我不承认什么'纯文'与'杂文'，无论什么文（纯文与杂文，韵文与非韵文）都可分作'文学的'与'非文学的'两项"（《什么是文学》）。③独立的文学观念。正如前文所述，文学从经、史、子、集中独立出来在六朝时已完成，然到唐代古文运动后这种独立又趋于模糊，故又有阮元要将"文"与"言""语""笔"区别开来的要求，五四时期的文学独立则是要求文学从现代学科知识中独立，提高小说的地位，将"美术"与道德、哲学并列起来。王国维说："呜呼，美术之无独立价值久矣，此无怪历代诗人多托于忠君、爱国、劝善、惩恶之意，以自解免，而纯粹美术上之著述往往受世之迫害而无人为之昭雪也。此矣吾哲学、美术不发达之一原也。""余谓一切学问皆能以利禄劝，独哲学与文学不然。

……文学者，游戏的事业也。"刘师培在《论美术与征实之学不同》中指出："盖美术以性灵为主，而实学则以考覈为凭。若于美术之微而必欲责其征实，则于美术之学反去之远矣。"鲁迅在《摩罗诗力说》中也指出："由纯文学上言之，则以一切美术之本质，皆在使以之听之人，为之兴感怡悦。文章为美术之一，质当亦然，与个人暨邦国之存，无所系属，实利离尽，究理弗存。故其为效，益智不如史乘，诚人不如格言，致富不如工商，弋功名不如卒业之卷。"应当指出的是，这三种文学观并非互不通融的，正是由于它们之间的相互交融和冲突，才开创了以后的文学史写作的知识秩序，20世纪初期所撰文学史，大多在开篇都要讲一下文学的概念，指明文学史所描述的对象，然后才进入正题，而到了三四十年代，人们在写作文学史时，就不再费篇幅去讲什么是文学，因为在他们看来，"文学"已成了一个不辩自明的概念。

二、本质主义文学论的误区

"文学"作为一门学科，似乎不应该回避"文学是什么"的追问，由此就会连带出另一个问题，有没有一个本真的文学存在？其实是对文学本体的追寻，当问题归结到本体论上来时，文学的问题就成了哲学的问题，即对"在"的考察。

解构主义的代表德里达认为：人不可能完全地把握"在"，"在"有无数个侧面，这些无数个侧面不可能同时进入视野，要想维护"在场"之说的完整性和全面性，就不能完全无视于游离于边缘并时时侵入中心的被认为是"非在"的因素，那么，这些"非在"的因素就时时被"补充"到"在场"中来。由于这种不停顿的"补充"和"替换"，动摇了"在场的形而上学"的稳固性，使对"在"的本真状态的把握永远只是一种幻想，一种虚构①。同样，对"文学的本体"或"本真的文学"的探寻，也是无法获得准确的定义的，对"文学是什么"

---

① 参见《文本的策略》，花城出版社1989年版。

的发问属发问方式的错误,在发问之前就有先在期待的错误,是不明智的强硬发问,明智的方法是把直面文学的全知态度还原为有限视点,把自身性问题转入话语性问题,把本体论问题变成方法论问题,把"说什么"问题变成"怎样说"的问题,把对文学的追问变成对我们如何言说文学的追问,突出"我们"作为言说者的位置、立场。如此一来,话语权和文化积淀的问题就必须予以重视。

其实,对形而上的本质的追寻,几乎是长达2000年西方哲学史的核心与基础,这种追寻所预设的基本前提是:①万物各有本质;②人可以认识万物的本质(尤其是哲学家)。从20世纪开始,西方人一而再、再而三地批判形而上学,构成了西方哲学的一大景观。这一思潮也反映在美学与文学理论中,维特根斯坦把寻找各种艺术之共同本质的做法称为"本质主义",他认为,语言的意义在于它的用法,各种概念并没有固定的意义,只有一种"家族类似"的关系,在艺术领域中,新的情况总是不断出现,新的艺术形式不断发生,把艺术看成是一种固定的、封闭的东西,就束缚了创造性。我国评论家李铎则从规范与反规范的角度谈了自己的看法,他在《文学是人学新论》中说:"规范是文学确立自身的界定,又是文学丧失自身的异化。文学在不断界定自己的过程中不断地丧失自己,又在不断地异化之中寻找自己;一方面在规范中构造自己,一方面又在规范中解脱自己,文学在这样的一种双向度的自我生存历史中一步步地逼近自身,逼近那个除了自身什么都不是的独立境界,而这样的境界又永远达不到。因为这意味着彻底消除规范。而一旦什么规范都没有了,文学也就无法生存了。文学的自我生成离不开规范,而规范的异化性质又使文学不停地挣脱规范。这是一场双向同构的悖论式的自我搏斗。"① 美国人韦兹把艺术看作"开放性的结构",它并没有一套充分必要的特征,若规定出充分必要条件,那么随着艺术创新的不断进行,要么扩展它原有的定义,要么取消它原有的定义,要么就发展出一个新概念,可见,固定艺术概念只会导致错误。同时,艺术

---

① 《个性·自我·创造》,浙江文艺出版社1989年版,第263~264页。

的"亚概念"如悲剧、小说、绘画也是开放性的,只有像"希腊悲剧"那样的概念才是封闭的。瑞恰兹则从其意义理论出发,认为人们在确定诸如美、文学等语言符号的意义时,总是从有限的范围、角度出发,因而不可避免地造成众说纷纭的定义,像美和文学这样的词语,除了它的符号功用之外,还有它的情感功用,作为一个情感术语,它不会有一个令人满意的词语替代,也没有所指客体,它只是表明我们的一种情感态度,可惜的是,人们常常看不到语言的这两种功用,或将这两种功用相互混淆起来,所以要破除"一个符号只有一种实在意义"的迷信。文学作为能指,本身并不意味着什么,只有当思想者利用它们时,才具有意义。

三、术语包含了预参和设计

我们先来看一下著名学者郑敏对自己学术历程的反思:"笔者从攻读西方哲学文学出发,于半个世纪后,因受解构理论的触动,猛然回首,发现汉文化难以匹比的丰富;懊恼一生都在汉文化传统的自我否定的批判中度过,'西方文化中心论'的力量悄然支配着几代中国知识分子的命运,实属憾事。"① 这憾事也体现在所谓"文学"学科的命名与理论中,语言符号作为一个民族生存于世界的标志性符号,其对世界观、思想和思维方式的规定性是具体的,语言在工具的层面上对世界观、思想和思维方式并没有什么影响,正是在工具的层面上各种语言只是形式的不同,可以互译。语言主要在思想的层面上对世界观、思想和思维方式有根本的影响。在这种意义上,文化或文学在思想和观念上的变化最终可以归结为语言问题,可以通过语言分析而得到深刻的认识。19世纪的语言学家洪堡特认为,"每一语言都包含着一种独特的世界观。""我们可以把语言看作一种世界观,也可以把语言看作一种联系起思想的方式。""民族的语言即民族的精神,民族的精神即民族的语

---

① 《诗歌与哲学是近邻·前言》,北京大学出版社1999年版。

言，二者的同一程度超过了人们的任何想象。"① 伽达默尔认为："在一个理解过程开始时，语言已经预先规定了文本和理解者双方的视域。……文本在流传中形成的传统也以语言为其存在的历史方式，传统的范围是由语言给定的。理解者正是通过掌握语言接受了这个传统，因而，他所掌握的语言本身构成了他的基本的成见。"② 所谓传统、成见，其实就是语言的规定性。语言的确是人创造出来的，而且是由具体的人群创造出来的，但语言一旦被人创造出来，进入流通，它就脱离了具体的人而具有相对的独立性，具有超越时空的本领。语言的规则是人制定的，但规则一旦确立，人就必须遵守它。所以，在后现代主义语言学看来，不是人控制语言而是语言控制人，"结构主义宣布：说话的主体并非控制着语言，语言是一个独立的体系，'我'只是语言体系的一部分，是语言说我，而不是我说语言。"③ 既然语言控制着人，那么，人的思想、思维、观念以至于社会意识形态和结构等从根本上就都受制于语言，就是说，人类的思想文化和社会意识形态其原因从深层上可以追索到人类的语言。

权力之网无所不在，命名、概念术语、阐释代码体系等也是权力角逐的场所，现在大家都在强调东西对话，但在对话中完全采用西方话语、西方模式或西方规格来衡量、阐释和切割本土文化，则易使中国丰富的文化内涵单一化，加深变形和误读的程度，大量最具本土特色和独创性的活的文化也有可能因不符合这套标准而被剔除在外。概念术语的肯定亦即另一种形式的否定，理论家通过一套阐释代码描述对象，这种描述同时压抑了这一套代码之外的种种可能。如果说，物理、化学、数学、医学等自然科学的概念术语仅仅体现为实在的描述，这种描述无法修正实在的现状，那么人文学科的概念术语则包含了预参和设计，这一

---

① ［德］洪堡特：《论人类语言结构的差异及其对人类精神发展的影响》，商务印书馆1997年版，第70、47、50页。
② 徐友渔、周国平、陈嘉映、尚杰：《语言与哲学——当代英美与德法传统比较研究》，三联书店1996年版，第178页。
③ ［美］杰姆逊：《后现代主义与文化理论》，北京大学出版社1997年版，第32页。

切必将或显或隐地呈现于未来。由此看来，争夺话语权并非可有可无的琐事。特别是作为学科的命名，在这里，我们特别要注意的是，书写的同一性下所掩盖的语义差异，如中国之"诗"，一指《诗经》，二指部分韵文，而西语之诗（poetry），广义指文学，狭义指抒情诗；古汉语境下的"文学"，指某些有关言述之"学"，即"文之学"是建立在技艺论和明道论基础上的，而西语之"文学"，则是建立在摹仿论、审美论和特殊言述之基础上的。

四、影像传媒的冲击

这里所谓的"文学文本中心"，并非完全指文学在社会生活中的位置，也并非是对文学在本世纪大多数时段辉煌历程的羡慕与向往，而是指文学在整个文化建设与言说中的地位，特别是在艺术中的地位，在现代语境中作为"文学"前提的审美文化中的地位。以整个20世纪的文化发展为参照，当今的文学文本中心现象已呈衰微之势。

我们知道，现代汉语语境中的"文学"概念，在体裁上突出小说地位、在理论上强调审美品质。而这两点，在今天都不断地遭遇质疑，特别伴随着科技的进步，以影视文化为主的形象传播媒体的冲击更是使文字的文学文本从中心趋向边缘。我们经常把文学称为"语言的艺术"，文学作为语言艺术与其他艺术的首要区别就在于文学传播形象的间接性。这里所谓的"形象传播媒体"主要是指直接形象的传播媒体，以此来区别文学、音乐等间接形象传播，它通常包括绘画、雕塑、电影、电视录像、VCD、DVD等媒体形式。网络文学在目前还沿用着纯文字的形式，但我们完全可以预见，随着电脑技术的日益发展，一些将文字、音响、形象整合在一起的新的网络艺境将会光芒四射，甚至有取代影视传播的趋向。目前，影视是影响人们精神生命的主要样式，我们暂且以影视为例，来考察形象传播媒体对文学文本的冲击。

显然，我们并不认为影视是文学下属的一个种类，一个下位概念，道理是显而易见的，影视艺术是一个整体，是一门综合艺术，人类文明史的一切创造，似乎都在为影视作准备活动。哲学与文学准备了它的灵魂，绘画准备了它的色彩和视象，音乐准备了它的音响与节奏，科学准备了它的技术和手段。影视以它巨大无比的包容性，不仅扬弃了绘画、音乐、服饰等历史悠久的艺术门类，也扬弃了文学与戏曲。在影视中，明星效应和表演的风格化，导演的总体布局和音画处理都取得了与文学脚本同样重要的位置，另外特技方式、传播手段等技术层面的东西也至关重要，这一切都使得影视造境方式不同于传统的文学文本造境方式。另外，文学的接受与影视的接受也有明显的差异：文学的接受是线条的展开，是一个字一个字地完成的，不识字就不能读文学，不懂其他时代、民族、国别的语言就难以直接欣赏它们的文学。即便能识字解码，还有一个想象和理解障碍。想象力、理解力差的人，不能很好地欣赏文学，即使有深厚文化造诣的人，经过形象、思维、想象和推理等多重转换，得出的常常是些各取所需、似是而非的印象或结论，每个人看到的都有不一样。而影视的接受是在时空中立体地展开，一切都展现在眼前、听到耳中，这与人们的现实生活基本一致，只要有正常的视力与智力，就可以欣赏影视，它能充分调动受众的各种感官，有身临其境之感，且不同的人有差不多的认同感。

人类对世界的感知，原本是形象生动、鲜活全息的，然而，一旦要将这种感知传达出来时，就会被单向化、片面化。在过去相当长的时段里，人们的精神生活主要由文学来满足，而传统的文学样式主要有口头文学、案头文学两大样式，口头文学靠口耳相传极易丢失和变形，案头文学靠单维、静态的文字代码难以成为全息、通用的文化信息体，舞台艺术扬弃了案头文学的一些缺点，但充分财力的支持，众多观众的捧场和时间的限制成了舞台艺术与生俱来的缺陷；伴随着科学技术的日新月异，相应着人类精神生活的强烈需要，影视作为一种记录人文信息最为真切丰富的艺术样式应运而生，其技术上的可复制性、观看上的可重复性、欣赏时的个性体、拍摄过程中的灵活性等都大大超越了舞台艺术，从而成为全世界范围内最受关注和青睐的一种艺术样式。据有关团体对东亚四城市民休闲方式的调查,上海看影视所占时间高出读书所占时间的39%,而曼谷、雅加达、马尼拉则分别高出58%、37%和59%,况且读书的人也未必都一定在读文学作品。① 影视对文学的冲击,由此可略见一斑。

第二节 从"文学"到"艺境"

一、汉语话语权的张扬

知识与理论的话语存在,并不停留于字词的组合、形状、音响上,更重要的是以此为基础的意义生成。意义的现实生成也未必遵从一整套理想的语言法则,它总是无法排除环境、个人、权力关系等方面因素的掺杂渗透。这种掺杂渗透给人们提供了表示差异、确立特性的权力。艺境作为一个有意义的能指符号,其意义产生于与其他相关概念的关系、用法和差异中,艺境是一个与现在流行的"文""文学""艺术""文艺"有密切同一性的词语,本文把它作为一个概念,既有对"艺术学""文艺学""诗论""诗学""文论""诗文评""美学"等在各自研究对象范围上的夹缠的思考,又注意到了"文""文章""文学""艺术""文艺"等概念在使用上的混乱和理解上的分歧,但更主要的是为避免"此在的沉沦",而对能够表示差异、确立特性的汉语话语权的张扬。当然,对汉语话语权的张扬决不是哗众取宠,也并非单纯的标新立异,它是以深厚的文化积淀和迫切的现实需要为基础的。

古汉语语境下之"文",比今之所谓"文学"既宽又窄。宽在其包

---

① 李建强:《"看电影"为何排不上上海人的休闲日程》,《电影评介》1997年第四期,第2页。

括了大量议论性、应用性的散文。窄在其不包括小说、戏曲等艺境形式。因此，用现在文学理论概念来衡量中国古代的诗文评，显然会有以今变古和以今绳古之弊。以传统意义的"诗文评"来言说古今客观存在的那种独特的精神活动，则或大而无当，或以偏概全。两难之中，本文选择"艺境"一词来应对这种困境。（宗白华先生1948年曾以《艺境》之名结集论文，确为真知灼见。但本文则进行了新的解释。）中国现代语境中的"文学"是与"启蒙"和"审美"密不可分的，而当今语境中的"艺境"则不仅将"启蒙"纳入到"兴、观、群、怨"之中，并进而将审美与审丑都涵蕴于"以象兴境"的过程中。一方面，它突破了言述文本中心的局限，把间接形象创造与直接形象创造合二为一；另一方面，它以"以象兴境"的创造方式与"文"的经、史、子、集等文化文献意义相区别。也与西方所谓的"理念的感性显现"等相区别。既有现代气息，又尊重了古代艺境论的基本观念，还为今后本门学科的发展奠定了深厚的文化基础，开拓了宽广的探索领域。审视文学（literature）——艺术（art）——审美（aesthetic）等级论中的文学（literature），探究"人文——艺境——技艺"等级论中的"艺境"，反思在体裁上突出小说地位、在理论上强调审美品质、在传播媒介上借重印刷文字的文本的文学（literature）观。追求文学（literature）与古典诗文的圆融、虚构叙事（小说）与非虚构叙事的圆融、审美品质与人文关怀的圆融、文字传播与图像传播的圆融。把"因情立体、以象兴境"作为一个圆融的艺境整体。

二、艺境界定的意义

具体而言：将艺境界定为"因情立体、以象兴境的符号化活动"有多方面的意义，其一是将艺境活动与动物活动及人类的物质生产活动区别开来，它是人类的精神活动和文化现象之一。同时，艺境活动作为特殊的精神活动，也有别于其他精神活动。其二是将人类符号化活动中的一般符号、科学符号与艺境符号区别开来。艺境符号是能传达情感和意象的符号,是非推论性符号,是不可尽言的符号,是隐喻的符号,而不仅是有意义的能指,也不是按形式逻辑组织的符号。其三是将艺境论作为一个整体力图超越摹仿论、明道论、理念论、实用论、客观论等理论。其四是将艺境论作为一个过程与表现论、典型论、形象论、意象论、象征论等区别开来。其五,不再把情(内容)与"体"(形式)看作共时性的对等因素,而再把情(内容)与"体"(形式)看作接续性的历时过程。①

艺境论对摹仿论的超越在于它不强调模本与原本的一致,而强调模本对原本的扩充。艺境论对明道论的超越在于它不要求直接明道,而是以一种特殊的形式体道。艺境论对理念论的超越在于它不以象示理,而强调以象兴境,但理趣可寓境象之中。艺境论对实用论的超越在于它不以实用为出发点,但并不排除艺境的功利价值。艺境论对客观论的超越在于它不以艺术成品为唯一本体,而是以不同的视角把艺术作品纳入艺境活动中。

艺境论与表现论的区别在于它不仅重情也重体,不仅重感情、心情,也重风情、世情。艺境论与典型论的区别在于它不仅不强调再现普遍性的概念和事物的本质,而强调再现由有限的存在去引发一个意蕴无穷的新世界。艺境论与形象论的区别在于,它对主体成分与文本成分的一视同仁。艺境论与意象论的区别在于:它对关系、氛围、整体效果和流转方式的强调。艺境论与象征论的区别在于:它对"兴"的特别关注。

三、作为人类活动的艺境

艺境活动作为人类特有的符号化活动,可以与动物活动区别开来。"人之所以异于禽兽者几希"(《孟子·离娄下》),这是古今中外众多

---

① 参见童庆炳主编《马克思与现代美学》,高等教育出版社2000年版,第186页。

学者、智者关注的焦点和研究的重心。见仁见智，众说纷纭，莫衷一是。中国古人开始是从形体上自别于动物的，认为人"二足而无毛"，而荀子则说："人之所以为人者，非特以其二足而无毛也，以其有辨也。夫禽兽有父子而无父子之亲，有牝牡而无男女之别。故人道莫不有辨。"（《荀子·非相》）认为人不仅有特殊的辨别能力，而且合群。"力不若牛，走不若马，而牛马为用，何也？曰：人能群，彼不能群也。人何以能群？曰：分。分何以能行？曰：义。故义以分则和，和则一，一则多力，多力则强，强则胜物"。"故人生不能无群，群而无分则争，争则乱，乱则离，离则弱，弱则不能胜物"（《荀子·王制》）。古希腊哲学家亚里士多德的观点与荀子有相近之处，他说："人类所不同于其它动物的特性就在他对善恶和是否合乎正义以及其他类似的观念的辨认"①。据此，他提了人是"社会动物""政治动物"（人成为真正的人，就要加入人与人所组合的国家）的观点。马克思也认为"人的本质不是单个人所固有的抽象物，在其现实性上，是一切社会关系的总和"。唐代柳宗元的《封建论》也有类似的看法。中世纪欧洲的神学家以神人之分来否定人的价值，而文艺复兴则以人兽之别来树立人的权威，他们重新确立了古希腊时代哲学家们的共识：人是理性的动物。正如亚里士多德所言，人的本性就是根据理性原则而过上理性的生活。理性的生活就是要节制欲望和遵守礼法。但文艺复兴时期与古希腊时期所不同的是：他们并不认为人凌驾于万物之上的理性能力是分享了神灵的智慧。人被看作自然界的一部分，而不再是上帝的子民。笛卡尔认为，人之所以成其为人，就在于有着先天的理性认识能力，就在于能够运用理性来控制自己身上的本能冲动（人是会思考的动物）。理性作为一种"判断和辩别真假的能力"，是人的本质。人类所固有的理性能力就是作为出发点的"我思"和"我怀疑"，就是对一切已有的认识偏见进行普遍的怀疑，就是把一切思想观念放在理性的面前来加以审判。在康德看来，人是有限的理性存在。为了强调理性是人的本质，他甚至不提

---

① 《政治经济学》卷一，商务印书馆，第8页。

"人"或"人性",而称之为"有理性的存在",因为在他看来,"人"或"人性"所表达的不过是自然中的一种存在物,惟有理性才能使我们超越自身的有限性而通达自由境界。中国古代也有类似的看法。王充《辨祟篇》认为:"夫倮虫三百六十,人为之长。人,物也,万物之中有智慧者也。"晚唐无名氏所著《无能子》也载:"裸虫中,繁有智虑者,其名曰人。"

恩格斯把人规定为会制造工具的动物。墨子也认为,"力"是人之所以为人的本质因素,"今人固与禽兽麋鹿、蜚鸟、贞虫异者也,今之禽兽麋鹿、蜚鸟、贞虫,因其羽毛以为衣裘,因其蹄蚤以为裤屦,因其水草以为饮食。故唯使雄不耕稼树艺,雌亦不纺绩织纴,衣食之财固已具矣。今人与此异者也,赖其力者生,不赖其力者不生"(《非乐上》)。叔本华最早以意志主义否定了理性主义的普遍人性论,认为人的全部本质就是生存意志,由于人的一生都要受到生存意志的左右,人就要一刻不停地去实现自己的生存意志,就要不顾一切去满足自己的生命欲求。每一个人来到这个世界上,就像是一只上紧了发条的欲望钟表,随着欲望的摆动而摆动,欲望没有得到满足的痛苦,和满足了欲望之后的无聊,不断地驱使着每个人、折磨着每个人。人因为无穷无尽的欲望而痛苦,也因为认清了生命的真实而痛苦。人从本质上讲是充满欲望和痛苦的动物。尼采一扫叔本华悲观、阴郁的情调,认为宇宙的生存意志,尤其是人的生存意志,都是以寻求强大和扩张为目标的,人生来就要扩张自己和超越自己(犹言"天天向上""自强不息"),不断地发展和不断的改变自己,人与动物的区别便是具有"超人"的优越,人是"尚未定形的动物"。在尼采看来,西方理性主义的文化传统要把人变成一个完全定形的动物(犹中国所谓修齐治平的"君子"),其手段就是压抑人的生命冲动,弱化人的生命冲动,用理性的命令来主宰和窒息非理性欲求。要想解放人的生命,就必须彻底抛弃旧有的一切价值观念,"重估一切价值",是否能够强化生命力是衡量真善美的尺度(发展才是硬道理,三个代表之二)。理性的道德约束只会培养循规蹈矩的"末人",而非理性本能冲动则可以造就出自我发动的"超人",做一个独立自主的"超人",就是做一个充满生命活力的人。海德格尔则对"人是理性的动物"这句古老的格言进行了新的解释。他认为,在古希腊的文本中逻各斯(logos)这个词本身兼有"理性"(ratio)与"言语"(oratio)两层含义,因此,既可以说"人是理性的动物",也可以说"人是会言语的动物。"但卡西尔认为,把人定义为"会言语的动物",犯了以偏概全或"以一个部分代替了全体"的弊病,这是因为与"概念语言并列的同时还有情感语言,与逻辑的或科学的语言并列的还有诗意想象的语言。语言最初并不表达思想或观念,而是表达情感和爱慕的"(《人论》P34)。而中国晚唐的《无能子》则从自然主义出发,认为言语并非人之独有。他说:"夫自鸟兽迨乎蠢蠕者,号鸣啅噪,皆有其音,安知其族类之中非语言耶?人以不喻其音,而谓其诵言,又安知乎鸟兽不喻人言,亦谓人不能语言耶?"[1] 虽然动物也有语言,但卡西尔认为,人与动物的分界是"命题语言与情感语言之间的区别"(《人论》P38)。动物只能对"信号"作出条件反射,只有人才能把这些"信号"改铸成为有意义的符号,它们属于两个不同的领域,信号是物理存在世界的一部分,符号则是人类的意义世界的一部分。卡西尔说:"我们应当把人定义为符号的动物,来取代把人定义为理性的动物。只有这样我们才能指明人的独特之处,也才能理解对人开放的新路——通向文化之路。"卡西尔认为,动物对外界刺激的反应是直接而迅速的,但人却通过符号化的过程,不但延缓了对外界的反应,而且改变了外界刺激的作用,符号给予外界刺激以普遍的指称意义,给予直接的感性对象以多方面的联系和抽象的结构形式。经过符号处理的感受对象不再是物理世界,而是符号化的世界(即境界)。人不同于其他物种,人创造了各种符号来表现大千世界,并通过符号来交流,因此"人是符号动物",他说:"人不再直接地面对实在,人的符号活动能力进展多少,物理实在似乎也就相反地退却多少。在某种意义上说,人是在不断地与

---

[1] 《无能子》卷上《圣过》,中华书局1981年版,第1页。

自身打交道而不是在对付事物本身。"① 人对他所生存的世界的探索，往往是通过他所创造的符号来进行的。伽达默尔也反复强调"能理解的存在就是语言"，这一命题是说我们只能通过语言来理解存在，语言表达了人与世界的一切关系，人永远以语言的方式拥有世界。对这一命题我们不能理解为人是通过语言来创造或虚构世界，而是说语言带给人一种对于世界的特定关系和特定态度。语言即是一种世界观、一种文化观。从解释学来看，意义即是实践中的语言的存在。语言被认为是人的本体论存在形式，它是人化的文明的全部人类学历史成果，是人无时无刻不身处其中的大文化之在。语言在人类踏进文明门槛的时候就同时是工具的制造活动（人类思维）和社会性的物质交换活动（交往）本身，是融会于中、无法分割的社会性劳动过程本身（最简单的社会性劳动必然是语言的成果）。因而劳动、语言（思维）、交往是合而为一的人类之为人类的最基本的社会性实践活动。"无论谁，有了语言就'有了'世界"②，离开了语言，人的思维、人的交往、人的情感、人的历史、人的道德、人的全部社会关系、人的存在意义、人对世界的全部改造及社会性的文化"遗传"，以至于人类文明的进步都无从谈起。离开了语言，人类就不得不退回到动物世界，丧失全部文明，这是有人类学的研究成果予以证明的。③ 卡西尔把神话、宗教、语言、艺术、科学等都看人类符号活动的不同形式，对艺术来说，它"既不是对物理事实的摹仿，也不只是强烈感情的流溢，它是对实在的再解释，不过不是靠概念而是靠直观，不是以思想为媒介，而以感性形式为媒介"，这就是说，艺术是一种特殊的把握世界的方式，艺术家对实在（自然或世界）形式的发现，实际上也是一种新实在的重造，一种新境界的重造，艺术直观的感性形式（艺术符号的能指）就指示和象征着这种解释和认识——意义（所指）。卡西尔将艺术与语言、科学进行了比较：语言、

---

① 卡西尔著，甘阳译：《人论》，上海译文出版社1985年，第33页。
② 伽达默尔：《真理与方法》，英译本，第411页。
③ 金元浦：《解释学美学的意义观》，《浙江学刊》1998年第6期。

科学发现的是"自然"的真,艺术发现的是"自然"的美;"语言、科学是对实在的缩写,艺术则对实在的夸张;语言和科学依赖于同一抽象过程;而艺术则可以说是一个持续的具体化过程。"卡西尔不赞同"摹仿说"和"情感表现说",他说"如果摹仿是艺术的真正目的,那么显而易见,艺术家的自发性和创造性就是一种干扰性的因素而不是一种建设性因素;它歪曲事物的样子而不是根据事物的真实性质去描绘它们。……这样,艺术摹仿自然这个原则就不可能被严格而不妥协地坚持到底"。而如按照"情感表现说","艺术就仍然是复写,只不过不是作为对物理对象的事物之复写,而成了对我们内部生活,对我们的感情和情绪的复写"。诗不是嘶,需要具体化和客观化,需要使情成体(构型:formative)。"艺术确实是表现的,但是如果没有构型,它就不可能表现,而这种构型过程是在某种感性媒介物中进行的。"对于真正的艺术家来说:"色彩、线条、韵律和语词不只是他技术手段的一个部分,它们是创造过程本身的必要要素"。托尔斯泰认为艺术优劣的尺度在于感染力的程度,对此卡西尔指出,托尔斯泰"取消了艺术的一个基本要素——形式的要素"。他认为艺术的功能不在情感传达与感染,而在形式的观照与认识,"不是感染力的程度而是强化和照亮的程度才是艺术之优劣的尺度"。

卡西尔对表现主义和形式主义作了某种程度的辨证综合,使"表现"与"形式"在符号论的基础上获得了新的统一。不过卡西尔并没有将符号论彻底贯彻到艺术理论中,只是把艺术创造看作主体对对象的一种"外形化",看作主体生命运动的对象化(客观化),使艺术的认识功能被缩小到纯形式的范围内。苏珊·朗格继承了卡西尔的符号理论,并进一步对符号与信号、语言符号和艺术进行了区分。信号是事件的一部分,符号是概念的媒介而不是事物的替身,它可以传达某种意味或某种内在含义;指示信号与其代表的物体——对应,象征性符号的内涵则包括了多层意思;一般信号只包含三个基本方面:主体、信号、客体,一般符号则包含了四个基本要素:主体、符号、概念、客体;信号可以为动物和人共有，而理解符号的能力是人类独具的精神品质。① 朗格关于信号与符号的区别，实际上是从根本上对艺术自我表现理论的一种否定，自我发泄、自我表现，也是一种暂时、个别的情感流露，它没有普遍性典型性，自然没有概念的抽象，因此它还停留在信号行为的水准上，显然是一种人类与动物共同具有的行为能力。而作为人类情感符号的创造的艺术，表现的是关于情感的概念，艺术是把人类情感转变为可见的形式的一种符号手段。苏珊·朗格进而将艺术称为表现性符号（艺术语言），以区别于推论性符号（一般语言）。她认为：最初的语言与表示物是一一对应，由于人类具有某种对形式要素进行抽象的能力，这种能力是为其智力发展而不可压制的本能，从而使语言出现质的飞跃，即单一的称谓分化为相互对立的两种意义：抽象的与具体的；一般与个别的。花的概念与具体的某朵花。如果要进行有意义的表达，就必须参与到表达事物的概念综合之中，这样，各概念之间就势必形成一定关系，久而久之，这种关系得以固定，形成一定语法、句法、逻辑。这种由概念到判断，由判断到推理的过程，显然是一种逻辑推理的过程，是推理形式的符号体系在发挥作用，它可以表达确切的事物、确切的关系、确切的过程和确切的状态，可以充当交流沟通的媒介，甚至成为感觉经验赖以进行构架，但却不能表现情感或内在生命，因为在这个逻辑结构中包含着语言与对象的同一性原则，即各种不同的可能性相互排斥，非此即彼原则。它不可能有效地呈现那种你中有我，我中有你，非此非彼而又亦此亦彼的交错有机的状态。而人类的情感特征，恰恰就在于充满着矛盾与交叉，各种因素互相区别又互相接近，互相沟通，一切都处于一种无绝对界限的状态中，语言"只能大致地、粗糙地描绘想象的状态，而在传达永恒运动着的模式，内在经验的矛盾心理和错综复杂的情感，思想和印象，记忆和再记忆、经验的幻觉……的相互作用上面，则可悲地失败了"。"语言对于描绘这种感受，实在太贫乏了"（《情感与形式》，P6）。既然语言不能完成内在生命和人类情感的表达，

---

① 参见《情感与形式》，中国社科出版社1986年版，第4、10页。

人类的符号能力，就必须创造服务于情感表现的另一种符号，艺术应运而生。"语言能使我们认识到周围事物之间的关系以及周围事物同我们自身的关系，而艺术则使我们认识到主观现实、情感和情绪……使我们能够真实地把握到生命运动和情感的产生、起伏和消失的全过程"（《情感与形式》，P7）。在这里，我们奇怪地看到，苏珊·朗格将语言与艺术完全对立起来，而在《情感与形式》的第十六章，她又将诗、小说、民谣等语言艺术专章讨论。显然，在她看来，语言艺术中的陈述已不是关于现实的陈述，语言在这里已不再行使自己正常的职能，不再服务于事实的说明、意思的传达和概念的建立，而只是充当了一种材料，用来进行某种虚构"经验"或往事的构造。"诗人笔下的每一个词语，都要创造诗的基本幻象，都要吸引读者的注意力，都要展开现实的意象，以便使其超出词语本身的情感而另具情感内容"（《情感与形式》，P20）。她认为，艺术就是将人类情感呈现出来供人观赏，把人类情感转变为可见或可听的一种符号。艺术这种表现性符号的出现，为人类情感的种种特征赋予了形式，从而使人类实现了对其内在生命的表达与交流。即艺术的目的就在于创造出情感符号，它首先借用具体的情感进行情感概念的抽象，抽象出来的形式便成为情感符号，艺术抽象不同于语言的抽象，其抽象物不是概念而是体现情感结构的可感形式（我们可以理解为意象）。

　　卡西尔——朗格的艺术符号论可以给人们一些有益的启示。①以符号活动将人的活动与动物活动区别开来，纠正了"艺术是情感表现"（动物也可情感表现）的说法。②以直观（非概念的）感性形式（非思想的）将艺术与科学和言语区别开来（艺术即直观的用感性形式把握世界实在的符号化方式）。③以"艺术是人类情感的符号形式的创造"调和了表现说与形式说。（为情感赋予形式，使情成体）卡西尔——朗格艺术符号论的问题在于：①（1）直观能否排除概念，如何排除概念，（体现情感结构的）感情形式能否排除思想，如何排除思想。因为符号活动包含着概念活动能力（与动物的信号活动的区别），概念抽象为人类独具。②人类普遍情感能否解释艺术趣味的差异性。显然，卡西尔的符号学对艺术的解释在此类问题上遇到了麻烦，我们不妨在其"符号化活动"的大前提下（用"符号化活动"一词的意义在于强调这种活动是人类活动，是对"人类活动"一词的深化或强化），把艺境定义为：使情成体、以象兴境的符号化活动；因情立体、以象兴境包括四个基本要素（情、体、象、境）和两个关键环节（立、创造；兴、激活），它是相对于关于艺术本质的表现论、形式论、摹仿论、明道论、理念论、实用论、客观论、典型论、形象论、意象论、象征论等艺术观而言的。

四、风以动之，教以化之

人生而有欲求，欲求过程之体验为情，情是情感与情况的互补对生。人存而有殊同，殊同皆根于性，共能为群性，特质为己性，性是共能与特质的互补对生。

因情立体，性情（本体）外化为与声色（载体）即广义之文，广义之文是性情与声色的互补对生，性情因声色而可能，声色因性情而产生意义。广义之文参比于西语语境下的文化。广义的文学即文化之学，文治教化之学（如《论语》之言"文学"），与靠武力解决问题相对而言，如刘向《说苑·指武》篇所言："凡武之兴，为不服也，文化不改，然后加诛"。广义的文学强调声色对性情发挥教化作用的学问。在性情与声色的互补对生中向性情教化倾斜。

中义之文指艺境，艺境即"因情立体、以象兴境"，即以声色之技艺使性情体现成为可能，以"象"（感性具体、形象、想象）的方式激活心灵、情感、精神，生成一个新世界。在声色的刺激下，头脑中打开一个新世界。中义的文学指艺境之学（如《宋书·雷次宗传》言"四学"之"文学"），艺境之学侧重于研究性情体现如何可能？声色如何产生意义？以声色之技艺使性情体现成为可能的过程是怎样的？中义的文学（艺境论），可参比于近代西语语境下的"美术"学、艺术（art）学与诗学（poetics）。在性情与声色的互补对生中向声色技艺倾斜。

狭义之文是指与性情互补对生的声色文字集合（桐城派之词章）。它将与性情互补对生的声色具体化为文字语词与篇章。狭义之"文"与近现代西语语境下文学（literature）——艺术（art）——审美（aesthetic）——感性认识（鉴赏判断）——认识（判断）等级论中的文学（literature）也许应该有相通之处，但各有渊源。狭义的文学指以声色文字（词章）固化性情的艺境之学，应该近似于近现代西语语境下的文学理论与诗学（poetics）。

古汉语语境下的"文学"，指某些有关言述之"学"，即"文之学"，应该是建立技艺论和明道论基础上的学问，而近现代西语语境下的狭义的"literature"，是建立在摹仿论、审美论基础上的特殊言述，它通常是指一种具有形象性、虚构性、审美性、想象性的特殊文本言述，其外包括叙事文学（小说）、抒情文学（诗与美文）戏剧文学，中国现代汉语语境中的文学观念，显然与西语狭义的"literature"的移植密不可分。

狭义的文学既要面对使用声色文字（词章）固化性情的方法，又要面对如何理解阐释被声色文字（词章）固化的性情。

文学即关于文的概念、观念（命题）、方法的发明、创造与系统化。

笔者以为：最彻底的文学观念仍然是：风以动之，教以化之。动文——对六根的强调，通过六根，进而在头脑中打开一个形象世界，而非建立一个概念、推理的世界，无需概念、推理在瞬间抓取对象，比在理智状况下更能纵情占有与享受人生的意义。无需概念、推理在瞬间抓取对象，这些形象的意味未必需要唯一正确的答案，而可能具有耐人寻味的多重意义空间。这就为读者、听众等运用自己的体验去予以自主揣度或发挥，提供了宽广的余地。这也体现了黑格尔所谓审美带有令人解放的性质的合理处；非艺文——语言的艺术：美的情感的自由艺术。

<<< 第五章 基于"新学语"及其根词的中国文论话语体系建构

  文学的立足点和最终目的是动，是感，是兴，是性灵摇荡，是以象兴境。动是心性之动，起于心动终于动人。其中，想象是心性——心灵世界新发展的关键。

  以前的"文学（纯文学，Literature）"是与"国民国家"相伴生的①，以后的"文学（纯文学，Literature）"应该在"文字著于竹帛者"中，分离出"动文"。

  "动文"即以作用于六根的方式打动人。文本纹饰，与质对待立义，一般而言，以质（德）动人是常态。殊不知，在文字层面，能指与所指是一体的，舍去了能指就舍去了所指，舍去了文就舍去了质，舍文求质犹如舍百合花瓣而求花。钱钟书"易象"与"意象"的辩证可以参照。所以，在这个意义上，强调以质（德）动人也是强调以文动人。强调以质（德）动人没有什么不妥。

  "动文"：作用于六根的刺激源即自然系统（物）的体（肌质构架）、相（眼识）、用（功能）。中国文论（动文理论）的问题意识：以文类为相；以声色性情为体；以动人为用。因情立体（相）、以象兴境。将体、相、用三者合成一组概念以说明本体（本质）与现象之复杂关系，实始于《大乘起信论》。这里根据文论的需要，进行了适当的改造。体相不分的缺陷：没有圆筒就没有不锈钢（以水杯为例）。

  判断文学价值的标准是什么：诉诸感兴，以象兴境，就有文学价值。否则，也许有其他价值，但没有文学价值。书写文学史的选材标准是：动人的程度、范围、先后（大众化与阶级文学的争论在这里可以找到根据）。动人的技巧与方法：美、情、形象、想象、理趣、创造、灵感、直觉等。为什么重视小说戏曲：因为它们以情动人。把能以情动人的作品从文字著述中剥离出来，所以，小说戏曲类散文就要纳入。在中国，体现为救亡启蒙的需要。

  如何动人？客体具有动人的条件（童庆炳：成为经典的五个条件）；主体具有动人的素质（康德：想象力与知性的自由协调）；人如

---

① 参见柄谷行人《日本现代文学的起源》。

何能动？康德：想象力与知性的自由协调。

中国当代有世界上最庞大的文艺理论研究队伍，却在世界文艺理论界没有丝毫影响，原因就在于其：先天不足，后天失调。中国文论要自立于世界文艺理论之中，就要改弦更张，另辟蹊径，以动人为基点与西方文论的"审美""想像"论"对待立义"、与中国传统文论的感、兴、以象兴境"互文见义"。

中国文论（动文理论）的问题意识：以动人为基点来关照美、情、形象、想象、创造、灵感、直觉等。在总体上把美、情、形象、想象、创造、灵感、直觉等作为第二位的问题。中国文论（动文理论）的知识领域（文学的边界）：动人的语言文字以及声色形体。中国文论（动文理论）的核心话语：因情立体、以象兴境。

新文化运动前后文学观念复杂多样，很容易让人迷失，以此参照，其高下立判。新文学观念的提倡者为什么重视"想象（像）"？是在工具层面重视，还是在目的层面重视。当人们得心应手、兴高采烈地使用诸如"文学""审美""国家""想象"时，笔者不免有些困惑，人类的智慧（理性）的界限在哪里？文学家是学者不是作家。"文学家"的起源？中文系的学术论文就是文学（但颠覆了这个概念之后，我们如何与人交流；我们正在承受"新学语"强加给我们的额外负担，很多"新学语"正在成为我们的负担）。

要在文化与艺境的视域中研究狭义之文的性质、特征、内容、形式、结构、功能、类型和生成变迁等。性质：①性情与声色的互补对生（经史子集、文博皆可入文之史）；②因情立体、以象兴境；（曲艺、民俗、体育皆具文艺精神）；③与性情互补对生的声色文字集合（词章）。特征：在文化与艺境的视域中不离文字，不在文字。内容：性情——被声色文字（词章）固化的性情。形式：在文化与艺境的视域中声色——固化性情的声色文字（词章）。结构：互补对生——性情因声色而可能，声色因性情而产生意义。功能：以象兴境。类型及生成变迁：在文化与艺境的视域中。

声色性情之学，外形之于可感能知的声色，内根植于依思凭想的性情。感知与思想互补对生而有象。象是想（能象、想象、象征）与形（所象、六根所产生的图像）的互补对生。

以象兴境，形象（声色符号）激活想象，产生虚像（偏重具体生动而非抽象一般，不同于科学挂图），虚像激活幻象，幻象生成境界，对幻象进行开拓与延伸，深入一个新世界。是为艺境。

艺境是"因情立体、以象兴境"的人类活动，是以方便低耗（感性具体）的方式作用于心灵、情感、精神，实现人文关怀的人类活动。"因情立体"（语出《文心雕龙·定势》），这是中国传统文论与西方表现主义文论和符号学文论的共识；"以象兴境"，虽无现成语源，但却凝结着唐宋之后中国传统文论的精华。作为建构中国文论话语的核心范畴，它们都具有独到深广的历史文化积淀、切近艺术基本问题的理论基因、动态开放的理论张力、有广泛深刻的现实影响力。①

其一，艺境是"因情立体"的人类活动。立足于作品——作者，艺境是情感表现的人类活动；立足于作品——世界，艺境是情况再现的人类活动；立足于"情"本身，"情"是情状、情感、情理和情结的多向互动；立足于作品的创造过程，艺境是创造性的人类活动，是创造美、创造惊奇、创造意味的人类活动（立）；立足于作品的创造结果，艺境是形式化的情意、是形式化的人类活动（体）。

其二，艺境是"以象兴境"的人类活动，是以"象"（感性具体、形象、想象）的方式把握世界的人类活动。艺境的边界并不是固定的，而其核心与根据地具有相对稳定性。其相对稳定性主要表现在"话语形式"（体）的特性和文本的功能两个方面：①从艺境作为"话语形式"（体）的特性入手，艺境作品"话语形式"的特性在于：陌生化、自指性、复义性（话语蕴含性）、表现性的；②从艺境文本的功能入手，艺境作品的功能特性在于：以象兴境：符号激活形象——解读、填

---

① 牛月明：《中国文论的元范畴臆探》，《文史哲》2001年第3期；《圆融之执》，中国社会科学出版社2003年版。

空、异变、遇挫与顺应——艺术思维（情感、想象、理性）产生虚像（偏重具体生动而非抽象一般，不同于科学挂图）——虚像激活幻象，幻象生成境界，对幻象进行开拓与延伸，深入一个新世界。

其三，艺境是以方便低耗的方式作用于心灵、情感、精神，实现"人文关怀"的人类活动。"人文关怀"由人文化成、文治教化、生存关注三部分构成，"人文化成"是"人文关怀"的根本功能：它关注人类利益和生命价值；"文治教化"是"人文关怀"的社会功能：它关注群体整合、秩序安定或伦理和睦；"生存关注"是"人文关怀"的个体功能：它关注关心个人的日常需要（利益、欲望）。

其实，任何一种具体的艺境创造样式都不可能是永恒不变的，辞赋如此，骈文如此，诗歌小说也会如此，文学如此，戏曲如此，影视也许也会如此。随着人类能力的提高，艺术样式可能会改变，但万变不离其宗，无论体式上如何变异，形式上如何换形，其精神实质还在于因情立体、以象兴境，还在于对人生的参与、介入、关怀和抚慰，还在于满足人类精神生命的需要。无论是文字传播媒体，还是图像传播媒休，作为一种艺境的创造方式，虽无高低贵贱之分，但有兴衰偏好之别，图像传播媒体对文学文本的冲击，是我们必须正视的现实。

第三节　"新学语"与中国文论话语体系之建构

"新学语"是王国维的提法，根据其《论新学语之输入》（1905）的具体语境，基本上可以把"新学语"理解为：进入现代汉语的日本已定（未必是首创）的人文学科的新学术用语。"新学语"是汉字文化的重要组成部分。"根词"是最根本的字词，是词汇的核心字。"新学语"根词具有贯通古今、关联中外的功能，例如，由"新学语"中的"想象、形象、象征、印象、表象、抽象、对象、现象"等构成的

"象"根词,不但大部分进入了中国文论话语系统的核心,而且体现在西学东渐的各个层面。通过对文论中"象"根词系列原生——继生——新生路径的考察既可以贯通本土的固有传统,又可以关联到洋化(西洋学从东洋来)的新传统,从而缩短文论双重传统的间距,缓解文论民族性与现代性的紧张,将话语系统建构从宏观指导落实到具体关键词和具体命题。

与基于"新学语"及其根词的中国文论话语体系建构相关的研究主要集中在两个学科(文艺学和语言学)三个研究领域(中国文论话语重建研究、文论关键词研究、汉字文化圈词汇交流研究)。在中国文论话语重建研究领域,众多重要学者参与了讨论,但是在如何重建的方法路径上,见仁见智。在文论关键词研究领域,中国古代文论的相关研究成果最为丰富;西方文论关键词研究也有了十多部中译本;中国现当代文论关键词研究也出版了多部著述。在汉字文化圈词汇交流研究领域,清末民初学者就开始新名词研究;日本学者在新漢語・和製漢語等方面有不少研究成果;中国学者对日语借词・回归词・中日同形词有较多研究。但是贯通两个学科三个领域,基于"新学语"及其根词的中国文论话语体系建构研究目前还没有看到。

关于中国文论话语重建的研究:中国学者对20世纪中国文论话语过度洋化(包括东洋化、俄苏化、欧美化)的问题进行了反思,大致形成了建设以我为主的中国文论之共识,但在如何重建的方法路径上有所不同:以1996年的"中国古代文论的现代转换"学术研讨会为节点,一大批学者注重中国古代文论在话语重建中的作用,如张少康等(1997)提出以古代文论为母体来建构中国文艺学;敏泽等(1999)强调以综合创造的方法来解决中国文论的未来走向问题;钱中文等(2001)提出通过中西对话交往来建构中国文论话语;朱立元等(2006)主张应该利用现当代文论新传统来建设当前文艺学学科;曹顺庆等(2009)还认为西方文论中国化也是重建中国文论的一条途径;李春青(2013)认为间距理论提供了中国文论话语建构的可能途径。

众多学者由于学术储备、知识背景、兴趣爱好的不同,虽能见仁见智,但是宏观指导的多,微观落实的少,微观落实后能拉近文论双重传统的话语系统更是难得一见。

关于文论关键词研究:关键词喻指重要的概念、术语、范畴,目前国内有关文论关键词的著述已有近 50 种,就其研究内容可分为古、今、西三类。古代文论关键词研究的成果最多,自朱自清《诗言志辨》(1947)起陆续不绝;西代文论关键词研究既有西方人的中译本,如韦勒克《批评的诸种概念》(1988)等,也有中国人的西方文论研究,如赵一凡等主编的《西方文论关键词》(2006);现当代文论关键词研究有洪子诚等编《当代文学关键词》(2002)、南帆主编《二十世纪中国文学批评 99 个词》(2003)等;就其研究模式可分为四类:辞典式(如艾布拉姆斯编著《文学术语词典》,2009);类书式(如徐中玉等编《中国古代文艺理论专题资料丛刊》全 8 册,1992 年起陆续出版);归纳阐释式(如蔡钟翔等主编的《中国美学范畴丛书》,2001 年起陆续有 20 本出版);概念史式(如彼得·威德森《现代西方文学观念简史》,2006)。其中,概念史式研究逐渐成为学界日益看重的模式。但是,目前对文论"新学语"及其体系的研究尚不充分,特别是涉及西—日—中的学术影响时,往往被简单化或缺少中间一环。就中国文论话语体系建构而言,还有很多更为核心的关键词没被关注或没被充分阐发。

关于汉字文化圈词汇交流研究:与"新学语"相关的研究主要以新名词·新漢語·和製漢語·日语借词·回归词·中日同形词等名目出现。"新名词"研究始于汪荣宝、叶澜《新尔雅》(1903),它是入华日本新名词的一次早期集结,之后有黄人(1911)、彭文祖(1915)、柴萼(1926)、王力(1958)等人的相关研究,近年比较突出的是马西尼(Masini)《现代汉语词汇的形成——十九世纪汉语外来词研究》(1993),他研究了大量借词、译词、新词的引进与创造对于现代汉语词汇形成的影响。"新漢語"与"和製漢語"的主要研究者有十多位,其中陈力卫『和製漢語の形成とその展開』(2001)比较突出。日语借词（或回归词·中日同形词）的研究始于胡以鲁《论译名》（1914），之后有众多中日学者参与其中，近年来沈国威（2008；2010）的研究成就比较突出。总体而言，国内外并不乏日制汉字新词的词汇列举与词典编纂，这在词汇史的意义上有开拓之功；也有几位学者（如冯天瑜、金观涛、朱京伟、周振鹤、方维规、黄兴涛、孙江等）运用概念史\历史语义学的方法对"新学语"进行研究，但是主要集中在历史、政治、哲学等学科术语方面，很少涉足文艺学领域。既没有对文艺学"新学语"总体的辨析与梳理，也没有对文艺学"新学语"接受、传播过程的调查与描述，只有一些个别语源的考查，如《近代中日文艺学话语的转型及其关系之研究》（2009），考察了"美术""美学"两个词。彭修银与王向远近年曾申请过相关项目，至今未见其成果。本课题无论是角度、思路还是方法、旨趣都与他们有所不同。

基于"新学语"及其根词的中国文论话语体系建构研究相对于已有研究的独到学术价值和应用价值在于：

（1）根据对不同重建路径意义与困境的分析，探讨一条基于"新学语"及其根词建构中国文论话语体系的理路，将宏观建构落实到"新学语"及其根词，以此贯通古今、关联中西。

（2）针对文论关键词研究的问题，发掘、拓展一些没被关注或没被充分阐发的文论"新学语"，涉及西—日—中的关键词历史流变时，补足被简单化或缺少的中间一环。

（3）基于汉字文化圈词汇交流研究中尚未深入到文论"新学语"层面的现状，对文论"新学语"总体进行辨析与梳理，对其接受、传播过程进行调查与描述。

（4）以"新学语"为线索，贯通两个学科（文艺学和语言学）三个研究领域（中国文论话语重建研究、文论关键词研究、汉字文化圈词汇交流研究），致力于学术史的知识增长。

基于"新学语"及其根词的中国文论话语体系建构之研究对象："新学语"及其根词。通过对文论"新学语"的辨析与梳理，对其接受、传播过程的调查与描述，对文论"新学语"根词系列原生——继生——新生路径的发掘与整理，探讨一条基于"新学语"及其根词建构中国文论话语体系的理路。

基于"新学语"及其根词的中国文论话语体系建构研究的总体框架可分八个部分：

第一部分："新学语"在中国文论话语体系建构中的意义。该部分根据对中国文论话语系统建构方法路径的不同见解，分析先行研究中不同方法路径的价值与困境，指出中国文论话语系统建构的难点在于文论民族性与现代性的紧张、文论古典传统与新传统的间距，其关键在于将话语系统建构落到实处。而文论"新学语"是汉字文化的重要组成部分，是文论新变与文化互动的集结点，"新学语"及其根词具有贯通古今、关联中外的价值与意义。

第二部分：文论"新学语"的辨析与梳理。该部分根据王国维《论新学语之输入》与汉字文化圈词汇交流的研究成果，对"新学语"与新名词·新漢語·和製漢語·日语借词·回归词·中日同形词等的区别与联系、"新学语"与西学东渐、"新学语"的构成、"新学语"与文论新变、文论"新学语"的量化等问题进行辨析与梳理。

第三部分：文论"新学语"接受、传播过程的调查与描述。该部分首先根据王国维、梁启超、严复、黄人、鲁迅、周作人等的著述，以及早期美学译介、文学史、文学概论、辞典等文献资料，从纵向学术史、学科史视野对文论"新学语"接受、传播过程进行调查与描述。其次从横向的体系化文论视野中，对文学本质特性论、作家作品论、接受批评论中的"新学语"进行调查与描述。

第四、五、六、七部分：文论"新学语"根词与中国文论话语系统建构。该部分根据文论"新学语"的调查结果，集取"文"根词（文化、文明、文科、文艺、文学等）；"情"根词（情感、情操、情调、情绪、情歌、情节、纯情、色情、感情、抒情、表情等）；"体"根词（体验；体裁；体系；文体；主体；客体；具体；实体；总体；体制；体格等);"象"根词(对象、现象、表象、具象、象征、心象、想象、意象、印象、抽象)等,运用概念史\历史语义学的方法对其原生——继生——新生路径进行考察,拓展"新学语"根词贯通古今、关联中外的意义,探讨其在中国文论话语系统建构中缓解民族性与现代性的紧张、缩短古典传统与新传统间距的理路,接通宏观研究与微观研究。

第八部分:双重传统下中国文论话语体系建构试探。该部分根据现代中国学者对古代文论话语系统和现当代文论话语系统的梳理,对中国文论话语系统建构的复杂性进行探讨,中国文论话语体系建构应面对双重传统,一个是本土的固有传统;一个是经洋化(西洋学从东洋来)的新传统,分析双重传统下学术话语体系的异质性(价值结构;思维根基;问题意识;知识领域)与普适性(情志问题;体性问题;象征问题;意义问题)。依据对文论"新学语"根词系列(文根词、情根词、体根词、象根词)的研究,提出建构中国文论话语体系的基本设想:因情立体,以象兴境。

基于"新学语"及其根词的中国文论话语体系建构研究的重点:

(1)阐明"新学语"及其根词是汉字文化的重要组成部分,具有贯通古今、关联中外的价值与意义。

(2)对"新学语"进行辨析与梳理,以规范本课题的边界与对象。

(3)对文论"新学语"接受、传播过程的调查与描述,以利于学术史的知识增长。

(4)对"新学语"根词系列原生——继生——新生路径进行历史语义学考察,以利于双重传统的关联。

(5)基于"新学语"及其根词,提出建构中国文论话语体系的基本设想。

基于"新学语"及其根词的中国文论话语体系建构研究的难点:

(1)双重传统的问题。中国文论话语体系建构应面对双重传统,一个是本土的固有传统;一个是经洋化(西洋学从东洋来)的新传统,分析双重传统下文论学术话语体系的异质性与普适性,需要中国古代文论、中国现当代文论、日本文论、西方文论等方面的知识储备与前期研究。

（2）辨析与梳理"新学语"。需要现代汉语词汇史、日本明治大正时期语汇史、近现代史与中外文化交流史方面的等方面的知识储备与前期研究。

（3）调查与描述文论"新学语"接受、传播过程。需要查证王国维、梁启超、严复、黄人、鲁迅、周作人等人的著述，需要寻找和查阅早期美学译介、文学史、文学概论、辞典、期刊等文献资料，需要在体系化文论中得到印证。

（4）考察文论"新学语"根词。运用概念史\历史语义学的方法对文论"新学语"根词原生——继生——新生路径进行考察，需要具备多学科、多语种、多方面的知识储备与前期研究，特别是日本的资料与书证。

（5）探讨一条基于"新学语"及其根词建构中国文论话语体系的理路。需要对"新学语"及其根词充分的研究，需要对双重传统下文论学术话语体系的异质性与普适性深入剖析；提出建构中国文论话语体系的基本设想，需要在价值结构、问题意识、知识领域、核心话语上与西方文论"对待立义"，与中国传统文论"互文见义"。

基于"新学语"及其根词的中国文论话语体系建构研究的主要目标：

总目标：探讨一条基于"新学语"及其根词建构中国文论话语体系的理路。可以分解为：

（1）阐明"新学语"及其根词在汉字文化中具有贯通古今、关联中外的价值与意义。

（2）辨析与梳理"新学语"的基本情况，以规范本课题的边界与对象。

（3）调查与描述文论"新学语"的接受、传播过程，以利于文论学术史的知识增长。

（4）对"新学语"根词系列原生——继生——新生路径进行历史语义学考察，以利于双重传统的关联。

（5）基于"新学语"及其根词，提出建构中国文论话语体系的基本设想。

基于"新学语"及其根词的中国文论话语体系建构研究的基本思路：

首先，基于对不同重建路径的分析，阐明"新学语"及其根词在汉字文化中具有贯通古今、关联中外的价值与功能。

其次，借助汉字文化圈词汇交流研究领域成果，对文论"新学语"进行总体上的辨析与梳理。

第三，通过文献书证的考查，对文论"新学语"的接受与传播进行描述，从中发掘文论新变与文化互动的集结点：文论"新学语"根词系列（文根词、情根词、体根词、象根词）。

第四，对"新学语"根词系列原生——继生——新生路径进行历史语义学考察，对其异质性与普适性进行辨析与探索。

第五，通过分析中国文论话语系统建构中不同路径的困境，探讨一条以文论"新学语"根词缩短古典传统与新传统间距的理路，接通宏观研究与微观研究，提出建构中国文论话语体系的基本设想。

基于"新学语"及其根词的中国文论话语体系建构研究的具体研究方法：

（1）多学科交叉实证。用汉语史、日本国语史、中外文化交流研究、现代汉语词汇研究、中国古代和现当代文论、日本文论、西方文论、关键词研究等多学科的知识与资料对文论"新学语"进行辨析、量化。

（2）文献调查与传播理论相结合。在近现代学术史、学科史和教材史视野内对文论"新学语"的接受与传播进行描述。

（3）运用概念史\历史语义学的方法对中国文论"新学语"根词系列原生——继生——新生路径进行考察与拓展。

（4）用文艺学、比较诗学的理论与方法对文论"新学语"根词系列的异质性与普适性进行辨析与探索，探索宏观研究与微观研究接通的途径。

基于"新学语"及其根词的中国文论话语体系建构研究在学术思想、学术观点、研究方法等方面的特色和创新。

（1）新角度：从"新学语"及其根词的角度，探索建构中国文论话语体系的理路。

（2）新领域：文论"新学语"综合研究领域。对文论"新学语"进行总体上的辨析与梳理，对文论"新学语"接受、传播过程进行调查与描述，致力于文论"学术共同语"形成过程领域的研究。

（3）新问题：如何利用"新学语"及其根词，减轻文论民族性与现代性之间的紧张、缩短文论古典传统与新传统的间距；如何将话语系统建构从宏观指导落实到具体关键词和具体命题。

（4）新观点："新学语"的根词在汉字文化中具有贯通古今、关联中外的功能，是建构中国文论话语体系不可忽视的资源。

（5）材料特色：利用日本明治大正语汇史、汉字文化圈词汇交流研究、清末民初的美学译介、文学史、文学概论、辞典、期刊等文献资料研究文论"新学语"。

（6）方法特色：对"新学语"根词系列（文根词、情根词、体根词、象根词）原生——继生——新生路径进行历史语义学考察。

（7）论证特色：依据对不同重建路径的分析和对文论"新学语"及其根词系列的研究，探讨双重传统下文论学术话语体系的异质性（价值结构；思维根基；问题意识；知识领域）与普适性（情志问题；体性问题；象征问题；意义问题），据此提出建构中国文论话语体系的基本设想。

后　记

　　探索建构中国文论话语体系的理路，是一项复杂而艰巨的任务。笔者多年来常有思考，2004年曾构划过一种研究框架，之后便致力于相关议题的拓深（如：《中日文论互动研究——以"象"根词的考察为中心》等）。由于需要拉东扯西、纵古横今，故常有捉襟见肘之窘。中国书籍出版社有意重版本书，趁机在首尾章节进行了调整与增补。其他部分若假以年日，亦大可重审、细化与纠偏，在一个新的领域"摸着石头过河"，这样也许属不得已的常态吧。是为记。